I0689013

Galburge de Mison

Princesse d'Orange

Seigneure de Serres

Dame de Lachau

Et

Le Moyen-Age méridional

Éditions du hibou

E-mail : editions.duhibou@free.fr



Couverture : Simonetta Vespucci (1475) par Sandro Botticelli

# Georges-François HACHEREZ

## Galburge de Mison
## Princesse d'Orange
## Seigneure de Serres
## Dame de Lachau
## Et
## Le Moyen-Âge Méridional

Éditions du Hibou

Galburge (fiction) d'après une huile de l'auteur

*A Hélène et Thierry Bianco*

*Généalogistes de génie*

*Restaurateurs du passé*

*Qui ont su dégager les*

*Mison-Mévouillon de l'impossible*

Le Moyen-âge ne m'a retenu que parce qu'il avait le pouvoir quasi magique de me dépayser, de m'arracher aux troubles et aux médiocrités du présent et en même temps de me le rendre plus brillant et plus clair.

Jacques Le Goff (historien)

Le Moyen-Âge est un monde merveilleux, c'est notre western et en cela il répond à la demande croissante d'évasion et d'exotisme de nos contemporains.

Georges Duby (historien)

Les maçons du Moyen-Âge savaient parfaitement que Dieu n'existe pas, mais ils espéraient qu'à force de lui bâtir des cathédrales, il finirait par exister.

François Cavanna (journaliste)

Chaque époque laisse plus de traces de ses souffrances que de son bonheur : ce sont les infortunes qui font l'histoire.

Johann Huizinga (historien)

Le Moyen-âge offre un tableau bizarre qui semble être le produit d'une imagination puissante, mais déréglée.

Chateaubriand (écrivain)

# Avertissement de l'auteur

Les historiens s'accordent à reconnaître que, malgré le droit écrit provenant des Romains, les débuts politiques et historiques dans le Dauphiné, plus particulièrement dans la vallée du Buëch, sont difficiles à reconstituer. D'abord les fiefs sauvegardent le mieux possible leur indépendance face aux voisins trop gourmands qui ne rêvent qu'à les inféoder. La règle des plus forts, prime sur les plus faibles. Peu à peu, s'instaure le droit féodal, par écrit pour le Sud, par coutume pour le Nord.

Entre le X$^e$ et le XIII$^e$ siècle, la féodalité se caractérise par des liens de dépendance entre un suzerain et ses vassaux créant de part et d'autre des devoirs et des obligations. Une autorité trop pesante sur les feudataires soumet son détenteur à des risques de rébellion. Les tenures et leurs revenus appartiennent au seigneur fieffé. Le comte doit donc « gouverner » avec vigilance et consentement des intéressés tout en gardant une influence prépondérante pour assurer ses propres droits. Si au cours des ans peu à peu le suzerain accapare les terres du vassal ou prétend à des impôts ou taxes non dus, soit la guerre éclate, soit les liens de protection sont rompus. Cela nécessite un arbitrage. Ce fut le cas de Galburge de Mison, dame de Serres. La puissance suzeraine dépend aussi des armées des vassaux pour combattre les autres seigneurs. Ils se sécurisent mutuellement - Autre cas, celui de Philippe Auguste contre le comte de Toulouse. La féodalité forme une multitude de seigneuries ayant des points communs.

Le Haut-Dauphiné laisse un problème de frontières entre les grands féodaux, de limites de fiefs, de donations des terres. L'inaccessibilité ou l'accès peu commode engendrent le désintéressement, les ventes, trop souvent de terres, le découragement des conquérants... Tout cela conduit à un isolement. Ce fut le cas de Montjay perdu dans ses forêts.

Il est quasiment impossible d'évaluer le patrimoine de la maison de Mison. À l'époque, les inventaires n'existaient pas. Dans les archives, on s'aperçoit de la vente d'une terre dont on ne soupçonnait pas l'existence, parfois située à des centaines de kilomètres du fief principal. La notion de fief est à reconsidérer. Il ne correspond à aucune mention territoriale actuelle. C'est un petit domaine parmi d'autres petits domaines appartenant à d'autres familles parfois ennemies. Leurs conquêtes ou leurs ventes, réunies, formeront ensuite de vastes comtés.

Autre problème, les généalogistes ! La coutume veut que la petite fille prenne le prénom de la grand-mère, parfois de la mère, et l'aîné héritier le nom du père, ce qui amène à des confusions entre les générations, d'autant que les vies sont courtes, donc avec des dates très rapprochées les unes des autres. Dans une période d'une centaine d'années, pas moins de sept Galburge viennent perturber les pauvres investigateurs du passé, dans différentes grandes familles locales. Quant aux Raymond de Mévouillon immatriculés minutieusement par d'éminents historiens, il y en aurait six à des dates incertaines et présumées. De récentes découvertes font que l'on vient d'en découvrir deux autres pour une même période, mais comment les numéroter sans qu'il y ait de confusion ?

Problèmes sur Internet. De nombreux amateurs, français et étrangers, se lancent dans des arbres inconsidérés. Ils se basent pour certains sur d'autres généalogistes ou petits historiens locaux perdus dans le fin fond des temps, croyant explorer du « non-fait », de l'inconnu. Ces gens ne font qu'amplifier les embrouilles dues aux erreurs de dates d'événements ou autres – parfois jusqu'à cinquante ans de différence pour un même personnage. Des îles Britanniques ou d'Amérique, il est difficile de faire de la généalogie sans se déplacer. Ce qui est plus grave, Internet et les encyclopédies en ligne enregistrent ces informations erronées pour l'éternité, rien ne s'efface sur le Web.

Rendant un hommage féodal à deux prospecteurs du passé, Hélène et Thierry Bianco, qui ont su démêler certains imbroglios tout en respecter les faits historiques prouvés dans « les Lachau, branche cadette des Mévouillon ». Honnêtement, ils citent les différentes versions de descendance, sans oublier de signaler les invraisemblances et leurs auteurs. Parfois, il est difficile de dater exactement, mais ils restent dans un environnement de cinq ans par rapport à d'autres sources aussi incertaines. Mais cinq ans, qu'est-ce que c'est dans huit cents ans d'histoire ?

Joseph Roman (1840-1924), historien émérite, a fait des travaux de recherches considérables sur le Dauphiné, très fiables encore aujourd'hui. Des découvertes récentes mettent à jour ou complètent son œuvre. Parfois, il se déjuge lui-même d'un ouvrage à l'autre. Cependant, beaucoup de documents restent à exploiter, le latin freine les recherches des érudits au bénéfice des universitaires, heureusement parfois, mais ces éminents professeurs restent incompréhensibles pour le commun des mortels.

Quant à l'abbé Paul Guillaume (1842-1914), ancien curé de Ribiers, il nous apporte par ses inventaires, dont celui de Boscodon, une foultitude de petits renseignements. Il nous informe notamment sur les donations faites par le clerc

Richaud de Mirabel, pour Mison, Saint-André-de-Rosans et autres. Généralement ces œuvres commencent trop tard pour ce livre, parfois son latin ecclésiastique du XIX<sup>e</sup> siècle décourage les plus ardents chercheurs.

Ulysse Chevalier (1840-1923) reste une mine considérable d'informations (*Regeste dauphinois*). Ce prêtre, professeur à l'université catholique de Lyon, adopte parfois des attitudes très critiques sur les ecclésiastiques de l'époque.

Exemples d'erreurs historiques.

Des documents modernes racontent :

*Guillaume IV, seigneur des Baux, fils de Tiburge, héritière d'Orange, fit campagne contre le comte de Toulouse. Surpris par les gens d'Avignon, lors d'une sortie en 1218, est fait prisonnier. Simon de Montfort abandonne le siège d'Avignon, Guillaume est retrouvé lynché à cause de la rivalité entre Orange et Avignon.*

En réalité, il s'agit de Guillaume I<sup>er</sup> des Baux (et non Guillaume IV), partisan du pape qui fut enlevé par les gens de Toulouse (et non d'Avignon) en 1218, lors de l'échec de la prise de la ville de Toulouse (et non d'Avignon) par Simon de Montfort. Il fut découpé en morceaux.

Le siège d'Avignon se fera en 1226 (et non en 1218), soit huit ans après, et se soldera par une victoire royale.

On attribue de nombreuses seigneuries à d'illustres personnages sans preuve, sur de simples suppositions et spéculations. Je ne citerai pas de nom ou de village, risquant des problèmes avec les offices touristiques. Les affirmations devenues erronées de quelques auteurs deviennent du pain bénit pour le tourisme. Des documents prouvent que Galburge de Mison est bien dame de Serres et autres (et non Raymond de Mévouillon). Je me contenterai donc de faits corroborés par plusieurs sources différentes.

L'historique du Dauphiné ne peut être indissociable de l'histoire de France. L'histoire nationale apparaîtra donc en caractères italiques.

Encore un mot : j'ai voulu faire un récit réel, quelque peu romancé dans un langage aéré et moderne afin d'éviter des paragraphes trop académiques et pour rendre attrayante cette histoire aux yeux de tous les lecteurs. Pour ce faire, j'ai dû créer des personnages fictifs, mais secondaires. Le reste est exacte.

Si malgré les soins apportés à cette étude, de travail, d'amitiés, de coopérations diverses, de relectures, le lecteur trouve quelques erreurs ou fautes d'orthographe, qu'il m'en excuse. Le temps et la recherche vont tellement vite qu'il se peut qu'une ou plusieurs sources m'aient échappé. Si quelqu'un fait mieux, je serai le premier à l'en féliciter.

*Innocent III et les albigeois.*

# CHAPITRE PREMIER

Dans ce XIII<sup>e</sup> siècle, pour mieux comprendre les tensions qui régnaient dans le Dauphiné, je dois faire un parallèle avec la « grande histoire de France », notamment avec celle appelée à tort la croisade contre les albigeois (1208-1229).

Dans les Baronnies, ce conflit va engendrer des divisions au sein des féodaux, tous de la même famille. Les uns s'en allant en guerre pour le roi de France (Mévouillon), et d'autres pour ses adversaires, les comtes de Toulouse (Montauban). Ces haines perdureront au-delà de la guerre elle-même, et influeront sur les destinées de cette vaste région.

*L'assassinat de Pierre de Castelnau, légat du Saint-Siège, par un proche du comte de Toulouse constitue le prétexte immédiat de la croisade. Politiquement, le pape décrète la chasse à l'hérésie cathare. Réellement, une alliance entre le roi d'Aragon, le comte de Toulouse et ses vassaux pourrait déboucher sur la constitution d'une puissance occitane au sud de la France. Ce danger n'apparaît à Louis VIII que tardivement, à trois ans de sa mort. Ce qui le fait entrer en campagne par la prise d'Avignon.*

*En ce début du XIII<sup>e</sup> siècle, le catharisme s'étend surtout sur le Languedoc, Toulouse, Béziers, Carcassonne, Albi, et se développe d'abord dans les couches sociales les plus basses pour gagner la noblesse. Qui dit noblesse dit conquête par l'épée. Cette croisade concerne Raymond VI de Toulouse, Trencavel d'Albi et de Béziers, plus tard le comte de Foix, indirectement le roi d'Aragon, côté cathare. Les papes Innocent III et Honorius III, qui se sont relayés, s'appuient sur*

*Amaury VI, son fils Simon de Montfort avec l'aide sans conviction de Philippe Auguste qui envoie son fils Louis à la tête d'une armée, non sans avoir lancé son ost, service militaire dû par les vassaux à leur suzerain. Le roi de France, déjà laïc, pense que le pape outrepasse ses droits et que l'assainissement d'un royaume passe par son souverain.*

*Devant l'arrivée des croisés, Trencavel tente une négociation avec le légat papal qui exige une soumission sans compromis des cathares. Aussitôt le vicomte s'enferme dans Béziers qui est rasée, la population massacrée. Les troupes royales marchent maintenant vers Carcassonne où le vicomte s'est réfugié. Après un siège rapide, la ville se rend, Trencavel, prisonnier. Ce neveu du comte de Toulouse meurt dans sa cellule – assassiné, disent les uns, de mort naturelle, prétendent les autres. Raymond-Roger n'a que vingt-quatre ans.*

*Contre toute attente, Raymond IV de Toulouse se repent afin de protéger ses terres et demande au légat Arnaud Amaury de succéder à son neveu décédé. D'une repentance trop récente, la proposition semble suspecte. Après un aphorisme proposé à de vaillants et nobles combattants croisés, la suggestion parvient à Simon IV de Montfort qui refuse par coquetterie, puis accepte enfin. Ce revirement comtal plonge dans l'embarras les seigneurs provençaux et dauphinois qui avaient soutenu Toulouse.*

*L'ost prenant fin avec les quarante jours militaires dus au suzerain, les feudataires s'en retournent dans leur château à l'exception du comte de Bourgogne sentant quelque chose à gratter. Il en restera pour ses frais. Simon tente une vassalisation au roi de France pour ses nouvelles terres conquises, à charge d'allégeance. Le souverain reste tiède et prend son temps pour acquiescer.*

*Pendant ce temps, le roi d'Aragon, comte de Barcelone et de Roussillon, Pierre II, suzerain de Trencavel, arrive à Carcassonne à la tête d'une armée pour protéger sa vassalité. Il cherche à négocier, mais le légat lui rappelle qu'il a rendu, lui-même, hommage au pape, son suzerain. Il repart, car une invasion mauritanienne (actuellement l'Algérie) menace son royaume, il vainc à La Navals de Tôlas. Il revient à Toulouse pour soutenir les comtes partisans des cathares. Le pape l'excommunie immédiatement. Il n'en a cure. Il met le siège devant Muret où Montfort s'est réfugié avec le reste de ses croisés. Le 3 septembre 1213, le souverain aragonais reçoit un coup d'épée mortel asséné par Alain de Ronty, chevalier d'Artois.*

*En 1218, sollicité de nouveau par le souverain pontife, Philippe Auguste condescend à envoyer son fils Louis en Languedoc, il assiège Marmande avec Montfort qui ambitionne de conquérir le Midi tout entier. Ils massacrent allégrement la population à tour de bras et assiègent Toulouse le 25 juin. La ville résiste farouchement. Au cours d'un assaut, Simon meurt de jets de pierres lancés par des femmes, dit-on. Échec ! Trop long ! Trop coûteux ! L'ost terminé, chacun entre chez soi. Le prince héritier retrouve ses frimas du Nord où il est né trente et un ans auparavant.*

*Les croisés restent seuls devant les Méridionaux, il s'ensuit défaite sur défaite. Amaury VI de Montfort, héritier du Languedoc par son père, quitte le Midi, désabusé, et cède ses terres occitanes à Philippe Auguste, dont Toulouse qu'il n'a pas conquis, mais, la partie perdue, le comte se soumettra de lui-même.*

*Raymond VI et Raymond VII de Toulouse craignent avant tout une révolte de leurs vassaux tant le catharisme est implanté sur leurs terres. Ce qui explique leur mollesse à exécuter les ordres de l'Église concernant « l'hérésie », leur louvoiement entre les deux belligérants, tantôt d'un côté, tantôt de l'autre et leurs excommunications par les papes.*

*Malgré la nouvelle promesse de Raymond VII de réduire à néant la nouvelle religion et sa soumission au pape, Louis VIII, le nouveau roi, part en croisade contre lui, poussé par son épouse, Blanche de Castille, et par les évêques.*

*La trêve de Latran ne durera qu'un an. Au prétexte d'une sainte expédition, Louis VIII, dit le Lion, envisage sérieusement d'agrandir son royaume sous l'œil débonnaire du Saint-Siège qui voit par-là la destruction de comtés méridionaux trop libres et devenus trop puissants.*

*À la tête d'une armée gigantesque, le souverain descend la vallée du Rhône avec ses chevaliers à trois jours devant la piétaille – cap sur Avignon. Cette ville excommuniée depuis dix ans, sujet des comtes de Toulouse, par crainte de brigandages, de rapines par les prédateurs de la soldatesque, refuse le passage au roi qui souhaite la traverser majestueusement. Politiquement, il est impossible pour le roi de commencer son expédition par un refus. La cité se ferme, les royaux l'assiègent. Deux jours plus tard, les piétons et arbalétriers apparaissent épuisés par une longue marche depuis Paris. Des charpentiers coupent et taillent de grands arbres pour confectionner des balistes, tandis que des soldats acheminent de lourdes pierres qui serviront à bombarder murailles et personnels. Deux jours plus tard, les premières flèches mortelles des scorpions passent par-dessus les remparts. Les perrières et couillards pilonnent les trébuchets dans une courbe gracieuse, jettent leur caillasse en tirs nourris pour préparer l'assaut. Une galerie couverte, lentement, se meut vers le grand portail hérissé de fer. Ses roues s'enfoncent dans la boue, elles patinent. Quelques mercenaires sortant de leur abri s'exposent pour la désembourber. L'un d'eux reçoit un carreau d'arbalète en plein dos, il s'écroule. Un autre reprend sa tâche. La tortue abrite un*

*Trébuchet, d'après un croquis de Viollet-le-Duc.*

*puissant bélier. D'autres carapaces, appelées chats, mettant à couvert des hommes d'armes, se coulent lourdement tels des serpents, vers les points faibles des murs. D'immenses pierres leur passent par-dessus. Aux créneaux, les Avignonnais guettent pour apercevoir une ombre ou un homme pour le cribler de flèches. Inexorablement les immenses boucliers avancent jusqu'au contact de la porte et des murailles. Le bélier oscille d'avant en arrière, de plus en plus vite, de plus en plus fort, jusqu'au premier coup, il résonne au rythme d'un bourdon de cathédrale. Les gongs résistent. Soudain, les deux battants s'ouvrent découvrant une herse qui s'élève. Un escadron de cavaliers légers, des sergents d'arme surgissent dans une chevauchée effrénée, flambeaux en main. Ils encerclent la tortue et y mettent le feu. Une compagnie d'archers fait irruption à son tour, en ligne, et abat les croisés qui s'enfuient de la construction enflammée. Des chats s'échappent des fantassins armés d'échelles qu'ils appliquent à la paroi après s'être assurés de leur implantation dans la terre. Ils montent à l'assaut, épée en main. De grandes perches les repoussent, les escaladeurs tombent dans le vide. Si, gagnés par la vitesse, certains arrivent jusqu'aux créneaux, une décapitation les attend. Fiasco total du premier assaut.*

*Afin de ne pas rester sur une déconvenue, Louis VIII ordonne la construction de beffrois mobiles et de tonnelons. Des tours démesurées se dressent à l'arrière du champ de bataille, des troncs d'arbres coupés et ficelés en croisillons, recouverts de peau de bêtes contre les projectiles enflammés. Elles avancent mues par des rondins. À hauteur des chemins de ronde, les panneaux de bois se baissent et se relèvent à souhait, ils servent de passerelles pour entrer directement en contact avec l'ennemi. Les tonnelons consistent en une machine à contrepoids. Un enchevêtrement de bois, tel un clocher, est muni à son extrémité d'une immense poutre comme en équilibre. D'un bout, des cordes pendent avec une poche en peau pour charger les pierres ; de l'autre bout, un vaste tonneau pour abriter des archers ou des arbalétriers. Le système fait monter les soldats au fur et à mesure de l'accumulation de roches ou de boulets dans le sac. Cette balance permet de surplomber les fortifications*

*Siège de Toulouse, 1218 (Bibliothèque nationale de France).*

*pour faciliter les tirs en mettant à l'abri les croisés. Cependant, les servants protégés par des panneaux de bois travaillent pour mouvoir les appareils sous les lancements de projectiles de toutes sortes.*

*La lutte se poursuit avec ardeur d'un côté comme de l'autre. Les assaillis obligent le roi à reculer avec ses troupes. Les trébuchets donnent le maximum, les batteries de scorpions mitraillent la ville des hauteurs sur lesquelles ils sont installés. Un onagre vient de démolir l'église. Plusieurs assauts se perpétuent en vain, mais les vivres et l'eau manquent. La cité capitule après quatre mois de bombardements, épuisée. Elle est rasée totalement, ses maisons, ses murailles. Certains seigneurs regagnent leur demeure, l'ost se termine. Pour ces ruines, le légat du pape nomme un évêque, Nicolas de Corbie, qui organise immédiatement une procession hors les murs à laquelle aurait participé le roi vêtu d'un sac noir, les pieds nus, ceint d'une corde.*

*Après cette victoire, Louis VIII se promène dans le Languedoc, reçoit les soumissions et hommages de beaucoup de grandes villes méridionales. Il a obtenu son surnom de « Lion » pendant le règne de son père, victorieux de Jean sans Terre, roi d'Angleterre. Ayant accepté la couronne de ce royaume, elle lui est refusée par les barons d'outre-Manche. Il meurt après trois ans de règne, le 8 novembre 1226. Blanche de Castille, son épouse poursuit « son œuvre » durant la tutelle de celui qui sera Saint Louis. Il a su faire d'un prétexte religieux, une conquête politique. La civilisation, le langage du perdant s'éteindront, les lois du conquérant prévalant. Ainsi a commencé l'inféodalisation du Midi par le Nord, la prédominance du septentrion sur le méridional, toujours, hélas, d'actualité. La France d'en haut et la France d'en bas (Jean-Pierre Raffarin)*

# L'ENFANT TURBULENT

# CHAPITRE II

À cette époque, loin des tumultes des grands seigneurs, Bertrand de Mison rassemble ses quelques vassaux dans la grande salle du château. Des vassaux, il n'en possède que trois ou quatre, autant de chevaliers, mais les grands seigneurs voisins se sont joints à la réunion. L'ordre du jour occupe tous les esprits, l'ost royal de Philippe Auguste. D'habitude personne ne répond aux ordres du monarque, n'ayant aucun droit à le faire. Dans ce coin reculé de la vallée du Buëch, on ignore quelle est exactement l'autorité suprême, peut-être le Dauphin attaché au Saint-Empire romain germanique, peut-être le comte de Toulouse qui a relâché sa surveillance avec l'affaire des albigeois, peut-être les barons des Baronnies. Aussi, il y a les influences, des plus puissants que d'autres, des petits alleutiers pauvres et les terres des barons et comtes. Mais jamais, au grand jamais, le roi de France s'est révélé une autorité suprême. L'ost oblige les vassaux à combattre aux côtés de leur suzerain pendant quarante jours dès la réquisition de ce dernier. D'habitude, les osts passent inaperçus surtout quand il arrive avec deux ou trois mois de retard. Là, ce sont des messagers qui ont remis en main propre l'ordre royal jusque dans le moindre manoir de chevalier, traquant le plus petit gentilhomme. Dans la région, passent quelques informations avec beaucoup de retard, on avait entendu parler de Simon de Montfort, de Raymond VI de Toulouse, du comte de Foix, mais tout cela est si loin géographiquement. Le roi de France paraît se maintenir au-dessus des embrouilles entre le pape et Toulouse, mais il a envoyé quand même les Montfort… D'abord, de quoi se mêle-t-il cet « Innocent III » ?

Déjà au début de la croisade, en 1209, les cousins de la baronnie de Montauban avaient pris position pour le comte de Toulouse, tandis que les Mévouillon de Buis avaient pris position pour le roi de France. Il s'était ensuivi une certaine friction familiale. Pour apaiser les uns et les autres, le mariage de Dragonnet de Montauban et d'Almade de Mévouillon fut célébré. Chacun était rentré chez lui, oubliant la croisade. Malgré cela, Dragonnet négocie la levée du siège de Beaucaire auprès des royaux.

Trescléoux, Mison, Ribiers, Orpierre, Montjay se trouvent dans une sorte de *no man's land*, entre les limites imprécises de plusieurs baronnies et comtés.

Les débats vont bon train : certains, voulant s'émanciper de la lourdeur de leurs voisins, se manifestent pour Philippe Auguste et le prince Louis, d'autres au contraire ne jurent que par Raymond de Toulouse espérant tirer quelques subsides ou mieux encore le fief jouxtant le leur. De toute façon, le départ, donc le choix du seigneur à servir, ne se fera que dans trois mois. La querelle de 1209 se ravive, Raimbaud de Lachau en tête. L'assemblée se divise de nouveau, elle en vient presque aux mains quand un domestique vient troubler la chamaillerie. Dame Béatrice vient de s'évanouir, le majordome la transporte dans la chambre nuptiale.

Abandonnant la chamaille, le maître des lieux, Bertrand de Mison, vole au secours de l'infortunée. Il la trouve en proie aux contractions de la maternité. Il ne sait que faire. Le petiot se raille des problèmes paternels, lui, il débarque, ce sera une petiote, l'aînée des Mison. Une matrone intervient, une cuvette tenue des deux mains, suivie de deux autres jeunes femmes.

— Votre Seigneurie n'a que faire ici, présentement, laissez faire les femmes.

Le ventre de Béatrice d'Agoult a trompé son monde, il avait pris l'apparence d'un cinquième mois de grossesse, ce qui n'appelait aucune inquiétude. Cet accouchement inopportun révolutionne le château. Alors que Bertrand sort par une porte, la grand-mère paternelle, Galburge de Mévouillon, entre par une autre. Elle ordonne, affolée, se contredit, bouscule tout son petit monde. Elle angoisse. Habituée à ses excentricités, la paysanne qui accouche à dix lieues à la ronde la tranquillise ou du moins essaie. La mouche du coche s'affale sur un coffre, exténuée. Chaque douleur de l'accouchée lui soulève le cœur jusqu'aux braillements de l'enfant.

Le travail terminé, les vieux seigneurs se pressent autour du lit. Raymond III, baron des Buis, encore rouge de colère à cause des prises de position sur l'ost, lui sourit de ses dents gâtées. Il contemple ce paquet de linges emmaillés, telle une momie, d'un œil glauque. Que peut faire d'autre une vieille carcasse ? Son fils, le beau Major (l'aîné) a vingt ans. Il vient d'être adoubé chevalier par le dauphin André Guignes lui-même. Après avoir séjourné cinq ans à sa cour, il a tout appris avec d'excellents précepteurs au Buis, la géométrie, l'orthographe, un peu d'astronomie, le calcul... Il a pris pour parrain de chevalerie Bertrand de Mison. Sa mère, Saure du Faye, la vieille baronne, s'assoit sur un coin du lit, tant pis pour les convenances. Ses jambes la portent difficilement. Sybille, la jeune épousée de l'héritier des Mévouillon, regarde avec envie le poupon. Ému, Raymond Cotta, seigneur de Lachau se fraie un chemin pour apercevoir le rejeton, car la domesticité est accourue aussi. François d'Oze, encore sous le coup des insultes, rumine, l'esprit ailleurs. Lauzier de La Piarre bat la semelle à grands pas au travers de la pièce, rongé par le choix qu'il aura à faire.

— Comment va-t-on l'appeler cette pisseuse ? Rugit le vieux Raymond.

— Comme sa grand-mère, « Galburge », répond Bertrand.

À l'appel de son prénom, la mère de Bertrand se dresse, étonnée. C'est un principe chez les Mévouillon-Mison, la fille est baptisée du nom de la grand-mère, l'aîné des garçons du prénom du père, ainsi les barons des Buis se succèdent de Raymond en Raymond.

Nous sommes en 1225 :

*— 1200, soutient le généalogiste, naissance en 1200...*

*— Impossible, répond l'historien, car elle se serait mariée à trente-neuf ans. Peu probable pour l'époque.*

*— Alors, disons 1230, reprend le premier.*

*— Hors de question, ce qui la ferait se marier à neuf ans. Elle n'était pas pubère à cet âge.*

*— Et la cérémonie de cuissage qui consistait à frotter la peau d'une cuisse de deux jeunes époux, l'une contre l'autre, devant l'évêque lorsque l'un d'eux a moins de douze ans ?*

*— Peuchère ! C'était une coutume de barbare qui se pratiquait chez les féodaux du Nord, à Paris, pas chez nous en Provence-Dauphiné.*

Après avoir essuyé l'enfant pour lui retirer la poisse de sa venue dans le monde, une nourrice l'installe dans un berceau fait de branches régulières et de petits bois ficelés en croisillons. De la paille le tapisse sur le fond. Un bonnet lui enserre la tête, cachant ses oreilles. Malgré ses langes, elle la borde de plusieurs couvertures faites de peaux de mouton, car l'hiver s'installe tardivement et l'humidité dégouline sur les parois de la chambre de l'accouchée. Garçon ou fille, l'importance de l'aînée prime sur le reste des enfants. Elle représente l'honneur de la famille, elle incarne la succession, le renouveau, l'avenir de la dynastie. Elle restera longtemps accrochée à son père, le seigneur, le maître, son suzerain. Toute son enfance et son éducation reposeront sur la tradition ancestrale.

Dehors la froidure s'installe en cette fin mars. Les cheminées crachent leur fumée bleuâtre répandant une odeur de bois brûlé. La pluie tombe à grosses gouttes sur les arbres décharnés qui implorent désespérément le ciel de leurs bras émaciés et squelettiques. La brume vespérale leur donne un aspect lugubre d'outre-tombe.

Dans ce paysage apocalyptique, un prêtre marche, bravant le froid et l'eau qui lui cinglent le visage, c'est le curé de Mison, il vient de faire un baptême à Ribiers. Soudain, il glisse dans une mare de boue qu'il n'a pas vue dans son empressement. Il se relève et part en courant vers la chapelle du château. C'est qu'il vient de se faire admonester vertement par un garde parce qu'il n'était pas dans son presbytère.

— Je lui en foutrais, moi, du baptême à Ribiers ! À Ribiers… pourquoi pas en enfer ? N'est-il pas le chapelain de M^gr Bertrand !

Essoufflé, le bénédictin arrive dans sa chapelle, la soutane crottée. Il trouve son vicaire endormi au pied de l'autel, se frappe sur les cuisses dans un geste de lassitude en haussant les épaules. « Et il ronfle ! » s'exclame-t-il. Continuant en le secouant par les deux épaules :

— Bon Dieu, bon Dieu de nom de Dieu… Vas-tu te réveiller, vaurien, pour quoi que je te paie ?

*À savoir que les chapelains et curés prieurs étant rémunérés se devaient de payer et de nourrir leurs coadjuteurs.*

Après un court syndrome de culpabilité, levant les yeux au ciel :

— Pardonnez-moi, mon Dieu d'avoir juré, mais c'est la faute de ce fainéant...

De colère pour ce blasphème, il lui applique de nouveau de violents coups de pied. Grognant, le vicaire se lève, le prêtre lui désigne d'un doigt impératif la corde de la cloche. Les deux hommes s'y suspendent. Après une première remontée, puis une seconde, un léger chuintement se fit entendre, dans l'élan, un son à deux tons perce le silence hivernal. Des vibrations font trembler les murs. De sa grosse voix, la cloche de la bastille Mison déclare l'arrivée dans le monde catholique et romain de la petite Galburge.

*Le célibat des moines, du fait de la communauté religieuse, remonte au début du IVe siècle ; il devient obligatoire pour la prêtrise en 1123, au concile du Latran.*

Les serfs et les paysans libres s'arrêtent de travailler un instant. Ils comprennent l'événement, mais le sourire qui illumine leur visage se transforme rapidement en grimace. Ils devront verser une taxe supplémentaire à leur seigneur pour cette naissance. Les femmes sortent de leur chaumière malgré le sol gelé. Elles s'approchent les unes des autres. Elles commentent l'événement : garçon ou fille ?

— Ça devrait être un couillu, prédit une bonne femme.

— Penses-tu ! Le Bertrand n'a que des roupettes à faire les pucelles. Il y a des hommes comme ça, prétend l'une.

— Et tu t'y connais, toi, en roupettes ? Ton Eymond n'a pas été capable de te faire un lardon, reprend une autre.

Puis elles cancanent, dégoisent les unes sur les autres, ragotent, médisent, jasent et bien d'autres choses encore. Quand soudain une mégère en empoigne une autre. Elles se battent, cela dégénère en bagarre collective. Les hommes, témoins de la scène, n'osent intervenir de peur de prendre un mauvais coup.

Pendant ce temps, le chapelain et son vicaire remontent et descendent au gré du contrepoids de la cloche.

— Va-t-il bien s'arrêter ce ratichon du diable ?

Béatrice d'Agoult demande d'aller quérir le Gaucher séance tenante. Bertrand s'y refuse au prétexte de l'interdit papal concernant les devins de tous poils et astrologues de toutes robes.

### Les arts divinatoires

*Les arts divinatoires connaissent une situation ambiguë, considérés comme une œuvre diabolique, le concile de Tolède les condamne. Innocent III, le pape de l'époque les récuse et fait condamner les pratiquants pour sorcellerie. Cependant, toutes les cours européennes recourent à cette pseudoscience affinée par les signes du zodiaque. Chaque roi, imité par les nobles, dispose en permanence d'astrologues. Ils restent l'apanage des gens riches. Ils reposent sur l'observation des étoiles. Quarante ans plus tard, saint Albert le Grand, docteur de l'Église, s'y passionnera.*

Devant la mine déconfite de son épouse, Bertrand souscrit à son vœu d'un claquement de doigts vers le valet qui court le chercher. Le Gaucher arrive, timide, le chapeau tenu entre ses doigts tremblotants. Ses braies dégoulinent de purin qui coule sur les dalles. C'est un vilain. Bertrand l'a arraché du bûcher. Depuis il lui voue une reconnaissance éternelle. La foule qui encombre la chambre s'en retourne, ne voulant pas avoir quelque problème avec Notre Sainte Mère l'Église.

Gaucher s'approche du berceau :

— C'est un Bélier, prédit-t-il, une très longue vie avec beaucoup de conflits. Elle sera seule et agira seule, avec l'appui de grands – quelques enfants...

En semi-inconscience, le Gaucher déblatère tout son saoul, les yeux clos. Béatrice rêve déjà. Il imagine sa fille avec une couronne de reine sur la tête entourée de nobles qui lui font mille courbettes. Elle n'entend plus le Gaucher qui narre ce qu'il entrevoit. Il bave en tanguant d'un pied sur l'autre comme un vaisseau en pleine mer démontée. Des paroles incompréhensibles explosent de sa bouche. Il tombe en catalepsie.

Malgré l'impôt ramassé par la naissance, le seigneur de Mison ne brille pas financièrement, il réduit son train de vie au strict minimum. Il aurait pu vendre quelques terres pour organiser un tournoi, mais il n'en possède que très peu, Orpierre, Serres, Arzeliers, Le Poët, Pomet en coseigneurie et Mison. Il fait partie de la branche des Mévouillon fauchée. Pour l'entretien du château, il y a bien encore quelques serfs ou même des paysannes libres, mais il faut les nourrir. La domesticité réduite s'occupe principalement du maître et de la maîtresse des lieux. Il faut bien à Bertrand quelques soldats et chevaliers pour imposer Sa Seigneurie et le flatter, sans parler de la chasse qui s'opère comme à la guerre et nécessite d'indispensables fauconniers. Pour Béatrice, des dames doivent l'accompagner, son prestige et son rang en dépendent. Elles l'habillent, la déshabillent, l'accompagnent. Elles jouent avec elle à une sorte de colin-maillard, l'été, dans les jardins. Tandis que l'hiver amène des bavardages à n'en plus finir. Mon Dieu, quelle vie !

Alors que le roi Louis VIII de France assiège Avignon, la noblesse du Dauphiné part pour la guerre ayant choisi des camps différents, ce qui posera de l'animosité à leur retour et rompra quelques liens familiaux. Bertrand de Mison, bien que n'ayant aucun lien de vassalité, rejoint les forces royalistes, pensant refaire sa trésorerie avec les butins de guerre. Il quitte sa femme Béatrice. Galburge n'a que quelques mois. Il accompagne le contingent du vieux baron Raymond de Buis et son fils héritier, le Major, son filleul de chevalerie. Le Renard de Mévouillon se réjouit de tâter de l'albigeois, car il a des vengeances à assouvir sur l'orgueilleuse cité. François d'Oze et ses chevaliers arrivent, bannières au vent. Tous ces hommes de guerre vont se frotter la couenne à celle des Avignonnais, joyeusement, jambière contre jambière.

— Que le temps a semblé long depuis la dernière bataille, c'était en… Je ne m'en souviens plus, il y a tellement longtemps.

C'est une guerre de siège qui les attend où la chevalerie n'a guère de place. Bertrand et les Dauphinois attendent en vain une sortie, une confrontation physique avec les citadins. Ils assistent, impuissants, aux bagarres sur les passerelles des grandes tours de bois. L'une d'elles flambe malgré ses couvertures de peaux. Ils se rendent en haut des collines artificielles faites de pierres et de gravats d'où les scorpions crachent leurs traits mortels sur la ville, tandis que les boulets des catapultes cognent à tour de rôle sur les murailles dans des sons caverneux. Les servants des appareils ignorent la noble chevalerie du Dauphiné, trop occupés à leur tâche. Les chevaux hennissent d'impatience ou d'ennui. Le petit baron Bertrand-Reybaud de Pomet descend de sa monture pour pisser, il braille à cause de ses cuissards qui ne peuvent pas s'écarter et sa cotte de mailles qui, à cet endroit, refuse le passage au « petit oiseau ». N'en pouvant plus, il se laisse aller dans sa cuirasse laissant échapper un cri de soulagement. Dans un mimétisme, d'autres l'imitent et remontent rapidement sur leur monture, de peur que les assiégés s'échappent pendant leur petite opération.

Le corps à corps

# CHAPITRE III

Pendant ce temps, la petite Galburge grandit, pas toujours en sagesse. À peine sortie de ses langes, elle court partout, au grand dam de sa nourrice. Elle tourne et vire donnant le vertige à sa mère. Déjà elle pétille de malice, un feu de joie permanent. Sa sœur, plus jeune, ne l'intéresse pas. Elle n'en a cure. Elle recueille tout l'amour des parents, s'il en reste, c'est pour leurs affaires et non pour cette ribaude. Alors, elle joue avec le fils de l'écuyer, son père est parti avec M^{gr} Bertrand. Il ne reste plus que les femmes, les enfants et les invalides. Quelques paysans réquisitionnés accomplissent les gros travaux ou assurent la garde sur les remparts avec bâtons et gourdins, car les nobles interdisent le port de l'épée aux vilains. Les paysans paient leurs impôts et taxes en nourriture au fur et à mesure des besoins du château et non une fois l'an selon les habitudes. Un clerc boiteux note scrupuleusement les arrivées afin d'éviter un paiement en double. D'autres amènent les arbres pour les cheminées, car des troncs entiers brûlent dans l'âtre du séjour. Depuis le départ du maître, les âtres des chambres restent sans feu. Tout cela coûte cher. On s'emmitoufle comme on peut. Le temps passe, Galburge se personnalise. Têtue, elle refuse de porter des robes. L'amas de tout ce fatras de tissus entre les jambes l'incommode au grand désarroi de sa gouvernante. Une fois, s'échappant des mains domestiques, elle paraît devant sa mère et ses femmes le cul nu malgré la fraîcheur de l'atmosphère. La mine dépitée, Béatrice, sa mère, ordonne de lui trouver des braies. Mais où dans cette assemblée de femmes ? Les pantalons d'un petit paysan feront l'affaire.

Elle s'acoquine avec un autre chenapan, le petit Charles, un fils de valet parti à la guerre lui aussi. Les deux enfants restés seuls errent dans les vastes pièces glaciales et désertées. Dans les écuries, ils s'amusent tantôt en grimpant sur le dos d'une vieille rosse restée au paddock à cause de l'âge, tantôt à se poursuivre sur les remparts. Ils martyrisent la quintaine tournante qui sert à l'entraînement équestre. Ils esquivent les coups en retour avec les écus du seigneur en répondant à grands coups de bâton. Ils s'imaginent attaquer un Sarrasin, un ennemi de Dieu. Roland, un autre manant, plus âgé, se mêle à leurs jeux. Avec le « grand », ils se permettent d'autres aventures : sonner le tocsin pour voir apparaître en courant les travailleurs de la terre. Ils galopent dans les coursives en faisant des glissades. Il faut bien se réchauffer. Ils sortent même du château le trouvant trop petit pour leurs ébats. Ils dévorent l'espace des grandes prairies, taquinent les bêtes et s'enfuient dans des cris de joie. Galburge découvre le labeur des paysans. Elle les observe de ses perles noires. Malgré son rang, elle en gardera un certain respect. Eux, malgré son jeune âge, retirent leur bonnet à son passage. Elle intéresse surtout les femmes – La bachelette de notre seigneur Bertrand.

Bertrand suivant le roi, continue son périple des cités provençales qui rendent hommage au souverain du Nord, prêt à sortir son épée en cas de refus. Il compte guerroyer par-ci par-là pendant le retour royal vers Paris. Soudain, en traversant l'Auvergne, Louis VIII meurt foudroyé par une épidémie avec quelques-uns de ses vassaux. Le seigneur de Mison, petit parmi les grands, peut-il faire fortune en suivant les nobles qui regagnent Paris pour ovationner le nouveau roi âgé de douze ans ? La reine Blanche de Castille, sa mère, gouverne à sa place et signe un traité de paix avec Raymond VII de Toulouse. Est-ce la mort de la Provence-Languedoc ? Regagnant ses terres, Mison met son épée et ses hommes au service de petits noblaillons du côté de Crest pour des règlements de comptes, mais aussi pour des écus sonnants et trébuchants.

Galburge éclate de joie en retrouvant son père, bien qu'elle n'ait que quelques mois à son départ. Elle lui entoure la jambe de ses deux bras, l'agrippe à le déshabiller. Il la prend dans ses bras, puis l'écarte un peu, s'étonne de la voir vêtue comme un jacques, avec ses braies, sa bonne mine de campagnarde – la crasse en supplément.

— Vot'Seigneur, sauf vot'respect, c'est un garçon manqué, se plaint une servante, elle galvaude avec les fils de palefreniers.

Bertrand, au haut de sa froideur, ne peut s'empêcher d'esquisser un sourire. Il fronce les sourcils vers l'enfant qui pouffe de rire en lui tapotant sur la joue. Sa fille le désarme, lui, le fier chevalier qui a combattu les Barbaresques.

Bertrand avait emmené avec lui ses valets d'écurie, ses serfs et quelques alleutiers volontaires, mais rémunérés, ceux-là. Il les avait armés du mieux qu'il put en espérant que Dieu fasse le reste. Leurs parcelles de terre étaient restées incultes engendrant une perte nette pour l'exploitation seigneuriale.

## Les veuves et orphelins

Cinq de ses paysans avaient été tués, n'étant pas des soldats aguerris, ils servaient à la manipulation des pièces de siège, notamment aux déplacements des tours exposant leurs vies quand elles s'embourbèrent. Il appartient au maître de réparer les dommages de guerre et au curé du village de prendre en charge les veuves. Ce dernier vit chiquement avec son vingtième de dîme d'une part et d'autre part son état ecclésiastique lui interdit d'héberger des femmes dans son presbytère. Que faire ? Il cherche dans ses ouailles quelques hommes libres, mais il y a plus de veuves que de veufs à cause des guerres et des durs travaux des champs. Alors, il les fait coucher dans les écuries du voisinage avec leurs enfants en attendant, car les soldats les ont déjà expulsées de leur chaumière. Bertrand vient d'acheter cinq nouveaux couples de rustres aux bras vigoureux. Rentabilité, rentabilité ! Le brave ecclésiastique implore la dame des lieux de les lui employer pour le soulager de sa lourde tâche. Elle lui concède une seule ribaude, la plus jeune, malgré les réticences du clerc chargé de la gestion des terres. Lunel se présente à sa dame, les cheveux ébouriffés avec de la paille dedans, un sourire niais éclaire un visage poupin. Un vaste triangle de tissu grossier cache ses épaules pour venir se croiser sur ses seins, une jupe en lambeaux peine à dissimuler un petit ventre bien rond. Des pieds nus et souillés marquent son passage en laissant des marques de limon sur les dalles. Intriguée, Béatrice demande :

— N'as-tu pas de poulaines à te mettre ?

— C'est quoi des poulaines ?

— Pour se mettre aux pieds, pour marcher sans se salir, pour être belle…

— Vot'Dame, j'ai toujours marché sans poulaines, tout le monde marche sans poulaines. Il y a que les chevaliers qui marchent avec des pieds en fer.

— Mon Dieu, que vais-je faire de toi ?

Ainsi s'affrontent les classes sociales, ne vivant pas sur la même planète.

Cependant, le curé reste avec quatre pensionnaires sur les bras, elles ne mangent pas, elles dévorent. Sa dîme va y passer. L'une d'elles intéresse vivement son vicaire, mais une lointaine bulle papale interdit le mariage des prêtres, mais pas la copulation ? La question reste posée. Mais, s'il ferme les yeux, son coadjuteur ne manquera pas de lui réclamer les appointements qu'il lui doit. Quant aux enfants des veuves, on leur trouvera bien une place chez les templiers ou chez les chevaliers de Saint-Jean de Jérusalem. Ces moines chevaliers possèdent des monastères, des fermes et des dépendances du côté de Lagrand. Avec quelque chance ou la protection du prieur, certains deviendront chevaliers...

## La chasse

Face aux bouillonnements des eaux du Buëch, Galburge, arc en main et flèches dans son carquois, contemple un court instant l'imposant le château de Pomet où réside son oncle Reybaud. À quelques lieues de là s'étendent les terres de Raymond Cotta (1200-1240), celui-là même qui a combattu pour le comte de Toulouse contre son père soutien du roi de France. Pour ce forfait, le dauphin lui confisque ses terres pour les offrir à Mévouillon, baron du Buis. Bertrand emmène sa fille à la chasse. Maintenant, elle peut bander un arc. Des piquiers les accompagnent prêts à achever la bête touchée tandis que des chiens vont et viennent de l'avant à l'arrière de la troupe. Se trouvant sur les Faysses elle se dirige vers les Roméyères. Aux Damians, près de la source, les paysans se plaignent de sangliers qui se sustentent et piétinent leurs champs de chanvre. Là, Bertrand en trouve une meute au grand complet qui s'abreuve à l'eau fraîche de la fontaine. Surpris, ils s'éparpillent en tous sens dans un mouvement de panique. Les marcassins recherchent leurs mères. Ils seront les premiers la proie des chiens. Les lanciers parviennent à isoler un vieux mâle qui tente de s'échapper en forçant le passage lorsqu'une flèche le frappe sur le groin. Galburge tire un second trait. La bête s'écroule. Les soldats l'achèvent. Elle fait volte-face, car elle sent qu'un autre la charge. Elle s'écarte et lui inflige une flèche dans le dos. Face aux murs de la source, il se retourne et court vers elle. Son père intervient. D'un coup d'épée, il lui entaille la tête. Ce ne sont pas moins de dix sangliers que les valets ramènent suspendus à de grosses branches.

*La chasse s'affirme comme le privilège de la noblesse, elle devient l'occupation favorite de celle-ci, avec la guerre. Elle représente la puissance, seuls les aristocrates possèdent des chevaux pour cavaler derrière les cervidés et porcins par monts et par vaux. Des sergents d'arme et valets de louveterie à pied les accompagnent pour rabattre le gibier. Parfois, des trompes tentent de rassembler les égarés dans la forêt. Elle s'accompagnera bientôt de traditions et de coutumes. On ne tuera plus le cerf n'importe comment.*

## Le festin

Fier de sa fille, Bertrand se doit de festoyer avec les sangliers abattus et une fois encore d'affirmer son prestige. Dès le lendemain, les valets se pressent dans l'immense salle à manger. Ils dressent la table. C'est-à-dire qu'ils installent de simples tréteaux sur lesquels ils couchent des planches de bois mises les unes à côté des autres. Plusieurs sont ainsi mises bout à bout (d'où l'expression « dresser la table »). Une grande étoffe de lin ou de chanvre recouvre le tout. Ils amènent des cruches d'eau et de vin. Ce dernier permettra une joyeuse table.

Les viandes se cuisent lentement dans la grande cheminée. Un rôtisseur les retourne de temps en temps et les asperge du jus de cuisson qu'il récupère d'un récipient en cuivre. Un souffleur surveille la braise, prêt à gonfler ses poumons. Dans l'âtre, au fond sur des étagères métalliques, quelques racines mijotent dans des plats en terre. Des pois, des fèves, des carottes, des navets, sauvages pour la plupart, iront régaler les dames avec quelques morceaux de viande, tandis que les hommes mangeront à pleines mains à même l'os. Naturellement, les coups de gorgeons se succéderont pour faire digérer les morceaux trop gros. Les invités arrivent pressés d'engouffrer. Ils se jettent sur la nourriture comme la misère sur les ribauds. Dans la cuisine adjacente, le petit personnel recruté pour l'occasion s'affaire. On tranche, on coupe, on déplume les volailles. On y ajoute du sel, des épices, des herbes. Dans le fond, un boulanger boulange en retirant des pains irréguliers et en enfournant d'autres. Il découpe au tranchoir d'épaisses tranches de bricheton rassis qui serviront d'assiette pour les aliments solides. Une saucière, les manches retroussées, s'active à battre du lait d'ânesse avec un œuf, sous l'œil d'un maître queux bougon.

Le seigneur du lieu apparaît dans une toge écarlate chamarrée de noir. Une cordelière dorée lui ceint la taille, une petite sacoche en cuir y est suspendue. Il avance d'une démarche majestueuse faisant poindre alternativement des poulaines vertes à l'extrémité de sa robe. Tête nue, des cheveux clairsemés laissent présager une future calvitie. Sa dame, juste derrière lui, montre une robe bleu ciel qui monte au ras du cou, ceinturée d'une bandelette blanche qui lui descend jusqu'aux pieds. D'une coiffure faite de plusieurs nattes entourant sa tête surgit un grand cercle d'or avec des boules, une couronne de baronne peut-être. Une houppelande moirée tombe de ses épaules. Galburge et sa sœur cadette Béatrice s'encadrent dans l'huis de la porte. La seconde veut passer devant, l'aînée la rabroue d'un coup d'épaule. N'est-elle pas le successeur de ses parents, donc le troisième personnage de la seigneurie. Ces demoiselles se chipotent constamment.

Malgré leur jeune âge, autant la cadette paraît maniérée, voire arrogante, autant la « majore » se moque des convenances et de tout le tralala. L'arrivée de Galburge provoque un remous dans la cour prestigieuse de son père. Une cotte de drap la vêt. Un capuchon dissimile ses yeux. Des chausses plissées lui couvrent les jambes, pieds nus. Se retournant, sa mère la foudroie du regard.

— Il vous faudrait, ma fille, plus d'élégance. Vous ressemblez à un page.

— Elle n'a pas voulu que je la change, se justifie Lunel nouvellement embauchée.

Bertrand ne souffle mot, mais ses yeux se plissent. Il enjambe le banc, sa suite en fait autant. D'un revers de main, il donne le signal « que la fête commence ». Les convives s'assoient à leur tour, jamais avant le maître de céans. Chacun a sa place selon une hiérarchie bien établie. Les nobles se placent dans l'immédiat de Sa Seigneurie, ensuite, plus loin les chevaliers s'attablent, puis les officiers civils et militaires s'installent.

On se bouscule à coups d'épaule pour se faire de la place. Des domestiques apportent des marmites qu'ils déposent au milieu de la table, y mettent des sortes de louches en bois. Ce sera à celui qui s'en empare le premier. On ramasse, qui un morceau de viande, qui du bouillon. Une fois servi, on s'installe définitivement et pour longtemps. On dépose son fessier sur la planche en bois. Brusquement un silence envahit l'atmosphère. Puis, peu à peu, on perçoit des bruits masticatoires, les mâchoires se choquent et s'entrechoquent dans des raclements de gorge. Pour les nobles et chevaliers, un valet déverse délicatement la soupe dans leur écuelle garnie d'une rondelle de pain noir. On ripaille en s'essuyant les doigts avec les nappes. On picole à même le pichet, seuls les seigneurs boivent dans des gobelets en étain, rares à l'époque.

Ils en démontrent l'aisance financière de leurs propriétaires, ce n'est pas le cas des Mison. On rote. On accueille l'arrivée des sangliers rôtis et découpés par des tonnerres d'applaudissements. À peine sont-ils déposés que chacun se précipite pour piquer un morceau avec son couteau, quitte à blesser une main plus rapide. Les éclats de rire fusent. La beuverie réjouit les cœurs. Des mains s'égarent sur les croupes des servantes rougissantes ou dans leur bénitier (décolleté). Sous les tables, des pieds poussent ceux des dames dans un regard langoureux. Les jeunes garçons dévorent des yeux les trop rares pucelles. Ils cherchent à attirer leur attention, mais elles ne regardent que les hommes mûrs qui ont plus de poils à leur menton. Un coup de trompe soufflé par Bertrand réclame le silence. Les clameurs cessent, la noble assistance se tourne vers le souffleur. Certains, saouls, ont la tête qui tombe dans leur écuelle, tandis que d'autres tentent désespérément de tenir leur chef droit.

— C'est en l'honneur de ma future héritière, Galburge, que ce festin est donné. Elle a tué deux sangliers. Un vrai garçon, il ne lui manque plus qu'une quéquette...

À ce mot, les rires se mêlent aux commentaires de chacun couvrant les restes du discours de Bertrand. La bacchanale se poursuit dans l'allégresse générale. Dehors, les paysans se pressent devant la grande herse pour participer à la fête, apportant au seigneur quelques victuailles, un lièvre, un faisan, bien que braconnés... Ils savent que les jours de réjouissance, le château leur fait bon accueil. Ils descendent directement dans les caves où du vin à volonté leur est tiré des grands tonneaux. Ils profitent des restes du festin. Ainsi ils mangent, comme le maître, des mets délicats qui se veulent exceptionnels par rapport à leur ordinaire. Ils dégustent des pâtés aromatisés à la farigoulette, dévorent du pain noir qu'ils appellent gâteau. Certains s'en retournent déjà, emportant des reliefs de repas pour leurs enfants qui ne mangent pas toujours à leur faim. Habilement, quelques mendiants se coulent dans cette population, les yeux brillants et la salive aux lèvres. Les habitants du bourg, les artisans des petits métiers ne se pressent pas, ils ne veulent pas s'acoquiner avec cette plèbe paysanne. Ils savent que déjà les clercs du bayle (officier seigneurial) parcourent les domaines pour établir la taille (impôt personnel), comme ça, de visu, approximativement – d'ailleurs plus que moins. Une bonne cinquantaine de paroisses doivent cracher au bassinet de la taxation. Malgré cela, Bertrand n'y arrive pas. Il doit vendre une ferme à un bourgeois devenu riche ou mettre en garantie des bijoux chez un usurier. Il ne peut pas totalement supprimer son « standing », question d'honorabilité ! Il doit faire des alliances avec les cousins d'Agoult, de Mévouillon, de Mondragon, lui, le petit par rapport aux grands. Et cela coûte cher.

## L'éducation

Une future « seigneuresse » se doit de savoir lire et écrire couramment. Elle doit connaître le latin pour ne pas se faire arnaquer par ses clercs, notaires, juristes ou autres gens de droit. La géométrie ouvre l'esprit, tandis que l'astronomie, rudimentaire à l'époque, permet peut-être un rapprochement avec le Dieu de l'infini. Le calcul favorise la surveillance du bayle – on n'est jamais assez prudente – ainsi que des créanciers, hélas, de plus en plus nombreux. Galburge n'a que faire de tout ce galimatias. Elle préfère courir dans les champs, grimper aux arbres, escalader les hautes falaises de la demeure de son père. Il faut laisser la compétence aux gens compétents. Bertrand persiste dans un avis contraire. Un matin comme les autres arrive un barbu, mais avec une barbe qui lui cache les yeux. Sans frapper, il entre dans la chambre des filles. Il estompe un corps dodu dans un vaste manteau rouge sur lequel une croix blanche a été cousue. Il sent le faisan à trois lieues à la ronde. Il se racle la gorge et crache par terre pour se donner une contenance.

— Mince, s'exclame la petite Béatrice, un chevalier templier.

Gauche, le moine, se présente :

*Saint Luc représenté en clerc (XIIᵉ siècle).*

— Frère Adémar de Ronlay, chevalier de l'ordre du Temple de Jérusalem, prieur du monastère de Lagrand, décimateur de Montjay, se présente-t-il d'une façon soldatesque.

Les deux jouvencelles, tremblotantes de peur, désarment le terrible guerrier.

— Je dois vous apprendre à lire et à écrire, réussit-il à dire.

— Il n'a pas d'épée, pas de cuirasse. Ce n'est pas un vrai, chuchote Galburge à sa sœur alors que le colosse se retire de la chambre.

Reprenant à haute voix ;

— Père aurait pu choisir autre chose qu'un vieux bouc.

En chemise de nuit, elles se mettent à sauter comme des cabris sur leur lit de paille.

Les premiers contacts s'avèrent difficiles, l'une tient sa tête sur son coude appuyé, tandis que l'autre rêvasse un doigt dans l'oreille. Le frère Adémar leur explique l'alpha et l'oméga en grattant un parchemin de sa plume d'oie. Moins sérieux, un joyeux troubadour, lui, enseigne sommairement la musique ne sachant pas lui-même refaire deux fois le même air. Le ménestrel clame des vers avec l'intonation sans se rendre compte du boucan fait autour de lui. Les deux élèves se chahutent en courant autour de la pièce ou en esquissant quelques pas de danse et révérences. Soudain, la porte s'ouvre violemment s'en allant claquer contre le mur. Dame Béatrice apparaît, les deux mains sur les hanches. Cela suffit à calmer les ardeurs juvéniles. Volontairement, Bertrand avait choisi deux individus totalement opposés pour l'éducation de ses filles pensant leur donner une certaine ouverture d'esprit.

Cependant, l'éducation sauvage, comme l'appelle Galburge, se poursuit. La petite Béatrice s'excuse, son état de santé ne lui permet pas de sortir de son lit. Réellement, elle pense

qu'elle n'a rien de commun avec ces bandes de villageois qui se trémoussent, se contorsionnent dans une gesticulation ridicule.

Elle préfère fainéanter dans la chaleur de son édredon de paille. À l'inverse, Galburge, dès l'annonce de la sortie, saute dans ses brailles, enfile rapidement une tunique pour courir dans les bras de son père. Il l'accueille en la serrant fortement.

— D'où viens-tu, galvaudeuse ?

— De ma paillasse pleine de puces, lui répond-elle innocemment en lui montrant ses morsures aux jambes.

— Nous allons visiter mes serfs…

— Ceux que tu tues avec des flèches ?

— Non, pas des cerfs, ils n'ont pas de cornes ceux-là. Ce sont mes ribauds et ribaudes. J'aime de temps en temps les voir s'égayer. Et je leur dois bien ça. Bientôt Noël. Pour la naissance du Rédempteur, mon bayle ira leur mettre dans un des pains, une pièce en or. Celui qui mangera la miche gardera l'or. Et cela dans mes quarante paroisses qui ont toutes des fours banaux…

— C'est quoi les fours banaux ?

— Le ban, c'est le droit du seigneur. C'est moi qui ai construit les fours dont se servent les paysans qui paient donc pour s'en servir. En cadeau, je glisse une piécette dans leurs pains quotidiens, une fois l'an, pour rappeler le partage du pain et du vin lors de la Cène de Jésus-Christ. *Origine de la fève de l'Épiphanie.*

— Pourquoi dans le vin il n'y a pas de pièce ? Pourquoi ? demande-t-elle.

— Pourquoi, pourquoi… je n'en sais rien, moi, répond-il agacé, demande au curé-chapelain.

Sentant avoir contrarié son père, elle se renfrogne d'un air boudeur.

Sans égard pour sa fille qui l'accompagne, Bertrand croise Lunel, la jeune servante aux pieds sans poulaines ni sabots. Leurs regards se croisent fixement sans s'arrêter. Mon Dieu, j'ignorais une telle beauté dans mon palais, s'étonne-t-il. La petite bergère rougit et accélère le pas. Elle se doute que son seigneur a quelque idée derrière la tête. Se retrouvant, il la suit. Elle descend un petit escalier pour se réfugier dans l'aula inférieure, sorte de grand débarras – chose à ne pas faire. Bertrand s'y précipite, ferme la porte. Elle se cache dans un coin sombre.

— Retrousse-toi, ordonne-t-il.

Il s'en saisit violemment, la retourne et soulève sa robe. Il la renverse sur un tonneau instable qui roule doucement la mettant à bonne hauteur. D'un bras vigoureux, il maintient les deux.

Il la tire vers lui pour mieux la cambrer. Il fornique brutalement, il copule brièvement comme un lapin. Elle crie. Il lâche le tonneau qui reprend lentement sa course en terrain en pente, elle plonge la tête en avant. Il réajuste sa toge et s'en va en prenant une respiration à pleins poumons.

Escortés de cavaliers en armes, question de sécurité, ils gagnent le village de Mison, à une portée d'arbalète. Dès leur survenance, la musique cesse. D'un geste solennel, Bertrand ordonne de continuer, et descend de cheval. Un valet tient les montures au mors. Soudain, une cornemuse redémarre dans un long mugissement perçant, suivi de quelques notes courtes et aigrelettes. Fait d'un estomac de bœuf enveloppé d'un cuir, cet instrument s'abouche avec un bec dans sa partie haute. Il se termine par une flûte manipulée par les habiles doigts du sonneur. Immédiatement, comme mus par un mécanisme invisible, les manantes et les manants sautillent d'un pied sur l'autre en levant bien haut les bras. Ils tournent autour d'un arbre. Après trois ou quatre tours, le cercle se brise. Se tenant la main, la bande s'en va dans les champs décrivant des arabesques improvisées. Un paysan frappant une planchette avec un manche rythme la musique tandis qu'un mirliton creusé dans un os et bouché par une feuille dispense par intermittence des notes ginglettes. Le pseudo-tambour rappelle ses danseurs pour un face-à-face plus érotique. Ils claquent des talons, tapent dans leurs mains. Des clins d'œil coquins s'échangent dans les couples. Rien ne dégénère en présence du seigneur. Galburge esquisse un pas de danse en fléchissant les genoux, mais se retient, le protocole lui interdit de se mêler au petit peuple. Elle reconnaît ses copains, Charles et Roland, qui lui sourient. L'après-midi elle retrouve, avec sa sœur, frère Adémar pour un tracé de lettres comme dans les monastères. L'encre lui coule entre les doigts qu'elles regardent d'un air dégoûté. Maintenant, elles trouvent qu'il ne sent plus le pourri, mais le fromage de chèvre.

D'une voix cristalline, dame Béatrice réclame un broc d'eau, prise d'étouffement. Dans les minutes qui suivent, Lunel se présente le récipient à la main.

— Mais, ma fille, d'où sors-tu ? dit-elle d'un air interloqué. Tu es toute dépenaillée, le visage grimé par la poussière. Qu'as-tu dans les cheveux, des toiles d'araignée ?

Les demoiselles de compagnie pouffent discrètement, la main à la bouche. Lunel, la pauvre, se sent contrite, honteuse, mortifiée. Elle s'empourpre, elle balbutie quelques paroles incompréhensibles, bégaie. Ne va-t-elle pas dire : « C'est votre mari qui m'a troussée. » Elle est trop sage pour cela. Les pimbêches se gaussent, se faisant du coude. Se tournant vers elle :

— Mais regardez-la, une souillonne ? Une gaupe ? appuie la bonne Béatrice, pleine de haine parce qu'elle ne l'a pas choisie. On dirait que mon mari, M. le seigneur de Mison a fait la bête à deux dos avec elle.

Les pecques éclatent de rire ouvertement.

— Oh ! Non, madame, que Dieu m'en garde… ment-elle.

— Va donc te débarbouiller, chipie, et change de robe.

— Je n'en ai point, madame.

— Demande à la cuisinière.


## Le château


Alors que le soleil rougeâtre décline sur les gorges de la Méouge, le vent traîne lamentablement son cortège de nuages gris. La brume envahit Châteauneuf-de-Chabre par le sol et monte lentement, inexorablement. Le clocher émerge encore. En se tournant, une masse noire surgit dans un décor fantasmagorique. La forteresse de Mison se dresse sur son épieu, majestueuse. Des arbres en boule se découpent sur l'horizon au-dessus de l'immense colline de poudingue. Les parois rocheuses abruptes en garantissent l'inaccessibilité au sud comme à l'ouest. Cependant, une muraille de galets maçonnée, construite à l'aplomb des roches, défend le château aux trois points cardinaux. À l'ouest, une poterne étroite accessible par un chemin montant, flanquée d'une tour, facilite l'entrée par une barbacane. Une autre, de la taille d'un homme, creusée dans le tuf, au nord, permet une descente rapide au village. Une coursive, court du nord au sud. Les pièces vitales sont réparties tout autour d'une plus importante. Un escalier aborde le premier étage. Pas moins de onze pièces en quatre bâtiments constituent l'intérieur de la citadelle. Une autre tour imposante chapeaute le tout en tuiles creuses. De là-haut, dès l'aube on aperçoit les montagnes de la Baume, de Lure, de l'Ubac, au loin le massif du Dévoluy et le pic de Bure. Située au confluent de la Méouge et du Buëch, la forteresse reste un point hautement stratégique puisqu'elle contrôle non seulement les vallées de ces deux torrents, mais encore les voies d'accès aux Baronnies, à Gap, à Embrun d'un côté et à Orange de l'autre jusqu'au XVIe siècle.

Un soir de veillée, alors que toute la famille s'est blottie devant l'immense âtre du *fournel*. Bertrand tisonne, sans y penser, les cendres. Rêveur, il dessine une grande tour. Dame Béatrice file de la laine que sa quenouille enroule, tandis que la seconde des filles taquine son aînée qui lui répond en maugréant. Soudain, Galburge se manifeste, rompant le silence :

— Papa, maman, parlez-nous de vos ancêtres.

Sortant de son onirisme, le sieur de Mison esquisse un sourire :

— Vous deux, Béatrice et Galburge de Mison, vous avez pour parent Bertrand, seigneur de Mison, et dame Béatrice. Moi, mon père se prénommait Pierre, et ma mère, toujours vivante, se nomme Galburge de Mévouillon. Les parents de vos grands-parents étaient Isoard et Pétronille (?). Au cran d'au-dessus figurent Pierre et Inguilburgue, certainement de noblesse germanique. Et puis les premiers de la lignée, dont nous sommes tous issus, dame Dalmatia et Isoard de Mison (1045). Votre mère est issue de Raymond Laugier et de dame Béatrice de la branche des Mévouillon.

— Encore une ? Entre les Pierre, les Isoart, les Béatrice, vous n'avez pas beaucoup d'imagination dans la famille ! Remarque à haute voix la fille aînée.

— Et les Galburge, renchérit la petite sœur.

— C'est normal, explique Bertrand, l'enfant aîné doit obligatoirement porter le prénom du père ou de la mère. C'est la coutume. Remarquez, nos cousins les Mévouillon du Buis s'appellent tous Raymond.

Attablés, le seigneur de Mison et ses bayles discutent fermement sur les moyens d'obtenir de l'argent permettant de tenir son train de vie. Emprunter, encore emprunter, toujours emprunter, mais il faut rendre avec les intérêts de plus en plus élevés en fonction du temps. La guerre des albigeois a coûté très cher à Bertrand. Il a fallu armer décemment les croquants, renouveler les armes de certains chevaliers, payer les chevaliers alleutiers (propriétaires de leurs terres). Un bataillon de piétons ne fut pas de trop dans cette guerre de siège. Le descendant du vicomte de Gap ne peut pas se permettre d'aller au combat sans restaurer son écu, le symbole de ses ancêtres et de sa puissance. Son étendard doit flotter devant lui pour l'annoncer. Le chevalier seigneurial doit avoir trois montures, sans compter celles de ses sergents d'arme, un blanc destrier dressé pour le combat, un canasson pour le transporter et un cheval de trait chargé des bagages. L'un d'eux propose d'augmenter les taxes et impôts, l'éternel refrain. Déjà les paysans crachaient dur « au bassinet ».

## Les impôts

Les collecteurs, accompagnés de soldats, estiment au moment de la collecte la taille annuelle à payer, variable d'une année sur l'autre. Ils pensent toujours que le serf a toujours du bien caché. Le seigneur estime la valeur de la taille par paroisse, à eux d'en recouvrir la somme par tous les moyens. L'impôt sur le travail des animaux s'appelle le chevalage, celui du transport des denrées le pulvérage, taxes sur les étrangers, sur les marchands dans les foires, sur les outils de travail. Le champart est calculé sur le rendement de la récolte selon que l'année est plus ou moins prolifique. La dîme sert à entretenir le clergé et ses serviteurs. Le seigneur oblige ses villageois à se servir de ses moulins, ses fours et d'autres contre une location, les banalités, ainsi de suite. Ces redevances et taxes se paient en nature, tonneaux de vin, bétails, grains. *Aujourd'hui, seuls les noms ont changé, ces sortes d'imposition existent toujours.*

## Les corvées

Les paysans libres et les serfs se doivent de récurer les canaux des moulins, gratter les fours banaux, entretenir les chemins et routes. Ils doivent un certain nombre de jours de travail au service des nobles, pour la restauration des murailles en complément des corporations professionnelles. Les possesseurs de bœufs ou d'ânes se réquisitionnent pour des travaux lourds. Les serfs et les vilains servent de soldats dans les guerres, armés par le baron ou avec leurs outils, pieux, faux, haches...

# Les alliances

Les alliances et mariages constituent à la fois une source de revenus et de dépenses. Il faut savoir dépenser pour gagner de l'argent. Les mariages obligent des frais de contrat, de notaire, d'invitations, surtout chez les parents de la fille, parfois un tournoi hors de prix. Les Mévouillon et les Mison veulent rivaliser avec le dauphin, le comte de Provence ou celui de Forcalquier, sans en avoir les moyens. Ils parlent haut avec les Baux-Orange, les Mondragon, les Adémar. Les alliances peuvent se trahir dès que l'intérêt prévaut. Les mariages ne s'annulent que très rarement avec l'autorisation papale, parfois avec l'appui de l'évêque contre quelques rétributions ou donations de terre. Ces alliances font et défont les guerres et la paix. Bases de la féodalité, elles s'établissent par écrit avec témoins. Elles appellent parfois à l'arbitrage d'un évêque ou d'un prince.

L'exemple de type de mariage-alliance et ses conséquences :

*En juin 1202, le dauphin Guigues VI André convola en justes noces avec Béatrice de Sabran, petite-fille de Guillaume II, comte de Forcalquier. Dans l'acte d'alliance-mariage fait à Sainte-Euphémie, le comte donne à Béatrice le nord du comté de Forcalquier à partir du Buëch (le Gapençais et l'Embrunais). Pour des raisons inconnues (peut-être infécondes), le mariage est annulé, mais le dauphin conserve les terres de son ex-épouse, achetées ou usurpées par le comte viennois qui reste maître des territoires. Dix-huit ans après, lors de la réunion des deux comtés Forcalquier-Provence, le dauphin devint de droit le vassal du comte, devant lui rendre hommage. La situation complexe engendre des risques de guerre. Le puissant empereur Eudes II donne raison à son vassal, le dauphin, au détriment de son puissant voisin, le comte. Embrun et Gap devinrent germaniques.*

Le système féodal, la loi du plus argenté, fera disparaître progressivement les deux maisons de Mévouillon, son cousinage de Mison et bien d'autres.

## Les chartes des libertés

Les représentants seigneuriaux proposent alors de vendre quelques terres. La proposition se motive en un refus : vendre c'est se priver de revenus. Alors, accorder des chartes aux villes d'importance. La charte, acte notarial, consiste à accorder à une communauté urbaine quelques libertés, mais parfois en conservant au seigneur quelques charges. Si l'autorité perd le prélèvement de certains impôts, elle reçoit en contrepartie une colossale somme d'argent. Ce qui n'empêche pas les successeurs de créer une seconde charte pour vendre le reste des libertés ou revendre les mêmes acquis. Cependant, Trescléoux, se souvenant de la charte accordée le 21 août 1075 aux moines de Saint-Victor de Marseille, le hameau se révolte sporadiquement. À cette date, Ripert Géraldi, seigneur de ce domaine, le donne aux religieux pour y construire une abbaye Sainte-Marie et Saint-Victor avec le droit de bûcheronnage, de pêche sur la Blaisance, de culture et de pâturage. La population en profite, en partie dispensée de taxes et de charges. L'histoire ne raconte pas par quel mystère Trescléoux se retrouve dans l'héritage des Mison deux cents ans après. Afin de calmer une population lointaine et alléger la somme des créances, Bertrand vend les libertés une seconde fois aux gens de ce village, imitant par là son cousin Raimbaud I<sup>er</sup> de Lachau qui, le 15 octobre 1209, accorde une charte à une quinzaine de ses paroisses, la seconde plus ancienne des Baronnies. Elle s'applique en remerciement de l'appui de ses villageois contre son fils Raimbaud II qui voulait s'emparer de ses terres alors qu'il combattait les Sarrasins en Terre sainte et aussi pour le salut de son âme, car il avait beaucoup péché. Les croquants se trouvent dispensés de taille et de différentes taxes avec le droit de bûcheronnage et de pâturage gratuit. Ils bénéficient aussi du pouvoir de léguer leurs biens à leurs enfants, ils peuvent vendre ou acheter des terres ou des maisons. Quatre consuls élus à la Toussaint, dirigent les villages avec droit de conseil au seigneur en cas de basse et haute justices. Des notables sont parvenus jusqu'à nous, les Lombard et les Bladin. En contrepartie le suzerain se contente simplement du cens (impôt foncier) et d'une journée seulement de corvée, par an, et trois jours pour les propriétaires de bœufs. En 1332, à la mort de son père, le fils banni qui s'était réfugié près du dauphin, rend hommage à son bienfaiteur, et quelque temps après la charte de Lachau tombe dans l'oubli.

L'indépendance des villes sera réellement acquise cinq cent soixante-dix ans plus tard, à la Révolution.

## La communauté libre et non libre

Libre, un bien grand mot. Malgré les libertés octroyées et la dispense de charges, le seigneur reste propriétaire incontesté et incontestable de son fief. Un officier seigneurial habite sur place et sauvegarde les droits de son maître. C'est le bayle ou le châtelain, une charge devenue transmissible. Ce sont des paysans libres devenus riches ou de petits nobles.

Un ou deux consuls élus dans la population, pour un an ou deux, administrent librement la ville. Dans les grands ensembles, l'un s'emploie à la population tandis que l'autre veille à la sécurité de la ville avec son guet. Ils ont droit de basse justice. Le dimanche après la messe, ils se réunissent avec d'autres personnes importantes pour conseiller uniquement. Cependant, les consuls gardent le pouvoir de décisions définitives et d'exécution. Réélus automatiquement, certains entament une véritable carrière de notable. Leurs tâches devenues fastidieuses, ils subdélèguent alors certains pouvoirs aux syndics. Devenus des personnalités locales, ils conservent une autorité toute relative. Les syndics, nommés par le consul, ne bénéficient que de quelques réductions d'impôts. Ces bénévoles exécutent ce que les consuls rechignent à faire. Ils ordonnent les corvées et les tâches les plus viles. Ce système de gestion des bourgs, peu à peu, va engendrer une nouvelle classe sociale, la bourgeoisie, l'artisanat, la notabilité locale, la finance (le prêt), le commerce.

Les communes, en demandant de plus en plus de liberté aux seigneurs et rois, développent un esprit de « biens communs ».

Les communautés non libres fonctionnent hiérarchiquement pareil avec un châtelain plus autoritaire représentant le seigneur.

### Forgeron, charron et tonnelier

Bertrand et Galburge avancent sous une pluie battante. Malgré la terrasse en poudingue, de petits torrents de boue coulent durs entre les pieds des passants. Le ciel se couvre d'un manteau grisâtre traversé d'éclairs. De l'esplanade du château, l'église de Saint Ferréol disparait lentement dans la brume. Seule la voix de la cloche sonne le glas – un enterrement.

Le père et sa fille passent devant le forgeron sous son abri de fortune. Il frappe et refrappe encore sur du fer à peine rougeâtre, en tournant sa pièce tenue par des pinces rudimentaires. Il enroule le métal incandescent autour de la bigorne. Maintenant son marteau cogne pour écraser le fer à cheval.  Il assène des petits coups sur le rebord de l'enclume comme pour se donner de l'élan. Puis il martèle rapidement de toutes les forces de ses muscles du bras droit. Un cheval attend

sous les trombes d'eau, le pied arrière suspendu par une bande de tissus. L'artisan, torse nu applique le fer sur le pied du cheval. Une fumée s'élève, une odeur de corne chauffée se répand. Des clous fixent définitivement sa création. Il aiguise et réparent les outils et armes de tout le village. IL fabrique aussi des clous, des charnières, des pattes de scellement. Il décabosse les heaumes et les écus, confectionne les cottes de mailles. De petites tenailles lui permettent aussi d'arracher les dents gâtées.

Son voisin, le charron répare un char qui sert à transporter principalement la dame de Mison et ses femmes. Des roues pleines qu'il vient de cercler de métal, iront remplacer les usagées du véhicule. Tout sort de la forge ainsi que les ferrailles du tonnelier qui incurve ses planches à l'eau chaude longtemps trempées, une longue marmite en permanence sur le foyer. A Chaque station, Bertrand explique à sa fille la pratique de chaque façonnier. Elle regarde avec des yeux ronds d'étonnement.

L'écritoire (BNF)

# CHAPITRE IV

Comme d'habitude, Bertrand de Mison cherche quelques écus, viennois, tournois ou francs (oui, oui, ça existait déjà à l'époque) pour subvenir à ses modestes besoins. Certains annalistes écrivent qu'il se tourne vers la comtesse de Vienne et d'Albon. « Impossible, m'insurgé-je… » Cette brave Béatrice était morte déjà depuis neuf ans (1160-1230). Le beau et fringant chevalier trouva certainement une autre créancière ! Cependant, un doute émerge dans l'esprit anxieux de Mison. Son trésorier, ce jeune clerc qui prend tout de haut, ne détourne-t-il pas quelques sous ? Un sou par-ci, un sou par-là ? Puis il rumine, puis il se persuade du détournement. Il s'installe confortablement sur son tronc de bois sculpté, croise les jambes pour avoir l'air plus solennel, les bras de part et d'autre sur les accoudoirs.

— Cours chercher mon trésorier, ordonne-t-il à Lunel qui balaie la pièce.

— Qu'il n'oublie pas d'apporter sa caisse, ajoute-t-il.

Elle opine du chef en signe d'assentiment. Il la regarde partir. Ses hanches enveloppées dans une nouvelle robe exacerbent sa libido. La rondeur de ses fesses l'obsède. S'il ne se retenait pas, immédiatement il irait… Pourquoi cette fille le met-elle dans un tel état d'excitation ? Plus il en a, plus il en veut. Sa simple vue suffit de face comme de dos. Elle a quelque chose de sexuel, d'indéfinissable. Contrairement aux autres servantes qui se débattent et qu'il faut violer, elle se laisse faire en douceur. Elle subit. C'est peut-être cette quiétude en amour qui le ravit. Sans parler de ses seins, deux petites mamelles qui… Soudain, la porte explose, le tirant de sa rêverie. Le clerc apparaît, sa caisse portée à bout de bras sur son ventre, ce qui a forcé la porte pour son ouverture. L'effort déployé par le jeune pour le port de la trésorerie fait sourire Bertrand qui se frotte les mains.

— Combien reste-t-il là-dedans ? C'est bien lourd !

— Rien, monseigneur, que quelques picaillons. Ce sont les planches qui sont lourdes et résistantes contre les tentatives de vol, déclare-t-il d'un air moqueur.

— Quelques picaillons, Ripert, dis-tu ? Ouvre-moi ce coffre.

Il soulève le couvercle et indique de la main les quelques viennois qui s'y trouvent.

— Et l'argent des paroisses ?

— Dépensé le lendemain même, monseigneur.

— Ne me dis pas que les locations des pâturages à l'abbaye et le bûcheronnage n'ont pas été payés ?

— Si, mais déjà dépensés, monseigneur.

— Il y a bien quelques paysans libres ou serfs qui n'ont pas payé leurs dîmes.

— Oui, mais comment leur faire payer ? Il faut attendre que la moisson s'effectue, et ces années, avec les orages, il y a eu beaucoup de dégâts.

— Et les commerces… les gargotes et leurs putes, et les foires… Les gens des villes doivent me payer !

— Seule la taverne d'Orpierre et quelques fermes n'ont pas pu payer, monseigneur, ces demoiselles sont parties à Gap. Les jeunes se sauvent pour aller travailler dans les villes ayant des franchises. Au bout d'un an ou deux, ils acquièrent la citoyenneté de la bourgade, perdant leur état de serf.

— Augmenter les impôts.

— Monseigneur, on le fait chaque année.

— Tu as des excuses pour tout. De quel côté es-tu ?

Courroucé, Bertrand lui envoie à la figure le parchemin des résultats qu'il lui avait présenté.

— Je ne veux entendre parler ni de franchise ni de putes allant en ville. Ripert, je doute de ton honnêteté. Qui me dit que tu n'as pas gardé de l'argent ?

Sur le visage de Ripert, le sourire narquois fait place à une mine décontenancée.

— Mais, monseigneur…

— Voleur que tu es, l'interrompt-il, alors fais-moi rentrer la monnaie. Prends des hommes d'armes avec toi. Il me faut du quibus ou des paiements en nature que nous revendrons par la suite… Non, plutôt de la monnaie…

Décomposé, tremblant, Ripert se retire en marche arrière faisant mille courbettes. Il n'en croit pas ses oreilles, son maître qu'il sert avec dévouement depuis quatre ans, l'accuse, lui, de le voler. Il a bien chapardé quelques bougies pour écrire le soir dans sa chambre, quelques saucisses, la cuisinière ayant le dos tourné, une fois un pichet de vin. Mais là, un détournement de fonds ? À propos, cela fait plus de six mois qu'il n'a pas perçu de rémunération. Il veut du pognon, il en aura. En sortant, il remonte son col et s'encapuchonne. La neige rafale les jambes avec un vent glacial, malgré les longues robes bordées de fourrure. Les yeux piquent et les joues rosissent. Ripert traverse la cour rapidement et entre dans le dortoir des soldats. Il réquisitionne cinq gardes et un sergent d'arme. Ordre du seigneur, annonce-t-il. Le temps d'engainer leur épée, se saisissant d'un pic au passage, ils le suivent sans broncher. Ils galopent à bride abattue. Le clerc écume presque autant que sa monture, la haine au ventre. Lui, un malfaiteur, un brigand, une fripouille, le maître ne l'avait pas dit, mais profondément pensé – lui, un brillant clerc élevé chez les moines de l'ordre du Chalais, au prieuré de Clairecombe… Ils s'engagent vers le chemin d'Arzeliers couvert de poudreuse. Les sabots des destriers dérapent, ils ralentissent pour les mettre au pas. Deux paysans libres ne peuvent pas payer au prétexte que des chasseurs du château avaient tué leur cochon dans leur prairie. La petite troupe s'arrête devant la maison. Affolés, les vilains sortent de partout, se regroupent autour des pur-sang. Ripert interpelle le propriétaire des lieux :

— Tu paies ou tu flambes.

— Mais, seigneur clerc, je ne peux pas, mes cochons ont servi de cibles aux gens du château. Je n'ai plus rien.

— Menteur, je suis sûr que tu caches quelque part des piécettes ou d'autres cochons dans les bois. Et ton blé de l'année dernière que tu n'as toujours pas payé ?

— Soldats, fouillez ce taudis et sortez-moi tout ce qu'il y a de valeur.

La soldatesque met à sac le logis sans rien trouver.

— Mettez le feu.

Le sergent sort déjà une torche à la main allumée par le foyer. Il la lance sur le toit en chaume. Voyant deux gamines, les yeux effarés :

— Servez-vous si le cœur vous en dit.

Le clerc non tonsuré éperonne son cheval qui part au trot. Il s'arrête brutalement devant une maison qu'il ne reconnaît pas.

— C'est du nouveau, s'exclame-t-il.

Il s'en approche et descend de sa monture. Il ouvre une porte branlante. Il découvre alors un four fraîchement construit, le mortier n'est pas encore sec. S'adressant à un homme près de lui :

— C'est quoi ça ?

— Rien, un âtre pour cuire le manger des petits, not' maître.

Il le cingle de sa paire de gants.

— Moi, j'appelle cela un four, un four à pain.

Répétant son geste :

— Et le four banal, à quoi sert-il ? Tu veux échapper à la taxe de cuisson due au seigneur Bertrand ?

— Dieu m'en garde, not 'maitre.

— Amende de 100 sous et destruction du four.

— Je ne peux pas payer.

— Menteur ! Et tout ce que tu as économisé en ne te servant pas au four banal.

Ripert sort et donne un coup de tête à un garde qui s'empare du malheureux qu'il attache ensuite par les poignets à l'arbre festif de la place du village.

— Cent coups de ceinturon et l'oreille droite tranchée.

S'adressant au village tout entier :

— Vous en avez tous profité de ce four illégal, je devrais vous couper les oreilles à tous ou bien vous brancher (pendre). Louez ma complaisance.

Comme se parlant à lui-même : « Un croquant pendu ne rapporte plus rien. »

Ainsi va la justice seigneuriale de terrain. Les sévices se poursuivent dans la quarantaine de paroisses du seigneur de Mison.

## Les clercs, l'instruction

Comme les chevaliers, les clercs constituent une classe sociale à part. Tous instruits dans des monastères et abbayes, ils forment l'élite intellectuelle du Moyen Âge moyen. Ils se regroupent dans des ordres différents ayant chacun leurs règlements et leurs saints patrons. Leurs réunions restent hermétiques. On en trouve un peu partout, dans les cours royales, les seigneuries, les églises, les villes (les écrivains publics avec échoppe), surtout dans les universités débutantes, plus tard chez les notaires. Ils assistent et conseillent leur patron. Ils s'expriment et écrivent en latin. Ils sont où il y a de l'écriture à faire. Ils suppléent parfois les moines copistes. Les clercs tonsurés travaillent surtout avec les religieux, et dans l'enseignement (précepteur), la tonsure s'obtient après plusieurs années de sacrifices et de prières. Ils se dirigent parfois vers la prêtrise. Ils ne peuvent pas se marier et porter des armes, contrairement aux clercs « civils » qui prennent femme et s'en vont vers des postes d'officiers (bayle, châtelain, trésorier, notaire...) ou militaires. Ils sont souvent de petite noblesse ou le deviennent.

L'instruction se dispense uniquement par l'élite religieuse qui en sauvegarde les éléments essentiels de son dogme, au travers de ce que l'on appellera plus tard les humanités, le grec, le latin, l'hébreu. Par la découverte des auteurs anciens, elle comble les périodes passées de l'obscurantisme en imposant une idéologie. Elle mélange à la fois l'histoire des saints, celle de la Bible, et les latinistes pour en faire la preuve et confirmer son credo. Des écoles diocésaines naissent les universités. L'Ancien Testament et le Nouveau Testament deviennent les bases incontestables et incontestées de la chrétienté, donc de l'instruction. Le tout repris par les grands théologiens. Il faudra attendre sept cent cinquante ans pour que ces livres soient mis en doute. Les saintes Écritures forment l'écrit et la lecture, tandis que les prières forgent la mémoire. On y enseigne Platon et Aristote, mais aussi un peu d'astronomie, ce que l'on en sait, la géométrie et la médecine sous une forme empirique où les suppositions se mêlent au réel.

Dans les monastères, les moines copistes font constamment des reproductions avec de jolies enluminures, ils traduisent les auteurs anciens et la Bible. Après la décision, en 431, du concile d'Éphèse que Marie est mère de Dieu, ces braves religieux rajoutent dans les textes vieux de plus de mille ans, après une virgule, la nouvelle mention. Ils effectuent des « mises à jour ».

Galburge recherche son père d'un pas décidé. Elle le trouve dans sa salle d'armes à escrimer quelques mannequins de paille recouverts de cottes de mailles. Son intempérance naturelle et le désarroi dû à l'adolescence la rendent agressive et mordante. Son persiflage se transforme en jeu perpétuel.

— Monsieur le baron aurait fait fouetter un vilain pas beau. Monsieur le baron sème la terreur parmi ses serfs sans corne. Après avoir raclé les fonds de tiroirs, il cherche encore du pognon. Manquant d'audace, il envoie son âme damnée, ce pleutre, faire la vile besogne à sa place.

Bertrand lâche son épée à double tranchant qui tombe au sol dans un bruit de ferraille. Il lui applique une gifle à décrocher sa tête de son corps. Saisie tant par le fracas que par la beigne, elle se tient la joue, puis éclate :

— C'est inhumain ce que tu as fait. Frapper, incendier les gens qui te font vivre pour les sucer jusqu'à la moelle.

Elle allonge les lèvres pour mimer un sucement sonore.

— Tais-toi, ou tu reçois une seconde taloche. Maintenant, ma fille, assieds-toi et discutons.

— Ne m'appelle pas ma fille... si c'est pour me faire la morale...

— C'est difficile pour un seigneur de faire la part des choses. Ces terres m'appartiennent et je les détiens de mon père qui les détenait du sien... C'est normal que je reçoive une location pour le prêt de mes champs, et pour les fours et moulins banaux, ma propriété aussi. Que leurs récoltes soient bonnes ou mauvaises, que leurs animaux soient gras ou maigres, les paysans rechignent toujours pour payer. Ils se plaignent toujours au passage de mon bayle. Peut-être sont-ils honnêtes, peut-être cachent-ils leurs sous dans un trou du jardin. Je n'en sais rien. Pour éviter que la gabegie, la fraude, la malversation ne s'installent sur mes terres, je me dois de faire des exemples pour décourager d'éventuels resquilleurs. De toute façon, ceux qui ont été punis me devaient plusieurs annuités d'impôts. Je te rappelle que j'ai un droit régalien de vie ou de mort sur mes sujets.

— Si tu les tues, ils ne te rapporteront plus d'impôts et taxes !

— Parfois dans la vie, il faut faire des choix. Il vaut mieux éliminer la fripouille qui rapporte peu et sème le désordre et la remplacer par un couple de serfs courageux, quitte à dépenser pour les acheter. C'est pour cela que je participe à leurs jeux et fêtes joyeusement, et parfois je sévis.

Galburge quitte son père sans un mot. Et dire qu'elle est encore en pantalon, comme un page, ne peut-elle pas mettre, une fois, une jolie robe ? Se disait son père en la voyant partir, vexée.

Bertrand esquisse un sourire, une idée germe dans son crâne : s'il mariait sa garce de fille avec une puissante famille, histoire de redorer son blason ? La future belle-famille consentirait-elle un prêt à fonds perdu ? Nous sommes en 1239, Galburge arrive allégrement à ses quatorze ans et est pubère. Pour l'autre fille, il faudra attendre un peu. Y a-t-il un seigneur à marier dans les Baronnies ? Saure de Fay, épouse de Raymond IV de Mévouillon, saura bien le dire. Le rapprochement se fait avec la famille de Baux (Les Baux-de-Provence). Bertrand aura fait d'une pierre deux coups.

## Basse et haute justices

Le village de Mison, qui s'étend au pied de son château, vient de se doter d'un épais mur d'enceinte construit par ses habitants. Des paysans libres, de plus en plus nombreux, viennent se mettre sous la protection du seigneur, ce qui oblige ce dernier à développer de nouvelles infrastructures, plus de fours à pain, plus de petits canaux pour apporter de l'eau, plus de moulins. Un moulin à eau se construit sur le Buëch, une première. L'inventeur supervise la nouvelle technique. Tout ce monde attire des conflits et oblige Bertrand à tenir des cours de justice plus souvent. Jadis, les cours de justice s'occupaient de délits simples. Un paysan volait les semences d'un autre. Profitant de la nuit, une mère envoyait ses enfants traire la vache du voisin. Un garçon de moulin faisait main basse sur les économies du meunier. Ce même meunier engrossait une servante. Un marchand vendait du tissu en trafiquant la mesure étalon. Maintenant, bien que la monnaie soit pratiquement inexistante en milieu rural, chacun se réserve un petit pécule. Ce qui attire les coupeurs de bourse et les chauffeurs. Ces individus s'emparent d'une ferme isolée et font griller les pieds des honnêtes gens dans leur cheminée jusqu'à ce qu'ils avouent la cachette de leur bas de laine. Ensuite, ils les égorgent pour échapper à la justice seigneuriale. Les caves de la citadelle recèlent des culs-de-basse-fosse dans lesquels les délinquants sont descendus avec des cordes. Là ils se battent avec les rats pour défendre le peu de nourriture qu'on leur distribue. Ils y périront ou seront extraits pour être pendus. Les commerçants aisés bénéficient de cellules à plusieurs louées contre rétribution. Ils peuvent se faire apporter de l'extérieur des repas. En donnant la pièce au portier, ils reçoivent leur épouse dans des cachots individuels mis à disposition temporairement, histoire de passer quelques agréables moments intimes.

Dans la basse-cour du château, malgré la chaleur accablante, Bertrand siège dans un fauteuil de noyer arborant des sculptures grotesques ; à ses côtés Galburge s'ennuie profondément.

— Galburge, tiens-toi droite, tu es le futur seigneur de Mison. Je t'oblige à siéger pour t'apprendre à faire une bonne justice équitable pour tous. Ma basse justice règle les petits conflits généralement entre paysans ou avec moi. La haute justice répond aux crimes commis sur mes terres. Étant alleutier, j'exerce les deux juridictions. Si je rends hommage à un suzerain et deviens par là même son vassal, je devrais lui laisser l'autorité de la haute justice. Ce n'est pas le cas, Dieu m'en garde.

Le greffier, un cistercien de l'ordre de Chalais venu du Monastère de Ribiers, arrive essoufflé, la panse proéminente. Il sourit à Bertrand, fait un signe de tête à Galburge. Il ne sait pas s'il faut qu'il s'excuse pour son retard.

— Dom Rosselini, on a failli vous attendre, s'écrie, agacé, le président.

— Vot'seigneurie, l'office a tardé…

— Dieu peut attendre, il a l'éternité pour cela. Moi pas, mon existence est limitée.

Penaud, il s'assit sur la première marche du petit amphithéâtre où, déjà, une foule attend la séance en discutant bruyamment. Soudain, il se relève, cherche dans un tas de parchemins le nom du premier délinquant, qui est une délinquante. Bertrand en vient directement aux faits :

— Femme Reynaud, tu as ramassé du bois mort dans les bois de ton seigneur. Tu sais que c'est un vol. Ici-bas, tout m'appartient, l'eau, les arbres, les champs…

— Not'seigneur, je savais point que ramasser le bois mort dans les défens était interdit, on ne dit rien à une pauvre veuve. À mon âge, aucun homme ne veut de moi. Il faut que je me débrouille seule.

— Défens veut dire défendu.

— Je savais point not'baron. Je parle pas comme M. le curé.

— Et tes enfants ?

Se tournant vers le clerc-greffier :

— Son statut ?

— Serve.

L'âge lui ayant abîmé les oreilles, un membre de l'assistance lui répète les paroles de Bertrand.

— Ah oui ! Mes enfants. Les douze sont partis. L'un d'eux est militaire chez vous, et les autres se sont enfuis, je ne sais pas où. Ils disaient qu'ils ne voulaient pas être serfs. Peut-être ils sont devenus des brigands ou des moines convers, pas abbés ils n'avaient pas d'instruction.

L'interrompant :

— Mon verdict : généralement pour les voleuses de bois, le bourreau leur coupe un doigt de la main gauche. Cependant par effet de ma bonté, ce bois je te le donne et ramasse en tant que tu veux. N'oublie pas d'aller réclamer un sac de farine à mon intendant. Suivant !

L'adolescente retorse pouffe en disant discrètement à son père :

— Arrête de jouer les papas gâteau, ça te va mal.

Bertrand se contente de lever les épaules en pensant : il y a des coups de pied au cul qui se perdent. La petite vieille s'en retourne tranquillement, voûtée, appuyée sur son bâton. Sa robe en haillons laisse voir des jambes décharnées. Son visage semble sourire éternellement, montrant des gencives sans dents, masque de la sénescence.

— Ainsi, toi, tu mouds des grains de blé, de la farine clandestine avec une grosse pierre ronde que tu aurais trouvée dans la nature.

— Oui, seigneur.

— Et elle se meut comment cette grosse pierre ?

— Tirer par mon bœuf.

— Tu as dû creuser un trou pour la faire tourner ?

— Oui, un tout petit.

— Tu me fais du tort et de la concurrence. Il faut moudre obligatoirement au moulin banal et payer. Cent sous d'amende et destruction de la pierre. Le bœuf sera ramené aux cuisines du château.

— Mais, seigneur, je ne pourrai plus travailler.

— Fallait y penser avant.

Galburge bougonne :

— Laisse-lui son bœuf.

— Je vais oublier de donner l'ordre.

Les gardes amènent un homme enchaîné qui se débat :

— Qu'as-tu fait ?

Un des gardes prend la parole :

— Il a tué le vieux de la forêt et violé sa femme. Il s'est enfui avec trois sacs de blé et il est revenu voler des tonneaux de vin avec une charrette dérobée et des complices. On l'a arrêté à la foire où il vendait ses maraudages.

— Dis-moi, l'homme, tu as l'air d'avoir été soldat. Qui as-tu servi ?

— Monseigneur le comte de Toulouse.

— Alors, qu'il ait les mains coupées, et pendez-le à la poterne de l'entrée du village en exemple aux autres fripouilles.

Bertrand se remémore la guerre contre le comte de Toulouse et ses hérétiques, beaucoup de souffrances.

Ainsi le 1<sup>er</sup> novembre 1239, acte :

« Bertrand de Mison donne sa fille Galburge en mariage à Guillaume de Baux, fils de feu Guillaume II, coprince d'Orange, et assigne à sa fille, en legs, tout ce qu'il possède dans le diocèse de Gap, châteaux, villes, seigneuries, vassaux, terres cultes et incultes, moulins, eaux… ; se réservant seulement d'en être le seigneur usufruitier. S'il a, à l'avenir, un ou plusieurs fils de sa femme Béatrice, ils auront la moitié de ses domaines à l'âge de la puberté…

Il reconnaît à Béatrice, sa femme, 10 000 sous viennois de sa dot et veut qu'on lui rende après sa mort, en augmentation de douaire, 30 000 sous qui seront assignés sur tous ses biens et spécialement sur le château de Mison et ses dépendances, desquels elle jouira sa vie durant… (Son gendre en prend la gestion dès le mariage.) Béatrice, mère de Galburge, approuve cet acte de donation – Acte au château de Mison, en présence de Bertrand de Baux, frère de Guillaume. »

Signé dans la chambre de dame Béatrice en présence du futur Bertrand II des Baux, le frère.

*Si l'esprit de cet acte de 1239 reste intact dans les faits, sa rédaction a été arrangée par un historien des années 1880, ce qui lui retire son authenticité. Bertrand de Mison ne s'étale pas sur ses terres en les citant en nom propre. On ne saura jamais exactement ce qu'il donne à sa fille Galburge, ce qui varie selon les sources. Malgré cette charte, Bertrand gardera ses droits jusqu'à sa mort en continuant l'endettement de Mison.*

## La dot

Si l'on retrouve des traces du régime dotal, à partir de 1365, par lequel l'enfant dotée s'engage à ne rien réclamer sur la succession perdant ainsi tout droit sur son héritage dans le Nord. Il n'en est pas de même pour le Midi en 1239. Le droit d'aînesse n'existe pas. Tous les héritiers mâles et femelles se partagent le patrimoine parental en parts égales. La dot a été galvaudée au cours des siècles, à moins que cela soit une mauvaise interprétation des trop nombreux historiens de cette fin du XIXe siècle sur le sujet, car ils ont commenté et interprété des documents en latin dont personne n'a jamais pu prendre connaissance. Pour Galburge, à proprement parler, il s'agit d'une donation du vivant de son père. D'ailleurs, « ce protocole » ressemble modernement à un testament et concerne plusieurs personnes et des éventualités, pas uniquement Galburge, donc le mot « dot » est à bannir. De toute façon, la dot reste la propriété de la dotée malgré son mariage.

Les actes passés avant le mariage et les contrats prennent plus d'importance que la cérémonie elle-même. De ces alliances, dépendent les guerres ou les paix, les arrangements les puissances des blasons et les fortunes. Revenons à Mison, si on connaît l'écrit contractuel, on ne sait pas la date du mariage que l'on présume au printemps suivant à cause des montagnes à franchir de Mison aux Baux-de-Provence (douze à quatorze jours de marche).

## Les transports

L'insécurité des routes supprime la circulation, sauf à être escorté. Les grands axes gallo-romains ont disparu, et avec eux l'information qui circulait par des estafettes. Quelques cavaliers sillonnent encore les monts et les vaux, se faisant payer très cher. Les paysans réfugiés derrière l'enceinte de leur village sortent pour leurs champs, armés. Ils se déplacent en groupes. Les sentiers se tracent à force de passage de la largeur d'un piéton, parfois d'un charreton. Les gerbières qui entrent la paille et le foin jusqu'aux hameaux possèdent un avant-train fixe, c'est une vaste caisse posée sur deux essieux rendant la direction très difficile, quasi impossible avec des bœufs qu'il faut aller en avant et en arrière après les avoir dételés. Les haquets, véhicules récoltant les tonneaux de vin dus au seigneur à titre de taxe, s'enfoncent régulièrement dans les ornières du chemin. Il faut parfois attendre plusieurs jours pour les désembourber avec des gardes, la nuit pour empêcher les vols.

Par les croisades, les templiers amènent un essieu avant pivotant, vu là-bas dans le *lointain* Proche-Orient. Seuls certains bourgeois et nobles peuvent s'offrir ce système révolutionnaire pour l'époque. Cependant, les cahots des trimards (voies) obligent les fessiers fragiles à se garantir de coussins.

Des chevaux emmitouflés de couvertures tirent ces chars seigneuriaux. Ce sont des animaux particulièrement robustes à la charge venant du Nord. L'usage du collier d'épaule et les brancards améliorent la traction. Les chevaliers et quelques dames qui montent à cru cheminent sur des étalons à la robe alezane cuivrée – certainement plus confortables.

La mule reste l'animal de somme favori des valets et des écuyers. Sur son bât, elle permet le transport de choses considérables. Elle garde le pied sûr sur les pavés glissants des villes.

Ce matin-là, le char s'ébranle tiré par six bœufs. Les Béatrice, mère et fille, siègent dans un aria de bagarres. Lunel, recluse dans son coin, les accompagne, à la demande expresse du seigneur. Toutes les autres personnes montent des chevaux de race, même les quatre-vingts cavaliers qui l'accompagnent. En tête, l'étendard familial d'Isoard de Mison, vicomte de Gap, cet ancêtre emblématique entra à Jérusalem aux côtés de

Godefroy de Bouillon en 1099. Ce labarum, dépoussiéré, retrouve une seconde jeunesse et claque au vent. Derrière chevauche Bertrand de Mison, le seigneur et maître, escorté par sa fille aînée. La traversée du Buëch, à gué, se fait sans encombre. Le chariot patauge un peu. Les pierres secouent les passagers. Une compagnie d'archers marche gaillardement, la fleur à l'arc. Toujours partants quand il s'agit de piller, seulement, là, il n'y aura rien, sinon de la nourriture à gogo, du vin et des filles à lutiner. Leur capitaine leur a expliqué. Fidèle à sa mégalomanie, Bertrand brille les poches vides.

C'est pour elle tout ce tintouin, elle va se marier avec le beau Guillaume. Elle rêve à cette cour de Baux où on mange du miel, où les damoiselles et les damoiseaux dansent tous les jours au son des chalemies et des rebecs, où le soleil oblige à faire la sieste. Là-bas, des montagnes de nacre contrastent avec le bleu des cieux – pas comme celles de Mison, lugubres, surtout l'hiver. La paille remplace rapidement l'herbe dès le printemps passé, ce qui donne des paysages uniformes à perte de vue dans la Crau.

La Méouge dévale en cascade polissant d'immenses rochers. Elle les sculpte en d'incroyables monstres bistournés. Elle tombe dans d'immenses marmites avant de se répandre en éclaboussures et en écume. Elle s'instille avec un petit ruisseau qui sort d'un bois de chênes verts. Subitement elle retrouve son calme pour s'extravaser dans une petite plage de sable. Dame nature l'a domptée. Des coteaux grimpent vers d'immenses châteaux de roches entreposées au hasard, tandis que des défilés s'enfoncent entre des falaises où coule une eau limpide et chantante.

Un arbre, inconnu dans le Buëch, donne de l'huile qui sert à fabriquer du savon. L'olivier aurait été importé par des marchands musulmans ou par les chevaliers du Saint-Sépulcre.

Les Bauxois et Bauxoises, se lavent avec cette huile durcie et de la graisse animale. Ça doit faire un drôle d'effet de se laver ! Chez nous, juste un petit coup d'eau sur le museau et les mains. Paraîtrait que ces gens-là vont même jusqu'à prendre des bains dans des demi-tonneaux remplis d'eau chauffée au soleil. Dans ce pays de cocagne, le miel pousse dans les arbres sur forme de fruit, l'abricot venant d'Iran. Galburge salive déjà à cette pensée. C'est la porte ouverte à cette immense mer derrière laquelle d'autres gens bizarres vivent et exportent leurs marchandises. C'est le mage Balthazar qui a fondé cette ville en se perdant au retour de la naissance de Jésus. Il a donné ce côté exotique à ses rues. En souvenir, il laisse à la ville l'étoile à seize branches qui le guida vers Jérusalem et la devise « *A l'Azar, Bautezar* ». Les crissements des fers du cheval sur les cailloux font descendre Galburge de son imaginaire.

— Balthazar, Balthazar, crie-t-elle.

Elle dormait.

— Ma pauvre petite, lui dit son père, nous ne sommes qu'à Salérans, nous suivons la Méouge. Vois-tu à droite la montagne de Chabre. Nous allons éviter vos cousins de Lachau, d'ailleurs Raymond de Mévouillon n'y habite pas. Nous espérons dormir à Séderon.

Le soir tombe lentement quand la petite troupe aborde le petit canal maîtrisant la Méouge. Des maisons aux toits de chaume escortent le torrent. L'église paroissiale fera l'affaire pour cette nuit. Le seigneur local n'osera pas se pointer. Le convoi impressionne. Les hommes d'armes s'installent sur la place du village. Ils commencent à faire du feu pour le souper du soir. Le curé arrive, affolé par un tel désordre, et leur fait signe de s'en aller, puis il en arrive d'autres avec le chariot et l'escorte. Les troupiers se moquent du prêtre, il paraît plus pauvre que ses paroissiens avec le bas de sa soutane frangé. Il menace les archers des pires damnations en enfer. Tout le monde rigole et le houspille. Que peut-il faire ce radis noir ? Bertrand arrive pour tempérer ses gens. L'homme de Dieu s'en retourne maugréant contre ces massacreurs de populations. *Amen*. Les valets dressent la table, sans nappe cette fois – voyage oblige. Les nobles et pas nobles bâfrent côte à côte. En déplacement il n'y a plus de classe sociale.

Le matin, un coup de corne, la smala grimpe dans le véhicule ou sur les chevaux tandis que les piétons sautent dans leurs chaussures. Seize kilomètres plus tard apparaît le village perché de Montbrun, au pied du Ventoux. Le cortège s'arrête au prieuré appartenant à l'abbaye de Villeneuve-lez-Avignon pour le repas de midi. Le seigneur-prieur accueille chaleureusement Bertrand et sa suite. Les bénédictins s'empressent autour des arrivants. Après un bénédicité, la table se pourvoit : purée de blé, potée blanche de poireaux, poissons pêchés le matin même dans le Touloureuc. Tout le monde bâfre. La bière termine le repas en chansons. En passant dans les ruelles très étroites, Galburge s'étonne des maisons à étages ; au rez-de-chaussée, les étables avec quelques bêtes maigres, au premier étage les logements, et au deuxième le grenier pour assécher les céréales, ensuite quatre ou cinq étages supplémentaires. L'étroitesse du village ne permet qu'un étalement en hauteur.

Sault, par son climat sec et ensoleillé, permet le développement de la lavande sauvage, paradis des apothicaires, elle entre dans la composition de potions dont se servent les barbiers-chirurgiens pour cicatriser les blessures.

De mille et mille lieues à la ronde, le mont Ventoux ne s'efface jamais à la vue, car ce géant de la Provence culmine à six mille deux cent quatre-vingts pieds d'où la vallée du Rhône, les Baronnies, le plateau du Vaucluse, le Luberon même la

Méditerranée se silhouettent dans une vaste carte à trois dimensions. Au sommet, des reliefs escarpés, pas d'arbre, très peu de végétation rase sinon grillée, saisissent dans un premier temps, terrorisent dans un second. Des pierres calcaires, comme saupoudrées de poudre d'une blancheur lunaire, s'étalent dans l'immensité d'un paysage de désolation. En été, des chèvres ou des roches noires entachent cette lactescence. En hiver, il disparaît sous des nuages gris qui l'enveloppent totalement. Gainé de forêts pour les trois quarts de sa hauteur, il se plante là, esseulé, unique montagne. Il s'impose comme une statue équestre sur la place du village.

Le convoi longe la falaise de la Madeleine, endroit aussi désertique. La soif se fait sentir, l'eau manque dans les outres. Enfin, la forêt, les hommes cherchent des mares pour abreuver les chevaux et les bœufs. La traversée des étendues boisées semble interminable. Dans la quasi-obscurité, tout s'emmêle, les piétons avec les cavaliers, les valets et les dames de compagnie descendues le temps de réparer la roue cassée du charroi. On tente d'allumer des torches, en vain à cause de l'humidité. Bertrand profite de la nébulosité, saisit la main de Lunel et l'entraîne vers un tapis de mousse à l'écart. Toute cette chevauchée depuis le départ avec les échauffements de la selle…

Après quelques lieues, apparaît, accrochée parmi les oliviers et amandiers au sud du plateau de Vaucluse, Gordes la blanche couronnée de son château, propriété des Agoult. Ils viennent de laisser l'abbaye de Sénanque sur la droite. La montagne du Luberon se découpe sur un horizon d'azur et légèrement brumeux pour les sommets. Ses ruelles caladées arborent de part et d'autre des maisons aux façades blanchâtres de pierres sèches. Des escaliers aux marches irrégulières grimpent jusqu'à l'église. Au milieu de certains portails, des médaillons sculptés rappellent la toute-puissance des anciens propriétaires. Des linteaux burinés en feuilles de vigne en dégringolent, se terminant en grappes.

Isnard II d'Agoult (1183-1244) règne en maître absolu sur Sa Seigneurie, son épouse, Douceline de Pontèves (1190-1256), s'occupe des abbayes, très nombreuses dans la région.

La traversée de Maubec s'accomplit sans encombre, aucun débordement de ses hommes sur la population, Bertrand y veille. La plaine de Clavon et ses vignes s'étendent à perte de vue, tandis que l'Oppède de Ménerbes se profile à l'Est.

La journée suivante voit l'arrivée à Cavaillon, autre ville de lumière. Située au confluent de la Durance et du Coulon, la colline Saint-Jacques la domine de ses soixante pieds de haut. Dans l'avenue principale, les fers des chevaux résonnent sur les pavés de l'antique voie Domitienne. Des serfs creusent une tranchée pour alimenter en eau les terres arides de l'autre côté de la ville. Ce sera le canal Saint-Julien. Les cosuzerainetés appartiennent à la fois à Geoffroi I$^{er}$ (Gaufridus), évêque de cette ville, et à Raymond IV de Toulouse qui se partagent les impôts. À la suite des échecs de ce dernier, concernant les albigeois, le Saint-Siège revendique la totalité de la souveraineté de la métropole. L'affaire se négocie en ce moment entre belligérants. Pour ce fait, les Misonnais continuent leur chemin, ne voulant pas se mêler d'une politique qui ne les concerne plus. Rappelons que Bertrand et les Mévouillon avaient pris parti contre Raymond IV. Bivouac en pleine campagne.

À Saint-Rémy, le mistral souffre terriblement chassant les nuages pour couvrir les Alpilles d'une teinte bleutée. La troupe avance péniblement. Galburge reste frappée par la douceur de cette bourgade. Les places restent fraîches grâce aux fontaines. Des gens s'y baignent, tout nu, sans vergogne, mâles et femelles dans les mêmes bassins. Ils regardent passer cette horde crasseuse, mal rasée, mal vêtue qui ressemble à des barbares, à des gueux. Quelques bourgeois s'attardent, car ils ont eu connaissance de la venue de la fiancée princière. Le bouche-à-oreille fonctionne rapidement. À peine arrivés au milieu de la rue principale qu'une foule de curieux s'amasse de chaque côté. Elle applaudit en hurlant des mots d'accueil. Les Méridionaux demeurent une population hospitalière, affable et sympathique. Quelques saluts au passage, l'escorte vire à quatre-vingt-dix degrés en direction des Baux-de-Provence.

Saint Remy, l'évêque qui baptisa Clovis et en fit le premier roi de France, parcourait la région accompagnant son souverain, quand un notable mourant, atteint d'une maladie grave, l'interpella. L'évêque le guérit, accomplissant ainsi un miracle. Le particulier, en remerciement, lui donna la terre où s'étend aujourd'hui la ville. On dit même que le saint chrême qui oint les fronts royaux vient d'ici en souvenir du sacrement de Clovis. Cette huile est transportée par la sainte ampoule précieusement transmise de monarque en monarque.

Au Glanum, cet immense territoire de ruines et de désolation, le char à bœufs s'étant attardé par le bain de foule arrive un bon quart d'heure après le passage des cavaliers. Soudain, sortant de derrière les monceaux de moellons, des malandrins attaquent le véhicule, l'escaladant en cherchant à s'emparer soit d'une soierie, soit d'un bijou, soit encore d'une escarcelle accrochée à une ceinture. Les piétons, pour la plupart des archers, ne peuvent se servir de leur arme dans le corps à corps. Ils dégainent l'épée et tentent de protéger ces dames. La bande d'une trentaine d'individus harcèle de toutes parts la garde inférieure en nombre. Le combat semble désespéré quand surgit Galburge suivie de son père. Elle galope vers celui qui donne des ordres, met flamberge au vent. Se pendant à gauche de sa monture, elle le fauche du tranchant de son estramaçon. Retournant sa monture, elle attaque une canaille qui s'en prend à sa mère, elle la transperce de son arme. Bertrand a occis une fripouille qui s'était accrochée à son harnachement. Il massacre d'un coup deux bandits qui cherchaient à s'enfuir. Le reste de la cavalerie encercle les survivants. Ils sont vivement ligotés et pendus sans autre forme de procès. Ainsi va le droit pénal du seigneur, même s'il n'est pas sur ses terres.

Ces dames se remettent de leur frayeur quand arrive Guillaume d'Orange, l'heureux homme venu accueillir sa future. À sa vue, Galburge essaie de mettre de l'ordre dans sa toilette, d'escamoter le sang séché qui macule sa manche, mais le pantalon trahit son exploit. Elle l'avait déjà aperçu lors de la signature du contrat le 1er novembre 1239, aperçu seulement, pas approché. Elle ne le trouve pas mal, pas d'une beauté exquise, grand, trop viril, au bord de la vulgarité. D'abord qu'en sait-elle de la beauté masculine ? À Mison, elle n'a pas connu beaucoup d'hommes, son père, ses copains de jeu, ses cousins parfois. Elle ne peut pas faire de comparaison. Les hommes, ça boit, ça se saoule, ça se bat, ça pue parfois, ça a des poils, elle a vu son père, torse nu. Qu'est-ce qu'ils font au lit ? Les filles non plus, elle ne les aime pas. Sa sœur ? Quelle pimbêche, une bêcheuse ! Quand on a quinze ans, on ne sait pas grand-chose, mais on croit tout savoir. La voilà maintenant dans un pays de lumière où il fait bon vivre, contrairement à Mison, pays de tristesse, de désolation, se répète-t-elle. La cour des Baux n'a rien de comparable à celle de son père.


## L'hérédité des princes d'Orange


Les historiens présentent Pons I<sup>er</sup> comme l'ancêtre emblématique ou mythique de la lignée. Il naît au VII<sup>e</sup> ou au

VIIIe siècle, exerce la profession de viguier (juge). Il s'ensuit trois générations de petits seigneurs locaux, quand, enfin, apparaît le premier seigneur des Baux, Hugues Ier (981-1060). Deux générations suivantes, Raymond Ier (1095-1150) se marie avec Étiennette de Provence, morte en 1160. De cette union naissent deux coseigneurs des Baux, Hugues II (1150-1170) et Bertrand Ier (1130-1181). Rappelons que le droit d'aînesse n'existe pas, les titres, les terres et les châteaux sont divisés par le nombre d'héritiers. Donc Bertrand Ier se marie avec Tiburge II de Montpellier, comtesse d'Orange (1130-1189). Trois enfants naissent, Hugues III (1173-1240), seigneur des Baux, Bertrand II (1175-1201), seigneur de Meyrargues et Puyricard, Guillaume Ier, prince d'Orange. La génération suivante voit trois coprinces d'Orange, les frères : Raymond Ier (1202-1282), Bertrand II (mort après 1248) et Guillaume II (1218-1248).

## Histoire des Baux-Orange

L'empereur Frédéric Ier, dit Barberousse, crée la principauté d'Orange en 1181, issue de son Saint-Empire romain germanique, de son royaume de Bourgogne et enclavée dans son comtat de Venaissin. Elle se soumet au droit féodal avec hommage au suzerain. Le Rhône et les dentelles de Montmirail la délimitent d'Ouest en Est sur quatre-vingt-onze lieues. Pour quelques années à vivre, Bertrand Ier, coseigneur des Baux, branche cadette, s'attribue le premier titre de prince d'Orange (transmission par les femmes). Son fils Guillaume Ier, le prince troubadour, hérite à son tour. Il se marie avec Thiberge de Sarenom. L'empereur souhaitant affirmer son pouvoir en Provence, il reçoit les royaumes d'Arles et de Bourgogne en lui rendant hommage. En 1218, lors de l'échec du siège de

Toulouse contre les albigeois, ce partisan du pape est fait prisonnier, dépecé et découpé en morceaux par les Toulousains. D'autres affirment qu'il a été assassiné par les Avignonnais, rivaux d'Orange. Ses trois fils lui succèdent au titre de coprinces : Raymond Ier, Bertrand II, Guillaume II, qui épouse en ce jour, Galburge de Mison.

Bigrement impressionnante, la citadelle ; elle s'étend sur sept hectares. Elle émerge sur un rocher au milieu d'un agglomérat d'habitations bigarrées. Le soleil presque blanc jette une nitescence sur les remparts. Elle éblouit, forçant les visiteurs à cligner des yeux – et toujours cet azur bleu sans nuages. Les hautes tours où flottent divers étendards plongent tout un côté de la barbacane d'accès dans une quasi-pénombre. À l'entrée de la cité, un majordome en livrée jaune accueille la troupe qui se met en ordre d'apparat. Il faut bien créer l'illusion vis-à-vis d'un plus fortuné que soi.

## Les embarras des ruelles

À l'intérieur de la cité, des bâtiments dont la construction n'est terminée. D'immenses treilles munies de tambours rotatifs dans lesquelles des hommes marchent, montent d'immenses blocs de pierre jusqu'aux terrasses supérieures. Des seaux alimentent les maçons en chaux grâce à des poulies dans lesquelles des cordes sont tirées. Le commerce envahit les ruelles empêchant le cortège d'avancer. Des soldats poussent violemment les marchandises, sans égard pour les gens. Un peu plus loin des commerçants et artisans s'affairent à vendre leurs produits. Les bouchers, les rôtisseurs, les cordonniers, chaque matin, ils ouvrent leur étal en rabattant leurs volets, un en haut, l'autre en bas leur servant de table. Deux colporteurs se disputent un éventuel client. L'affaire en vient aux mains. Les étals volent dans tous les sens, des légumes jonchent le sol. Les femmes s'en mêlent, le crêpage de chignons se pressent. L'une arrache le corsage de l'autre. Des badauds forment un cercle en excitant les bagarreuses. Les chevaux de l'escorte continuant leur chemin séparent les belligérantes qui remettent ça le cortège passé. Le cabaret ne désemplit pas. On consomme sur place du meilleur vin ou on l'emporte, au choix. Son voisin, l'habilleur, coupe et découpe des tissus qu'il épingle sur les vêtements des futurs acquéreurs. Ils déterminent ainsi les formes corporelles, des gros, des maigres, des longs. Un, parfois deux valets, dans l'arrière-boutique, cousent avec du cordonnet. Un apprenti prépare les étoffes. Toujours mécontentes, les filles d'Ève grognassent, critiquent, chipotent pour un pli, pour une bosse, tandis que le tailleur leur répond par un sourire – commerce oblige.

Quelle agitation ! Dans ce brouhaha surpeuplé, personne ne s'effraie ; question d'habitude. Venus parfois de très loin, des fermiers interpellent les passants pour leur vendre des œufs, des poulets qu'ils transportent dans des paniers. Un vendeur d'eau crie, un tonnelet sur le dos – un sou le gobelet. Un rémouleur passe tirant sa lourde meule montée sur roues. Malodorant, un pêcheur clame la fraîcheur de ses poissons de rivière qu'il montre ostensiblement, tenus par la queue. Un gouailleur, cet ancêtre des chansonniers, raille les seigneurs, le roi, les nobles en tendant la main vers une foule qui rigole. Il reste attentif à l'apparition d'un uniforme, prêt à détaler. D'autres, sur une estrade, miment à qui mieux mieux la *Chanson de Roland* et Charlemagne à la barbe fleurie. Un mendiant tend sa sébile sous le nez des flâneurs, appuyé sur une béquille de bric et de broc. Tout ce petit monde s'active, fait vivre la rue par leur travail.

*Rappelons qu'au XIIIe siècle, dans les villes, un tiers de la population féminine travaille dans l'artisanat, non seulement comme tisserandes, brodeuses, barbières, tavernières, mais encore comme forgeronnes, cordonnières, brasseuses de bière, écrivains publiques...*

Le mistral, qui a réussi à s'introduire par les grandes avenues, fait se balancer les enseignes suspendues par leurs chaînes. Il courbe les fumées qui s'échappent des cheminées, gare aux étincelles qui risquent d'enflammer les bardeaux en bois des toitures, car un printemps glacial sévit encore. Les sabots des chevaux claquent sur les pavés, cela résonne dans les artères attirant des curieux aux fenêtres. Un escalier aux larges marches permet de monter à cheval pour accéder à la cour d'honneur du château. Le charroi emprunte la grande rampe d'accès destinée aux fournisseurs. L'attelage passe de justesse, bloquant un chariot descendant. Priorité au véhicule montant, les cavaliers l'obligent à reculer au grand désarroi de son conducteur. La manœuvre ne va pas assez vite aux dires des soldats qui sortent leur épée menaçante :

— Vas-tu reculer, manant, ou je t'étripe !

Les deux des trois coprinces, Raymond Ier et Bertrand II, vêtus d'une robe, l'une verte, l'autre rouge cramoisi, attendent leur future belle-sœur. Guillaume saute de cheval pour les rejoindre. La cour des Baux les entoure, soit une soixantaine de nobles. Les civilités rendues, tout commence par un festin. Après s'être rincé les bouts de doigts dans une écuelle tendue par un domestique, hygiène oblige, les invités enjambent les bancs. Les deux futurs beaux-pères président en bout de table. Le bénédicité oublié on ripaille, on bâfre, on se gave, on se goinfre, on s'empiffre, certains pignochent. Rêveuse, Galburge s'interroge sur le blason qui flotte en haut du donjon. Cette étoile à seize branches symbolise l'étoile du berger qui a conduit les Rois mages à Bethléem. Le pauvre Balthazar, de retour de sa divine mission, se serait perdu dans le coin et aurait fondé Les Baux-de-Provence.

Le lendemain, la mitre enfoncée jusqu'aux sourcils, Amicus, évêque des Baux, apparaît majestueux avec tout l'éclat de sa chasuble violette brodée d'argent. Sa crosse frappe le sol comme pour donner la cadence au cortège qui le suit. Ce pédum symbolise le bâton du gardien du troupeau, car l'évêque est le berger des âmes de son diocèse. Le bon pasteur crochète les brebis égarées pour les remettre dans le droit chemin de Dieu. Deux par deux, les chanoines aux camails fourrés d'hermine l'escortent, cierge en main. Les bénédictins de l'abbaye de Montmajour, près d'Arles, suivent en chantant, le latin est de mise. Dans les rangs, des moinillons chahutent, rigolards sous les yeux réprobateurs du maître des novices. Les comptes se régleront en fin de cérémonie. Les bourgeois en grands atours se faufilent pour entrer dans la chapelle Saint-Blaise construite par les tisserands. Le petit peuple sur les bas-côtés applaudit, tandis que les chevaliers entrent en baissant la tête à cheval dans le bâtiment de Dieu, prérogative de leur ordre. Les échanges de serments se répètent trois fois de suite devant un lutrin supportant la bible. Un prêtre témoigne des promesses sous l'œil bienveillant du prélat assis sur un trône. Ils signeront conjointement le grand registre paroissial. Comme de coutume, la journée des épousailles se termine par une mise au lit des époux.


## Le tournoi


Voilà plus de deux cents ans que le tournoi existe. C'est la pièce maîtresse de la chevalerie. Principalement exercé dans le pays d'Oïl (Nord), peu à peu il se pratique en Occitanie par l'influence du Saint-Empire romain germanique. Ce substitut à la guerre permet aux combattants de s'exercer dans des joutes pas toujours très amicales, car il autorise le règlement de compte entre deux seigneurs, la vengeance, ou l'arbitrage d'un conflit. Quand le comte ne peut statuer dans une divergence importante entre deux de ses vassaux, il organise un pré carré, appelé aussi jugement de Dieu. Les antagonistes combattent loyalement jusqu'à la mort. Si l'un d'eux transgresse les lois de la chevalerie, le héraut arbitre ordonne aux arbalétriers de le transpercer.

Le tournoi n'est pas seulement un combat à la lance dans les lices, mais parfois un affrontement entre deux armées sur un champ de bataille sous les regards des gouvernants du haut des tribunes. Il y a des morts et des blessés. Parfois, le pas d'arme met en scène l'attaque d'une forteresse avec délivrance d'une dame. Outre le cœur d'une belle à emporter, de nombreux prix se mettent en jeu : des armes, des armures, des pièces d'or...

Dans cet assimilé d'échauffourée, les vainqueurs dépouillent les captifs de leurs armes, armures et chevaux et réclament une rançon pour leur délivrance. La tactique consiste à esseuler un grand seigneur de son groupe, à plusieurs, et de le faire prisonnier en le ramenant dans son camp. Les vainqueurs se partagent équitablement dépouilles, bijoux, chevaux et argent.

Ainsi des chevaliers itinérants vont de tournoi en tournoi ramasser les trophées. Ces champions acquièrent une renommée leur permettant de se louer pour des guérillas privées. Ce sont généralement des chevaliers pauvres habitant avec leur famille dans des manoirs alleutiers transmis par quelques ancêtres glorieux. Ils vivent chichement de leurs gains, car il est hors de question qu'il se saisisse d'une houe.

D'autres tournoyeurs, plus riches, lancent des défis à travers tout un royaume par l'intermédiaire de pages aboyeurs. Ce sont des vedettes qui se font payer très cher par les organisateurs. Acclamés, reconnus, populaires, ils vivent dans le luxe. Ils se déplacent avec de nombreux domestiques qui prennent soin de leur santé. Ils se transportent sur une monture pour le chemin à parcourir. Un palefroi et un destrier servent aux tournois ou à la parade, tandis que la rosse transporte les bagages.

Le tournoi d'abord inter baronnies suscite des rencontres avec des chevaliers français ou savoyards. Ce spectacle sportif attire de nombreux participants nobles ou bourgeois donnés à l'occasion d'événements importants : mariage, baptême, victoire…

Malgré plusieurs condamnations papales, le tournoi perdurera quatre cents ans encore.

## Le chevalier

Aux XIIe et XIIIe siècles, le chevalier forme une classe sociale à part, pris entre la petite noblesse et la soldatesque. C'est un combattant monté qui domine la bataille, il répond à un certain nombre de critères. La loyauté et le service au seigneur qui l'entretient restent les priorités les plus importantes. La protection de l'Église vient en second. La veuve et l'orphelin se retrouveront plus tard sous la plume d'un doux rêveur, dans l'amour courtois. L'entretien de ses armes et armure reste à sa charge. Il porte une cotte de mailles composée de petits anneaux encastrés trois par trois sur deux niveaux. Elle le protège contre les coups de lance. Ce haubert métallique est ouvert entre les cuisses pour lui permettre de chevaucher. En dessous, une veste matelassée, le gambison, amortit les coups et garde la chaleur corporelle. Des cuissardes en maille lui enveloppent les cuisses, les jambes et les pieds. Elles se tiennent en place accrochées par des jarretelles suspendues à la ceinture. Un heaume à ventaille couvre intégralement la tête et le visage. Ce casque se diapra avec le temps, il s'agrémentera de panaches ou de petites sculptures.

Le bouclier simple deviendra un blason personnalisant le compétiteur ainsi que le tabard couvrant le tout. Il s'arme d'une épée ou une masse d'arme. Dès sept ans, sa formation se fait près d'un parrain qui lui apprend le métier et lui offrira son premier équipement. De page à damoiseau, il passe d'écuyer à bachelier. Généralement dès dix-huit ans, un suzerain l'adoube. À genoux, il reçoit un léger coup du plat de l'épée sur les épaules et la tête, la main sur la bible, après avoir passé une nuit de veille en prière.

Ce « club fermé » permet à des hommes de se retrouver entre hommes. Une franche camaraderie s'instaure, une amitié, quitte à s'occire le lendemain. On se retrouve d'un tournoi sur l'autre. On se raconte ses exploits, ses batailles, ses amours. On possède les mêmes valeurs, le même langage, les mêmes rites, mais on hait la piétaille.

Petit à petit cette institution militaire va évoluer, car les nobles se prennent au jeu de la chevalerie, des seigneurs, des rois deviennent des preux, tout en gardant l'esprit de leur rang social – adieu la franche fraternité. *A contrario*, de simples chevaliers progressent vers des titres nobiliaires – la soif du pouvoir. Au point que le chevalier deviendra le dernier rang de la noblesse derrière le baron.

La chevalerie disparaît, faute de modernité, après cinq cents ans d'existence. Les hommes de fer ne peuvent plus combattre contre les bombardes anglaises, déjà l'invention de l'arbalète permet de transpercer les cuirasses. Le bruit de l'artillerie effraie les chevaux. Les boulets tirés à distance arrêtent les charges de cavalerie. Que peut la chevalerie dans le siège d'une citadelle ? Pour évoluer, il lui faut de l'espace. La stratégie consiste à l'attirer dans un goulet étroit qui l'empêche de se servir de ses lances encombrantes, comme le 25 octobre 1415 à Azincourt. Avec Chrétien de Troyes et le roi Arthur, elle entre dans la pure légende. Dans la grande prairie, plusieurs lices s'alignent devant les tribunes. Les coprinces voient dans le grandiose. Les hérauts d'armes aux tabards étoilés s'adossent aux palissades. Ils veilleront au respect des règlements. Les joueurs de cornus (trompette courbée) et de tubas (grande trompette de plus d'un mètre) grimpent sur les murs, leur instrument en main. Les vilaines et les vilains accourent se couchant dans l'herbe. Bien vite, un soldat les expulse, trop près du champ de bataille. Plusieurs grands bourgeois arrivent. Ils portent des toges courtes chamarrées de passementeries et de justaucorps rouges qui moulent bien leur virilité. Les gosses en haillons, garçons et filles, chahutent, se battent, se coursent. Du monde surgit de partout. Les gens envahissent les prés malgré les piétons qui les chassent à coups de queue de hallebarde.

Les Baux et Bertrand de Mison rivalisent dans l'esbroufe, la fascination presque l'enchantement. Que peut faire un petit seigneur confronté aux princes d'Orange, sinon de s'endetter davantage ? Il ne peut non plus baisser la tête. Le beau-père et le gendre se pavanent en marchant de long en large sur l'estrade. Ils semblent dialoguer de choses sérieuses tandis que la belle-mère s'ennuie dans son fauteuil. Quant à la mariée, complètement oubliée, elle soupire sur son tabouret, reléguée à la seconde ligne. L'inaction lui pèse déjà. Soudain, la cour d'Orange au grand complet colonise, comme un seul homme, les bancs, chaises, fauteuils restants. Par l'agitation, le sol de bois tremble de toutes ses planches. On s'affole pour trouver un siège, on s'enflamme pour des propos badins, on parlote avec emphase, on se dodeline avec mille courbettes, on s'émeut pour un rien – un vrai poulailler.

La foule s'apaise brusquement, on regarde de tous les côtés, cherchant l'événement. Les spectateurs entendent un bruit de galop qui augmente. Les cuivres s'embouchent, les musiciens soufflent, les buccins éclatent suivis des longues trompettes qui poursuivent les mesures. Les troupes des tournoyeurs jugulent leur monture comme si elles s'achoppaient à une barrière. Les lances se baissent en signe de respect aux officiels et à la cour.

Le soleil chauffe la ferraille et les âmes aussi. Le mistral, après avoir balayé les hautes cimes, souffle maintenant sur les gens de tous bords qui attendent l'attraction première. Un air chaud circule, la poussière grimpe en colimaçon pour mieux retomber sur les belles robes immaculées. Les peupliers s'inclinent pour saluer et les fayards frissonnent de leurs premières feuilles. Il fait chaud sous les cotillons, sous les casques aussi.

Les deux clans gagnent chacun les extrémités du terrain, face à face. Un héraut sonne la charge. La joute équestre débute. Les deux groupes s'élancent l'un vers l'autre, lances en avant. Ils se choquent dans un démentiel barouf. Les lances se fracassent contre les boucliers. Certains profitent de la mêlée, du corps à corps, pour distribuer quelques coups de poing dans les ventres, endroit peu protégé par la cotte de mailles. D'autres retirent leur pied droit de l'étrier pour distribuer quelques ecchymoses sur les jambes des adversaires – fini le copinage de la veille. Les rebords de boucliers cognent les heaumes. La trompette tintinnabule par deux fois. Ils se séparent à regret. Aucun n'a été désarçonné. Le ludisme demeure dans le fait de briser sa lance sur le poitrail adverse et non le bouter hors de son cheval. Les trois coprinces se consultent, le choc n'a pas été déterminant pour désigner l'équipe victorieuse de l'épreuve. Alors on remet cela. Le soleil est encore haut dans le ciel. Des petits pages distribuent de nouvelles lances, des rouges pour les uns, des bleues pour les autres. Et de nouveau, les deux factions s'affrontent, le choc est plus douillet, la fatigue aidant. L'ardeur manque cette fois, moins d'acharnement, moins d'agressivité. Une lassitude se fait sentir. Pourtant le peuple crie, applaudit, hurle. L'un d'eux braille :

— Ne transpire pas trop, tu vas rouiller ta cotte de mailles.

Un autre poursuit :

— Si elle rouille, tu ne pourras plus en sortir, alors comment feras-tu pour pisser ?

Les cornes des bergers encouragent les combattants qui manquent d'enthousiasme. Tout se déchaîne inopinément. Certains voulant supporter leur groupe de champions, s'en vont sur le terrain. D'autres s'en mêlent. Chacun s'en prend à chacun. L'aire de joute s'embrase. Chacun y va de son coup de poing. Les chevaliers, gênés, continuent à se battre, les chevaux se cabrent. Lorsque les hérauts carillonnent l'arrêt total des épreuves, on se bagarre toujours. La piétaille va de l'épée pour arrêter le massacre en tuant de-ci de-là. Le lendemain après-midi, indifférente à ce qui s'était passé la veille, la foule dévale gaiement la prairie pour s'accumuler en limite des aires. Les belles dames, plus pimpantes que jamais, accèdent à leur estrade, quelques-unes se chamaillent pour retrouver l'emplacement de la veille.

— Voyons, mesdames, il s'agit de se placer en ordre de céans, les plus nobles devant et ainsi de suite. Laissez les places

à ces altesses et à Mgr Bertrand, ordonne un majordome. Aujourd'hui, combats des bacheliers. Les garçons de quatorze à dix-huit ans qui souhaitent devenir chevaliers doivent entrer en apprentissage auprès d'un seigneur ou d'un chevalier banneret. Ils doivent faire preuve de dévouement auprès de leur maître, le servir comme page, puis écuyer déjà porteur d'une courte épée. Les gamins, il faut en découdre, se montrer à la hauteur, faire preuve de virilité, leur avenir en dépend. Guillaume, d'un geste, ordonne aux trompettes de trompeter le début des épreuves. Au second rang, Galburge s'amuse à choisir un champion comme le veut la légende. Celui-là est trop mignon, cet autre a l'air d'une brute, encore trop fragile, il n'a pas la carrure adéquate – aucun ne lui convient pour porter ses couleurs fictives, mais on ne lui a rien demandé. Elle préfère son Guillaume qui ne l'a pas encore approchée. La troupe s'avance sans ordre, sans tenue. Par contre, parmi elles, émergent des individus, l'air arrogant, qui dépassent les autres pour arriver les premiers à la tribune. Ils accélèrent le pas pour doubler, le premier rang, ne voulant pas se laisser devancer, s'affole. Cela finit par une course éperdue. Ils saluent en levant l'épée par ordre d'arrivée. Patelines, les altesses sourient :

— Quelle pagaille ! À leur âge, j'en aurais fait autant.

Les adolescents se mettent par deux. Un claquement de main, ils se mettent en garde en tournoyant. Ils se regardent déjà avec de la haine. Cette haine qu'ils recherchent au fond d'eux-mêmes, sans raison, leur permet de combattre un ennemi, même un frère. Elle les conduit jusqu'à l'acharnement, voire la persécution, car ne pouvant tuer ou blesser, ces duels continuent jusqu'à la fin du jour. De ces corps à corps naissent des rancunes, des exécrations, des espoirs de vengeance, enfin de la haine véritable, jusqu'à la mort qui empêcheront des alliances, des mariages. Encore plus terrible, la désignation du vainqueur procure au vaincu un sentiment d'injustice, car l'arbitrage de la mort leur échappe. Pour l'instant, les blancs-becs s'en donnent à cœur joie, ils chahutent. Ils retiennent leurs coups d'épée. Ils se poussent avec les locles, ces petits boucliers ronds, à part quelques-uns qui tiennent à recevoir leur galon de chevalier. Bientôt la fatigue et l'abandon des spectateurs les rendent plus agressifs et moins joueurs, tandis que les hérauts les stimulent encore plus, toujours plus. À quoi bon, puisque les occupants des gradins les ont quittés ? Les beaux seigneurs et gentes dames se restaurent goulûment. Certains viennent quand même jeter un coup d'œil, un pilon de dinde à la main. Guillaume et son beau-père détestent ce spectacle et le trouvent ennuyeux. Ce ne sont que de jeunes cons et prétentieux. D'habitude, cette parodie se manifeste en début de programme. Quant à Galburge, elle roule des yeux vers les gladiateurs, désirant se trouver à leur place – impossible pour une princesse d'Orange de manier les armes comme à Mison. Les festivités s'achèvent sur une représentation unique dans l'histoire de la chevalerie. Deux hordes se défient ayant chacune à leur tête, un illustre seigneur. Le terrain de jeu : un village habité par des vilains qui ne savent pas ce qui les attend. La bataille débute à l'aurore pour se conclure au crépuscule.

Cette fois, on se dispense de la piétaille, qui parfois, engagée dans les tournois, y laisse sa vie. Pour eux, ce n'est pas un jeu, mais une bataille pour de vrai. Les groupes se forment selon les infinités. Les écuyers assistent leur maître d'armes, la tête couverte par une cagoule en cotte de mailles.

Les deux leaders se saluent en levant leurs lances, entourés de leurs paladins. Chacun a déjà repéré sa cible, croyant pouvoir la maîtriser. Le seigneur de Montbrun et son équipe s'en retournent dans leur camp, zone neutre appelée recet, où les combattants peuvent se reposer et se faire soigner. Bruay, chevalier errant et plusieurs fois champion, s'entoure de chevaliers qui cherchent plus la gloire que le gain au côté d'une vedette. Bruay jouit d'une réputation d'excellent jouteur. Il n'a rien à perdre sinon son équipement et son cheval. Il vient du pays d'Oïl où le froid sévit dix mois de l'année. Ses acolytes viennent de divers endroits, dont un, d'Écosse, un autre de

Bretagne – tous des traîneurs d'épée se louant à gauche, à droite, sans but précis. Ce groupe reste sur le terrain, signe qu'il engage le combat immédiatement. Montbrun se retourne et galope vers Bruay qui cavalcade furieusement vers l'adversaire pour éviter le choc qui les déstabiliserait. La collision s'effectue dans un tintamarre effroyable. Un chevalier tombe, piétiné par les chevaux. Broyé, écrasé, aplati, pressé, moulu, son identification demeurera impossible. Il entrera dans la légende de l'hobereau oublié, chantée par Vilbon le troubadour. En attendant, les belligérants se castagnent dur. On s'escagasse, on s'estourbit, on s'estomaque. Les masses d'arme solidement nouées aux poignets écrasent les heaumes dans un bruit de casserole. Bruay cherche à regrouper ses hommes. Pour cela il bat en retraite vers le village dont les rues étroites le protègent. Cela devint difficile de manipuler les longues lances. Se croyant en avantage, Montbrun crie à la curée. À la porte du hameau, un seul chevalier interdit l'entrée à une vingtaine d'adversaires. Si l'un peut s'enfiler, il devient immédiatement prisonnier. Afin de bien le neutraliser, il est prestement déshabillé, mis à nu et expulsé. Le village avec son mur d'enceinte prend l'apparence d'une forteresse. On dresse des échelles repoussées par des fourches prises aux paysans. On déverse de la bonne huile d'olive volée sur les adversaires pour les faire glisser. On projette des tonneaux de vin, des roues de charrette prises chez le charron. On fait fi des récoltes paysannes pourvu qu'on guerroie. Montbrun décide de mettre le feu pour faire sortir le loup de sa tanière. Aux premières flammes, Bruay et ses chevaliers sortent par l'arrière du village en force. Une poursuite s'engage dans le défilé du gaudre d'Auge. Le chef de camp, à l'arrière-garde, tente de protéger un à un des cavaliers retardataires rattrapés par Montbrun. Les événements obligent le combat de deux chefs. Les épées volent, de taille et d'estoc. Vivement entouré, Montbrun emmène le champion du Nord prisonnier. Cela lui suffit, abandonnant la pourchasse. Espérant un passage triomphal devant les tribunes, le seigneur avance en tête du cortège. Il avait confié la garde du prisonnier au dernier gentilhomme de la colonne. Ce dernier tient le cheval de Bruay par les rênes. Au passage d'un petit bois, Bruay défaisant ses étriers s'accroche délicatement à une branche en travers du passage. Quel ne fut pas l'étonnement de Montbrun qui s'aperçoit de la disparition de son prisonnier en passant devant les trois coprinces d'Orange !

De colère, le gentilhomme fait demi-tour avec son groupe en direction du défilé. Bruay, ayant retrouvé ses hommes et ayant perçu une nouvelle monture, fait mine de s'enfuir devant leur arrivée. Ainsi il les entraîne dans une suite de gorges qui les amène dans une sorte de cirque où ses chevaliers l'attendent de pied ferme. De chaque côté, les adversaires font bloc, sachant que si l'un d'eux s'écarte, il risque de se trouver entouré puis prisonnier. Bruay remarque le haubert rutilant de Montbrun recouvert d'une cotte armoriée, son destrier noir et luisant, son heaume argenté à souhait. Il doit valoir son pesant d'or, pense-t-il. Seulement, à l'intérieur du blocus, cinq chevaliers l'escortent. Comment rompre cette belle organisation ? Comment déstabiliser cet assemblage qui chevauche cuissot contre cuissot, trumelière contre trumelière ? Seuls les premiers s'affrontent avec les premiers, les autres attendent derrière. La fatigue aidant, pressés d'en finir, un élément se détache pour culbuter celui qu'il a dans le nez. D'autres suivent. Les premières lignes se désorganisent, la panique se dessine, chacun veut en découdre pour de belles prises. Montbrun se découvre, deux chevaliers restent à ses côtés. Bruay fonce avec trois des siens. L'anarchie happe les deux gardiens. Montbrun se trouve acculé à la paroi rocheuse. Alors, une masse d'arme l'atteint au beau milieu de son casque, puis une seconde deux pouces plus loin. Des haches cognent sur les joues déformant le heaume qui s'en va de travers, les yeux ne sont plus en face des trous. Aveuglé, il distribue des coups à ses partenaires au hasard. Bruay le laisse se débattre et s'attaque à ses suivants. Des hérauts suivent de loin la bataille pour déterminer le vainqueur. Un chevalier tombe de cheval, il se plaque contre le rocher. Désarçonné, pour lui la bataille se termine, en espérant ne pas être capturé, cela dépend du clan restant sur le terrain. Leur seigneur neutralisé, sa horde s'enfuit. La fête se termine.

Le pré carré de la justice divine – L'ordalie

Galburge quitte les siens. La larme à l'œil, elle fait ses adieux à son père, regrettant intérieurement de l'avoir malmené par ses propos d'adolescente perturbée. Elle embrasse sa sœur, l'emmerdeuse, la chochotte, elle lui manquera, elle ne l'aura plus sa tête de Turc à la taquiner. Adieu à sa mère, à ses femmes et serviteurs qu'elle a aussi tyrannisés. Le charroi s'ébranle doucement, quelques signes de la main… C'est fini. Les chevaliers repartent aussitôt vers d'autres aventures, d'autres tournois…La voilà seule au milieu d'étrangers, mais le soleil lui fait un clin d'œil.

# LA PRINCESSE D'ORANGE

# CHAPITRE V

La cour des baux accueille Galburge sans empressement. Qui est cette paysanne aux manières rudes ? Parfois on dirait un homme habillé en femme – bien jeune et délurée pour son âge. Pourquoi garde-t-elle les cheveux alors que la mode suggère de se raser le crâne ? À l'époque, les démangeaisons occasionnées par les poux obligent les femmes à se couper les cheveux, seuls des bonnets les coiffent. Les hommes lui sourient en espérant capter son attention, et plus si infinité. Peine perdue. Elle se renfrogne, mais observe le comportement de chacun du coin de l'œil. Ses beaux-frères tentent de la courtiser, font les jolis cœurs ; elle n'hésite pas à les remettre à leur place malgré leur majesté. Heureusement, elle se raccroche à son Guillaume qui consent à l'honorer. Elle s'aperçoit que quelques femmes tentent de l'attirer sous l'œil goguenard et consentant des maris à la recherche de quelques faveurs – une plus particulièrement. Elle va y mettre bon ordre. Quoique l'infidélité se pratique couramment dans cette cour, mais que faire quand on a quinze ans. Bien vite, Galburge entre dans les intrigues sous-jacentes du poulailler Bauxois. Ermengarde de Mouriès, petite bonne femme vive et loquace, l'attire dans un coin de la salle à manger sous prétexte de lui servir de guide dans cet immense château. Après un sourire enjôleur et une mine faussement décontenancée, elle entre immédiatement dans les confidences à voix basse.

— Votre Altesse, il faut que je vous mette au courant de quelques petites choses afin de ne pas commettre de bévue. D'abord, soyons amies.

Galburge, non habituée aux brigues, répond avec bienveillance, mais son instinct de femme la met en garde. Mignonne comme elle est, ne serait-elle pas la maîtresse de mon mari ? pense-t-elle aussitôt. Fine mouche malgré son jeune âge, elle sort de sa bouderie établie depuis le départ de ses parents. Elle prend alors ses airs de princesse, ce qu'elle est, la complimente sur sa beauté, sur sa toilette. Après maintes courbettes et maints salamalecs, les voilà discourant comme de vieilles amies. N'ayant pas encore repéré les individus dont la courtisane parle, son discours-fleuve reste sans effet, sinon qu'il s'enregistre dans sa mémoire. La soixantaine de couples mis en cause passent au peigne fin. On a surpris Unetelle faire l'amour avec le fils du majordome dans un bosquet pendant que son père fleuretait avec l'épouse du capitaine des gardes du palais. Grand Dieu ! Et ainsi de suite…

Les courtisanes et les courtisans gravitent autour des trois coprinces, chacun les siens. Raymond Ier, Bertrand II et Guillaume II se partagent entre Orange, Courthézon et Les Baux afin de ne pas se marcher sur les pieds – l'entente cordiale.

Pour fêter la nouvelle venue, le majordome princier organise une petite fête avec deux cents invités. Il faut que tout le monde connaisse Galburge Ire d'Orange. Guillaume y tient beaucoup. Pour sa première présentation officielle à la cour et à une grande partie de la Provence, elle choisit une robe bleue avec des emmanchements gonflants. Les manches trois-quarts dépassent des coudières blanches. Une bordure stricte dorée entoure son cou. Bien que la mode soit aux décollés, personne n'apercevra sa gorge. Il faut garder une certaine prestance, une certaine pudeur. Tout se joue dans une première apparition notoire, dans le premier coup d'œil, l'honneur, la réputation, tout en découlera, l'obéissance, le respect… Une ceinture enserre sa taille d'où s'écoulent deux pans de tissu rouge. À son habitude sans bonnet, simplement un ruban écru ceint son front. Deux nattes se rabattent sur ses épaules. On est bien loin de la diablesse en braies. Elle soulève une exclamation d'admiration. Confuse, elle s'avance et se mêle bien vite à la foule des courtisans qui s'empressent de l'entourer. Elle sourit à tout le monde, ne reconnaissant pas ceux qui l'ont déjà abordée. Dans une demi-inconscience, elle fend la cohue pour rejoindre son mari en galante compagnie. Les belles dames se reculent pour lui faire la révérence. Elle feint de les ignorer. Elle vient de se faire des ennemies.

— Ma mie, entonne joyeusement Guillaume sur un air des lampions, vous êtes à la cour des troubadours. J'en suis un, mes frères deux autres, comme l'ont été mon grand-père Bertrand et ma grand-mère Tiburge, celle à qui nous devons le comté d'Orange. Ici, les femmes peuvent transmettre leurs terres de plein droit, contrairement au Nord, m'a-t-on dit. Grâce à l'empereur Barberousse, vous êtes aujourd'hui princesse. Il a élevé le comté de mamie Tiburge en principauté. Maintenant vous savez tout sur notre famille.

— Beau prince, il me reste tant de choses à apprendre sur votre cour, tellement différente de celle de Mison.

Tellement différente, pense-t-elle, Mison est primaire, presque sauvage par rapport aux Baux.

— J'ai fait venir spécialement d'Écosse un montreur d'ours, et des jongleurs d'Espagne, pour vous.

— Qu'est-ce que c'est un ours et des jongleurs ?

— Taisez-vous, malheureuse, vous allez passer pour une inculte.

À ce moment, apparaît sur un terre-plein aménagé dans les jardins du château un vieux bonhomme tirant une immense touffe de poils par un anneau enserré dans le museau.

— C'est ça, un ours, un animal très dangereux qui vit dans les montagnes.

La bête se dresse sur ses pattes arrière. Au son d'un tambourin, il s'appuie d'une patte sur l'autre en se déhanchant. Il maintient ses pattes avant hautes devant lui, montrant de longues griffes. Ce qui arrache un cri de frayeur dans l'assistance. Le public applaudit. Le vieillard entraîne son ours dans une danse infernale en tournant rapidement autour de lui sans laisser sa chaîne.

— Ça doit lui faire mal, s'exclame Galburge, cet anneau planté dans sa paroi nasale tiré par cette chaîne ?

Guillaume la regarde, étonné par son intérêt pour la souffrance des animaux. Sur scène, un couple de jongleurs avec un enfant remplace l'ours. La femme danse élevant deux coupes d'eau sans en renverser une goutte. L'homme s'époumone en soufflant dans une chalemie, flûte entonnoir. L'enfant jette en l'air deux balles alternativement en les rattrapant et les relançant, une troisième vient se rajouter avec son jonglage, puis une quatrième… Habillement, il passe une main dans le dos et poursuit par une acrobatie en montant sur un filin tendu à plusieurs coudées du sol. Jetant ses balles il exécute un saut périlleux pour retomber sur le fil. Les exhibitions de l'enfant entraînent des tonnerres d'applaudissements. Place aux troubadours !

## Troubadours, poètes, amuseurs

Les troubadours, poètes, et conteurs à leurs heures, jongleurs ou musiciens et autres constituent aussi une classe sociale. Comme les champions de tournois, ils vont de château en château ou de foire en foire. Certains restent attachés à de riches seigneurs qui peuvent les entretenir, ils sont alors appelés bouffons ou *fols* (fous du roi). Ils distraient, amusent, jouent d'un instrument, créent des poèmes qu'ils récitent, inventent des contes, écrivent des chroniques. Ils entourent souvent les nobles, les prélats, la haute bourgeoisie en formation qui veut à tout prix imiter l'aristocratie. Totalement indépendants, ils ne constituent aucun compagnonnage, aucune confrérie… Très jeunes, bien avant d'avoir choisi leur vocation, ils s'instruisent dans les monastères ou écoles épiscopales. Ils sont souvent de petite noblesse ou fils d'alleutiers. Ils sont des gens en avance sur leur temps. Alors que l'élite intellectuelle s'exprime en latin, eux parlent et écrivent en langue d'oc populaire. Ils resteront les précurseurs de la littérature d'aujourd'hui. Ils apportent un nouveau savoir-vivre qui sortira la société de son obscurantisme moyenâgeux. Durant leurs errances, ils risquent d'être

confrontés à des brigands, ce sont aussi des hommes d'armes.

Le troubadour catalan Gueran de Cabrera, devenu célèbre, présente son cheval qu'il fait danser, se coucher, se cabrer et saluer les spectateurs pendant qu'il joue de la vièle et de la trompette. Souvent, sous des airs comiques il dénonce les tares des autorités, les maux de la société, ce qui fait rire les propres intéressés croyant que ces satires s'adressent à d'autres. Il se produit souvent à la Foire de Beaucaire, après une visite aux Baux où l'accueil est chaleureux. Galburge

*Joueuse de luth germanique, d'après l'auteur.*

s'émerveille de toutes ces festivités. Elle s'imagine, comme le veut la légende, que tout cela est permanent et que la vie aux

Baux demeure une réjouissance constante. L'arrachant à ses rêveries, le bouffon de Guillaume l'attrape par la main pour l'entraîner dans une sautillante saltarelle au son de ses grelots. La danse, un autre art de la distinction, s'effectue de face, on gambille en se lançant le corps en avant. Cette nouvelle mode se distingue des farandoles champêtres, bonnes pour les vilains. Pour danser raffiné, danser la saltarelle – ou bien

*Jongleurs, musiciens, poètes (XII<sup>e</sup> siècle).*

l'estampie en frappant du pied, les bras levés. Le *fol* peut tout se permettre, même soulever les robes des dames en public, mais celles-ci se méfient lorsqu'elle le voit rôder. Les jeunes filles n'hésitent pas à le gifler quand elles peuvent. Un jour, il arriva couvert de farine, il avait essayé d'embrasser la grosse cuisinière qui le reçut à coups d'écumoire. Il imite les coprinces, spécialement Bertrand, en claudiquant. Ce dernier se contente de hausser les épaules. Loin d'être fou réellement, il tire profit de sa folie feinte. En attendant, il ose danser avec la princesse Galburge. Elle rigole de ses singeries. Les courtisans l'observent du coin de l'œil.

Un orchestre joue dans un tintamarre assourdissant. Les rebecs grincent, incités par les archers. Les chalemies dégringolent de leurs gammes, tandis que les vièles égrènent leurs notes de crécelles. De temps à autre, les luths se font entendre, immédiatement couverts par les cornemuses. Un tambour s'escrime à rythmer l'ensemble, en vain. Aux anges, dans ce tohu-bohu, la jeune princesse s'étourdit. Elle saute, danse encore, s'étourdit dans une farandole autour des arbres, autour des courtisans... Il y en a plus de deux cents.

Grâce aux seigneurs des Baux, le Midi apporte à toutes les cours d'Europe une nouvelle culture, celles des arts, de la musique, de la poésie, du savoir-vivre, mais aussi de l'élégance et de la mode. Bertrand Ier des Baux et son épouse Tiburge II d'Orange furent les premiers troubadours poètes, passions qu'ils transmettront à leurs descendants. Cette alliance reste aussi la preuve de la première transmission de terres par les femmes.

**Arbre de la fidélité – Codex Manesse 1300**

# CHAPITRE VI

Galburge décide de se constituer une garde-robe. Accompagnée par dame Ermengarde de Mouriès, de quelques servantes et de gardes, elle se rend chez le tailleur en ville. Avant, elle souhaite consulter le teinturier qui, lui, réside dans le faubourg. Pourquoi ? s'interroge-t-elle.

Soudain une odeur ammoniacale la saisit à la gorge.

## Les teinturiers

*Les tanneurs se servant du tanin de chêne pour corroyer les peaux, et les teinturiers éclaircissent les étoffes avec de l'urine. Ils sont relégués loin des centres-ville à cause des odeurs.*

*La technique de se servir du liquide sécrété par les reins pour décolorer, provient des Romains, notamment de Vespasien qui faisait ramasser les urines dans les W.-C. publics pour les revendre aux teinturiers. Actuellement, le nom de l'instrument en émail qui recueille la pisse, s'appelle vespasienne. La collecte de l'empereur ouvre la voie à l'expression « l'argent n'a pas odeur ».*

— Comment des hommes peuvent vivre dans de telles puanteurs ? dit-elle en portant son mouchoir à ses narines.

Ermengarde s'étonne de la réflexion de sa princesse. Effectivement, elle n'y avait jamais pensé. Mais pourquoi s'intéresse-t-elle à l'humanité ?

— Ces dégraisseurs sont comme des bêtes, ils n'ont pas d'âme. Ils sont sur terre pour servir la race des seigneurs.

Interloquée, Galburge la regarde :

— Mais si, ils ont une âme… J'en parlerai à Mgr l'évêque.

Dans des demi-tonneaux en bois sous lesquels un fourneau chauffe, des hommes munis d'un bâton tournent inlassablement un lourd drap dans un bouillon rougeâtre, tandis que d'autres étendent leur travail sur un fil. Il y en a pour toutes les couleurs.

Prise dans la discussion, elle sent une main qui la saisit au coude. Elle se retourne pour voir un mendiant. Surprise par l'apparition, elle hurle de terreur.

— À votre bon cœur, ma belle dame.

L'individu, un loqueteux, lui sourit montrant des dents gâtées. Il traîne une mi-jambe emmaillotée sur un pilon. Une chemise en lambeaux laisse voir un épiderme croûteux. Il tente vers Galburge une main décharnée, des doigts difformes. Quelques cheveux épars semblent galoper sur un crâne dénudé. L'escorte accourt pour chasser l'opportun.

— Allez, va-t'en, dit un garde en le poussant avec la pointe de sa lance.

— Non, il n'a rien fait, intervient Galburge.

S'adressant à sa dame de compagnie :

— Donne-lui un sou.

L'homme insiste en en voulant un deuxième.

Le garde, cette fois, le bouscule et s'apprête à le frapper. Le mendiant s'enfuit rapidement pour se diriger vers la première taverne venue.

Un peu plus loin, les enfants à demi vêtus jouent dans des margouillis où se mêlent, pêle-mêle, des cochons, des rats et quelques vaches. Chacun y trouve sa nourriture.

Un moine, aussi sale que ses protégés, distribue aux malheureux des pains. Les enfants se précipitent sur lui, tirent sur sa robe frangée et maculée de boue pour attirer son attention. Après la distribution, les gosses s'en retournent vers leurs jeux et leur cloaque, grignotant le seul repas de la journée. Assise sur une pierre, une femme allaite son enfant au sein. Elle le presse pour en sortir quelques gouttes vitales. Elle serre les jambes, car sa robe trouée la protège très mal de la fraîcheur de la matinée.

Des passants passent et repassent pataugeant dans la gadouille et les immondices.

Soudain, une crécelle se fait entendre. Les yeux exorbités, les gardes se retournent dans la direction du son. Un lépreux apparaît. Enveloppé d'un manteau noir sur une robe grise, il avance vers le groupe, un tissu rouge cousu sur sa capuche. Rien n'apparaît, un visage camouflé par un linge qui avait été blanc. Il agite sa crécelle rageusement et tend un gobelet en avant.

Le juge ecclésiastique l'a condamné au bannissement, car, à l'époque, la lèpre est la punition de Dieu pour des péchés graves commis et inconnus des autres chrétiens. Cette maladie était la preuve de l'hérésie. Le jour de son exclusion de la communauté, le curé lui a remis cet uniforme avec un chapeau et un chiffon rouge pour signaler son état. En cas de non-respect, il sera brûlé vif en place publique. Interdiction lui est faite de s'introduire dans les cités, il doit vivre à l'écart des bien portants. Pour conjurer leur refoulement, ils se regroupent entre eux en pleine campagne. Ils finissent par se battre et s'entretuer. Il se dirige vers une fontaine toute proche sans voir les nobles.

Combien de gens de bien, parfois riches, atteints de la maladie ont dû s'enfuir pour vivre comme des parias ! D'autres se cachent avec la complicité de la famille.

Il boit en lapant comme un chien, attrape vivement une grenouille qu'il dévore en deux coups de dents. À sa venue, toute la population s'est éclipsée, les hallebardiers hésitent entre prendre la fuite à toutes jambes ou protéger les dames. Entendant du bruit, il se retourne et vient vers le groupe dans le crépitement de son engin avertisseur. Galburge découvre alors un visage inhumain sans nez, avec un trou sans lèvres et grêlé. Dans son pays, elle n'avait jamais connu de tels monstres. Apeurée, elle se panique, elle veut se calter, décaniller. Mais quelque chose la terrasse sur place, comme si des mains sortant de terre lui retenaient les jambes. Elle veut crier, mais aucune parole ne sort. Le lépreux se couvre la figure avec son chiffon percé de deux trous. Maintenant c'est un fantôme qui arrive. Ermengarde déguerpit, elle semble seule. Et toujours ce grésillement infernal qui se rapproche.

— Halte, ordonne un de ses estafiers.

Les autres cernent immédiatement le vagabond en le piquant de leur hallebarde. La réaction de son escorte lui fait comprendre la réalité. Le sang lui revient au visage. Elle écarte les armes et s'approche de l'homme. Le tas de guenilles s'immobilise. En lui tapant sur l'épaule, elle lui demande :

— Que me veux-tu, pauvre homme ?

La question surprend Ermengarde revenue près de sa souveraine. Cela se devine, non ? Mais pas pour la princesse qui ne connaît pas ce genre de maladie, son pays en est encore épargné.

— Pour manger, s'il vous plaît.

Alors, Galburge défait son aumônière de sa ceinture et lui donne.

— Prenez l'argent qu'elle contient et gardez la poche en souvenir de moi.

Le voile qui recouvre sa face se mouille, il pleure. Elle aussi essuie une larme du coin de l'œil.

À la cour, les langues vont bon train :

— Pensez donc, ma pauvre dame, une gamine de seize ans faite princesse, elle n'a pas d'expérience, pas de vécu. Elle n'y connaît rien…

— Mais quand même, donner son aumônière à un va-nu-pieds…

— Et puis, je n'aime pas son dynamisme, elle a l'air de tout savoir, de tout connaître…

— Et une étrangère par-dessus le marché…

Le retour parvient jusqu'à ses oreilles par l'intermédiaire d'Ermengarde. Blessée dans son amour-propre, Galburge ne comprend rien, elle maudit la méchanceté gratuite de ses courtisans. Cette mentalité lui échappe. Elle s'en plaint à son Guillaume qui éclate de rire :

— C'est normal, ma mie. C'est de la jalousie. Acceptez les reproches en les prenant de haut ou feignez de les ignorer. Ne vous mettez pas dans cet état, ils seraient trop contents. Soyez une princesse, agissez en princesse et tout ira bien.

Nantie de ces précieux conseils, elle tente d'oublier en montant à cheval, bien que les robes ne soient pas très pratiques. Accompagnée d'Ermengarde qui la suit péniblement, et de quelques gentilshommes, elle parcourt les immensités des plaines redevenues verdoyantes, car l'automne approche, franchit les collines d'oliviers des Alpilles, traverse la Crau de Saint-Martin, sans s'embourber dans les marais. Sa compagne l'informe que dans ces chevauchées, étant à califourchon, le vent soulève ses cotillons pour laisser apercevoir qui le galbe d'une jambe, parfois le genou, qui la rondeur éphémère d'une cuisse. Comme par hasard de jeunes messieurs se trouvent toujours dans son sillage, attentifs à la moindre rafale du mistral. Elle décide de porter des grègues sous sa toilette, ces chausses qui montent à mi-cuisse – inutile de les émoustiller.

Incognito, la petite troupe s'en va visiter les habitants d'Arles où règne sans partage un podestat en conflit permanent avec Marseille qui cherche à s'étendre vers le nord. Craignant une alerte, elle s'en retourne promptement par Le Paradou.

Dans cette oisiveté, la passion de la chasse la gagne de nouveau. La Crau regorge de gibiers. Des meutes de chiens occupent en permanence cinq valets. Autant mettre ce petit monde au travail. Une battue s'organise pour rabattre les sangliers vers les cavaliers. Peine perdue, les maîtres-chiens n'ont pu découvrir la moindre bauge, apercevoir la moindre hure. Les chasseurs se rabattent sur les ragondins qui, avec les cuisiniers du château, se transformeront en de succulentes terrines.

Une autre fois, les faucons chassent les petits oiseaux, des grives, Galburge ne s'y intéresse point. Ce sont les rapaces qui travaillent et non les veneurs.

Une autre fois encore, alors qu'elle galope en plaine de Crau, son cheval s'arrête net devant un tronc d'arbre apporté par l'eau. Rêvassant, la cavalière n'y prenant garde se désarçonne et tombe dans la boue de tout son long. Des courtisans, ayant mis pied à terre, la remettent en selle. Elle arrive à la cour dans cet état sous les rires narquois, mais cachés, des courtisans. Elle saute de cheval, ramasse de la boue sur sa robe et la jette en pleine figure à une vieille femme qui riait plus fort que les autres.

Accompagnant son mari, Galburge se rend à Orange. Quand ils ne se font pas la guerre, les seigneurs vont de château en château. Averti par le châtelain, Orange accueille son seigneur avec faste. Ces venues, plus de quatre ou cinq fois par an, constituent pour le petit peuple une véritable distraction. Les impôts, les taxes, les saisies s'oublient. Certains, la cale à la main (petit bonnet), inclinent la tête en signe de respect. Les cloches sonnent à toute volée, parfois des guirlandes de branches ont été accrochées aux façades. Les bourgeois applaudissent devant leur porte, tandis que les autres citadins roulent des yeux admiratifs devant la beauté de Galburge entourée de ses dames cavalières. Guillaume sourit aux anges, dorloté par son peuple. Il soigne son prestige. Il appartient à une puissante famille de Provence. Quelques chevaliers en cottes de mailles et des damoiseaux suivent, acclamés eux aussi – tout ce beau linge ! Les chevaux, houssés de velours, ont sorti « leurs habits du dimanche ».

La parade bat son plein, étendards déployés. Les couteliers au pourpoint écarlate défilent tristement. Pour eux, loin des champs de bataille et de la rapine, il n'y a aucun intérêt, simplement une habitude sans joie. Consignés au château, ils ne pourront pas aller à la taverne ni trousser quelques belles. Les chariots terminent le cortège. Tout bon seigneur doit se déplacer avec l'ensemble de ses meubles et tapisseries, même pour quelques jours.

La résidence princière se trouvant au milieu de la ville, le soir venu, les sarabandes nobiliaires se répandent dans les rues, après un bon repas.

En temps ordinaire, les portes de la ville se ferment à clé dès la sorgue venue et après le retentissement de la cloche. Ce couvre-feu interdit l'allumage des bougies par crainte du feu. Les très rares passants circulent avec une lanterne pour être reconnus par les patrouilles du guet qui veillent sur la sécurité de chacun.

Les tavernes ne désemplissent pas pour autant. Un client triche ou il ne veut pas partager les faveurs d'une dame à la cuisse légère, la moindre injure demande réparation. Le ton augmente, il en vient aux coups, cela dégénère. L'ensemble des consommateurs finissent par se battre, fortement alcoolisés. Les couteaux pendant au ceinturon entrent en action. L'aubergiste gare au mieux mobilier et pichets. Le guet intervient, il se charge de les dessaouler en prison, évitant ainsi les effusions de sang. Entre deux passages des soldats, des truands trucident un débauché, un ivrogne pour lui couper sa bourse. Un cri retentit dans la nuit. Les honnêtes gens évitent de sortir. Les voleurs opèrent même dans les chambres de l'auberge, qui ne sont ni plus ni moins que de grands dortoirs partagés avec des inconnus.

En avril 1238, l'empereur Frédéric II de Germanie autorise son dauphin Guigues à frapper monnaie avec le minerai d'argent de L'Argentière. Cette livre viennoise envahira peu à peu les marchés et succédera au troc pratiqué couramment, sauf pour le paiement des impôts ruraux.

Galburge apprend la mort de l'oncle qui avait assisté à sa naissance — ce tonton grande gueule mais tellement sympathique —, avec cette barbe hirsute et sa panse proéminente...

Raymond III s'était retiré du monde en 1237 à Sénanque ou chez les templiers. Après tant de désarroi dans une vie si agitée, il avait choisi un monde de prières, peut-être pour se faire pardonner de beaucoup de choses. Il avait transmis tous les pouvoirs de la baronnie de Buis à son héritier Raymond IV, le beau chevalier qui plaisait tant à Galburge quand elle était petite. En 1247, il rendra son âme à Dieu dans des émanations d'encens parmi les cisterciens ou les chevaliers qu'il appelait ses frères. Politique oblige, lors des obsèques de son beau-père, Dragonnet n'assistera pas à la cérémonie, son oncle étant devenu l'ennemi à abattre.

Depuis quelque temps, les hostilités reprennent. Décidément, dans les Baronnies, la paix ne subsiste que par intermittence. Isoart d'Aix, seigneur de Montmaur, vient de prendre Condorcet, village important dans la baronnie de Buis. Il en est immédiatement chassé par son neveu Dragonnet III de Montauban marié à Aleuse de Mévouillon, sœur de Raymond. Les belligérants amassent des troupes de part et d'autre. Alors on se sert des reliefs du terrain pour guerroyer, montant des guets-apens, des embuscades. Drame familial ! Raymond IV intervient, imposant une table ronde aux adversaires. Les tensions s'atténuent, chacun rentre chez lui.

C'est l'occasion pour Galburge de faire connaissance avec le fameux Dragonnet et de revoir sa cousine Aleuse, si cette dernière ne séjourne pas dans son château de Mirabel. C'est une démarche diplomatique, car les Baux et les Montauban se chipotent souvent au sujet de terres du côté d'Arles. Dragonnet, comme beaucoup, déménage souvent sa cour allant de castel en castel. Le voyage dure cinq journées de cheval, moyen plus rapide que le char. À Valréas, où il séjourne, il accueille Galburge et sa suite, gentiment, ce n'est pas un homme à exprimer ses sentiments. Court de buste sur de grandes jambes, il arbore la quarantaine bien tassée. Une cale, comme les paysans, cache une calvitie avancée. Aspect sec, il se vêt de noir des pieds à la tête, ce qui révèle un caractère morose. Par contre, Aleuse et Galburge se retrouvent avec joie. Elles vont pouvoir bavarder, car la cour de Valréas n'éclate pas d'allégresse.

Dragonnet vend quelques libertés au consulat de Valréas nouvellement constitué.


## De bourg en ville


Un danger pointe à l'horizon pour la féodalité. Les châteaux forts amènent peu à peu des paysans qui s'agglutinent au pied des forteresses, des serfs, mais aussi des paysans libres qui paient leurs impôts au seigneur en échange d'une protection contre les autres envieux, chevaliers errants, invasions et bandes de pillards. À l'intérieur de cette communauté s'établissent des artisans ruraux, des commerçants qui la font vivre. Un développement économique prend de l'essor par les foires et les marchés. Les orfèvres, menuisiers, tisseurs, cordonniers se regroupent par corporations, solitaires. Progressivement, ils élisent un responsable qui joue le rôle d'arbitre entre les individus, arbitrage contre le travail mal fait et la concurrence déloyale. Un chef corporatif amène une réglementation draconienne. Le pouvoir lui arrive doucement. Non seulement le corporatisme influe économiquement, il se renforce et s'étend dans d'autres domaines, notamment celui de la politique et la gestion du village, au point de devenir un danger pour les autorités seigneuriales. L'artisanat rural devient urbain au fur et à mesure de l'agrandissement du bourg.

Lentement, le bourg s'approprie par les nouvelles constructions les hameaux environnants au point de devenir une ville. Les cultivateurs s'abritent en ville et travaillent dans les champs de la banlieue qui nourrissent la cité. Une entité économique se constitue totalement indépendante de l'extérieur. Elle réclame de plus en plus de libertés au seigneur. Des révoltes fulminent.

Les enfants de serfs s'enfuient vers les centres urbains où la vie leur semble plus facile. Les agglomérations, ayant besoin de main-d'œuvre, les accueillent, facilitant leur changement d'identité après deux ans de travail et l'anonymat. Les filles trouvent plus facilement à se marier dans une population plus nombreuse avec plus de choix. La ville s'enferme derrière des murailles et réclame de plus en plus d'indépendance, de moins en moins d'impôts. Des révoltes fermentent, certaines éclatent. Il faut négocier. Tant par besoin d'argent que par nécessité, les seigneurs vendent quelques libertés en dressant des chartes. Les héritiers tentent de les reprendre créant une éternelle tension.

Les plus aisés parmi les petites gens, les petits pouvoirs, créent une notabilité qui s'enrichit de plus en plus. Elle prend en main l'administration de la ville. Des consuls nommés ou élus votent des lois, gèrent les finances, aménagent les voies et les ponts publics, collectent les impôts. Pour les pauvres, rien ne change, ils changent de système. Dans un siècle, les cités disposeront d'un sceau et d'une basse justice. En dehors des remparts, des maisons se construisent en faubourg.

Tout cela peut se faire grâce aux chartes des libertés vendues au compte-gouttes à prix d'or par le seigneur, toujours avide d'argent frais.

Des chevaliers urbains habitent dans des manoirs ou des maisons fortes entourant la ville et son château, prêts à intervenir, mais le seigneur déserte de plus en plus sa forteresse ou construit ailleurs. Il laisse des châtelains sauvegarder ses intérêts. Un nouvel ordre social s'élabore progressivement.

### La banlieue et ses paysans

Terme moderne, mais existant de fait depuis le fin fond des temps.

Le grand défrichement du Moyen Âge central témoigne de l'augmentation des surfaces devenues cultivables. Les serfs, pour le compte d'un seigneur, ou les moines pour ajouter de la terre à leurs grands domaines, acquièrent des terrains qui rapportent à bon compte. Bien souvent n'appartenant à personne, les défricheurs en deviennent les propriétaires, intéressant aussi les paysans libres qui s'établissent ainsi à leur propre compte, mais vite récupérés par un noblaillon qui lui-même… La chaîne féodale… On commence à drainer les champs inondés sporadiquement, les marécages, les étangs…

La banlieue s'étend d'abord autour des châteaux, refuge en cas d'invasion. Avec l'extension des cités de plus en plus indépendantes, les terres permettent de nourrir les citadins. De plus en plus nombreux.

Dans cette banlieue les cultivateurs produisent des légumes, des volailles et du lait qui sont livrés dans les boutiques ou sur les marchés et les foires. Le bétail sur pied arrive en troupeaux et est parqué dans des enclos extérieurs aux remparts appartenant aux bouchers. Les produits lourds comme le sel, les céréales, les tonneaux de vin affluent par chariots ou débarquent d'un port sur le Buëch.

L'invention de la charrue aboutit à une meilleure production agricole. Elle se distingue de l'araire par le fait qu'elle possède un versoir métallique qui retourne la terre qu'elle déverse d'un seul côté. Elle permet de la retourner pour la préparer à recevoir les semis, enfouir les restes des cultures précédentes et le fumier. Autre découverte de l'époque, le fumier engraisse le sol, le réchauffe. Les déjections animales et humaines, la paille souillée, les fougères et autres herbes se répandent et s'enterrent sous le soc de la charrue.

*Les outils des paysans et des artisans de cette époque ne changeront pas, ou très peu, jusqu'à la Seconde Guerre mondiale.*

Les semailles et les labours

# CHAPITRE VII

Des rumeurs fâcheuses courent parmi les courtisanes. Elles ne cachent plus leur sourire narquois au passage de Galburge. Il se raconte quelque chose de drôle sur son compte.

Outre Ermengarde de Mouriès qui prédomine les autres dames dans la hiérarchie des dames de compagnie, trois suivantes prennent soin de Galburge, Garsende d'Eygalières, Alasie de Vallabrègues, et une plus jeune encore, une gamine Sancie de Maillance, toutes de bonne noblesse.

Guillaume, en lui attribuant cet aréopage, valorise son épouse penchant pour ce côté féminin, la broderie, le tissage, le filage de la laine, très en vogue, la lecture... Pour la sauvage Galburge, cela ressemblait à un calvaire. Elle se sent espionnée en permanence par ces femmes qui regardent, épient son moindre geste. Elles l'agacent. Toutes ces manières, ces courbettes ne lui ressemblent pas. Le grand air lui manque. Après ses quelques courses folles à cheval quand elle s'était échappée, le maître du protocole les lui avait reprochées estimant qu'une princesse ne devait pas... Quel sale bonhomme ! Elle ne savait pas occuper son entourage. On avait fait venir un métier à la tire (à tisser) de Lyon avec des cadres, beaucoup de cadres. La machine infernale fonctionne avec des pédales qui soulèvent alternativement des fils tendus avec des poids. L'art consiste à passer une navette avec un autre fil différent, perpendiculairement. Et ainsi de suite, c'est le « ainsi de suite » qui indispose la princesse. Mécaniquement elle passe la bobinette, resserre le fil et recommence. Pendant ce temps, le tissu s'allonge, s'allonge, il n'arrête pas de s'allonger.

Ensuite, qu'en faire ? Une nappe ? Un tapis ? Une couverture peut-être, mais cela ne vaut pas des peaux de mouton !

Autant se faire faire une robe chez l'habilleur en ville qu'utiliser du mauvais tissu. Pendant ce temps, ses camérières brossent et filent à la quenouille.

*Reine tissant sur son métier (XIIIe siècle).*

Cloîtrée dans son petit monde, Galburge s'ennuie. Son beau Guillaume déserte de plus en plus la couche conjugale. Parfois, seule, elle crie « papa, au secours » quand la solitude devint

131

Noble dame filant

En 1280, invention du rouet qui remplace la quenouille

trop pesante. Les yeux de Sancie en disent long. Elle comprend le désœuvrement de sa princesse.

Quant à la lecture, Alasie ânonne en mot à mot l'œuvre de Rigord (1145-1209) connaissant très mal le latin. Cet étonnant médecin et prieur du monastère d'Argenteuil témoigne dans les *Gesta Philippi Augusti* (« la geste de Philippe Auguste ») de la vie de son roi. Ce récit, ainsi hachuré, exaspère au plus haut point Galburge qui finit par s'endormir.

Réveillée, elle se prend à rêvasser, faute d'évasion. Elle regarde les murs gris et tristounets, alors que le soleil brille au-dehors. Des moisissures zèbrent le haut des parois. Elle contemple ces dessins improvisés, s'amuse à y découvrir des formes, des visages, des personnages. Tiens, celui-ci ressemble à l'affreux majordome, celle-là, à la sorcière de Garsende, sa dame d'honneur.

Une unique peinture agrémente sa chambre, elle représente *Le Roman de la Rose*, œuvre littéraire de Guillaume de Lorris (1231). Des personnages longiformes s'amusent dans une prairie, des femmes ridicules, des hommes avachis… À l'exemple des églises qui sont tapissées d'images de saints et de moines, son Guillaume avait fait venir un artiste du Piémont pour peindre cette œuvre profonde. Cela la distraira, avait-il ajouté. C'est lui qui devait la désennuyer et non ces bandes de turlupins farceurs dont il se repaît.

Un soir, alors que Sancie la déshabille pour la nuit, elle ramasse un bout de parchemin enroulé, mis bien en vue sur son passage. Elle le ramasse tandis que la petite range ses affaires. Sitôt partie, à la lueur d'une bougie, elle lit d'une écriture enfantine, l'invitation à se rendre dans la chambre de son mari dans le cours de la nuit.

Que signifie cette lettre ? Pourquoi irait-elle dans la chambre de son mari ? Elle ne put s'endormir, la pauvre innocente. Elle respecte trop son époux pour entrer comme cela dans son intimité. S'il avait décidé de dormir séparément, c'est qu'il avait de bonnes raisons. Et puis dans ce grand château glacial, se déplacer la nuit, malgré sa vaillance...

Elle enfile un manteau, bougie en main, elle tente l'aventure. Elle part pieds nus. Bien vite, la froideur des dalles la saisit. Des crampes lui tenaillent les chevilles. Tant pis, elle chemine doucement le long des interminables couloirs s'attendant à voir surgir un diable ou quelques chimères aux carrefours. Soudain, elle pense qu'une seule bougie ne lui suffirait pas. Elle retourne dans sa chambre faire des provisions, elle en saisit trois qu'elle glisse dans l'échancrure de sa chemise de nuit. La graisse de porc solidifiée lui coule sur le corps au contact de la chaleur. Devant la porte, elle hésite. Entrera-t-elle ou n'entrera-t-elle pas ? Elle pousse le ventail, il résiste. Si elle tire la bobinette, la cheville en tombant, accrochée à une ficelle, risque de faire du bruit en se cognant contre la paroi. Elle réveillerait alors son gentil mari. Prête à faire demi-tour, elle empoigne vivement le morceau de bois et tire d'un coup sec en serrant les dents. Un léger bruit se fait entendre. Elle va encourir les foudres du seigneur, mais rien ne se passe. Le silence retombe. Lentement elle pousse le panneau, délicatement, rien ne grince. Elle perçoit une lumière dans le baldaquin du lit, elle entend de petits bruits étouffés, comme les cris d'une petite souris. Elle dépose sa bougie dans le couloir et s'approche du lit en rasant les murs. Des voix se font entendre, puis des rires. Il n'est pas seul. Elle écarte doucement la tenture à la tête. Une femme se prélasse allongée sur le ventre, Guillaume la caresse le long de la colonne vertébrale. Il insiste sur les rondeurs des fesses. Il monte sur elle, s'y introduit. Sous les yeux effarés de Galburge, il va et vient. La femme bouge sa tête en gesticulant des épaules. Elle ne la voit pas encore. Soudain elle se tourne à demi. L'épouse la distingue bien maintenant. C'est Ermengarde de Mouriès, sa principale dame de compagnie. La maîtresse de son mari l'aperçoit aussi dans l'entrebâillement des rideaux. Surprise, elle hurle de terreur, puis se ressaisit : « C'est ta femme, c'est ta femme. » Galburge se sauve en oubliant sa bougie sur le pas de la porte. Dans le noir elle se cogne contre un mur qui la rejette par terre. Elle ne retrouve plus sa chambre. Le froid la gagne, elle erre en aveugle, puis elle se recroqueville dans un coin, les bras entourant ses genoux. Elle grelotte, claque des dents. Elle ne peut croire ses yeux de ce qu'elle a vu – celle qu'elle croyait être sa meilleure amie…

Deux gardes faisant leur ronde la trouvent à l'aube au détour d'une coursive, à demi inconsciente, grelottante.

Sur la terrasse du château, ses yeux se perdent dans l'infini des plaines des Baux. Les oliviers montent la garde comme des soldats à la parade. Espacés les uns des autres à égales distances, ils veillent sur les Alpilles bleutées à la recherche d'un potentiel adversaire. Dans son désarroi, elle ne sait que faire, que penser. Celle qu'elle croyait être sa meilleure amie l'a trahie. Ce que l'on peut pardonner à un homme parce qu'il est un homme devient intolérable de la part d'une femme parce qu'elle est une femme. Elle pleure sur cette trahison, mais aussi sur l'infidélité de son Guillaume, son prince charmant. Elle espérait tout de lui, elle croyait à son amour, elle espérait que leur amour porterait des fruits. Depuis plus d'une décennie, il désertait sa couche, sans raison. La raison du mâle, la raison du seigneur et maître. Ainsi chavire le cœur des femmes.

Faut-il révoquer la coupable d'adultère ? Elle risque d'affronter son mari et même toute la cour, car Ermengarde de

Mouriès, depuis quelque temps, règne sur les larves courtisanes. La princesse a senti qu'elle n'était plus l'objet des flagorneries habituelles. Ces lèche-bottes n'avaient que des sourires et des courbettes pour cette mijaurée, ridicule et prétentieuse. Elle ne daignait même plus regarder sa maîtresse.

Une main s'en vient se poser sur son épaule, légère comme une caresse. Par enchantement elle l'arrache de sa détresse. Elle lui caresse le cou. Des frissons lui parcourent l'échine, elle tressaille, se détourne, prête à se fâcher. Sancie la jeunette lui sourit. Elle essuie ses yeux pleins de larmes. Elle se blottit comme une petite fille dans ses bras tendus. C'est beau la compassion entre femmes.

Sancie de Maillane, fille cadette d'un chevalier alleutier de la région, se trouva orpheline de mère dès sa naissance. Tout au long de son enfance, son père l'accusa d'avoir fait mourir son épouse, d'où un rejet de la petite communauté de Maillane. De passage au manoir, à la suite d'une galopade éperdue dont elle avait l'habitude, Galburge emporta la jeune fille de dix-sept ans sur son cheval, montée en croupe. Sancie quitta promptement sa famille, heureuse de s'en débarrasser, car sans pécule mis sur sa tête aucun noblaillon n'en voulait.

Bien que son aînée de six ans, la princesse s'attachait à elle comme une grande sœur. Sancie lui vouait une reconnaissance éternelle. Leur estime l'une envers l'autre durera jusqu'à la mort de Sancie.

Le destin, ou peut-être Dieu, envoie un terrible châtiment sur la principauté d'Orange.

Les seigneurs des Baux, en tant que tels, appartiennent à l'ost royal de Louis IX. Le saint homme, tombé malade de dysenterie, le 10 décembre 1244, avait promis, s'il guérissait, de partir en croisade (la septième).

*Or, depuis trois ans, le roi a retrouvé la parole, miraculeusement, grâce aux prières faites dans son royaume et aux saintes reliques apportées à son chevet.*

*L'évêque de Paris tente de le faire renoncer à son projet en prétextant qu'il était inconscient lors de la prononciation de son vœu. Rien n'y fait. Tous ces nobles donc, se préparent pour l'expédition, car cette fois seuls les blasonnés participeront.*

Dès juin 1248, Guillaume teste en faveur de son neveu Barral qui devient son exécuteur testamentaire. Il lègue à son épouse les 15 000 sols que lui doit son beau-père depuis leur mariage, voilà presque dix ans.

Les deux coprinces d'Orange, Guillaume II et Bertrand II, annoncent à la population leur prochain départ. Des hérauts colportent tous azimuts que l'aîné, Raymond I$^{er}$, trop vieux pour partir, assurera les commandements d'Orange, des Baux, de Courthézon et de Suze.

*À savoir que la durée de vie moyenne de l'époque étant d'une quarantaine d'années, à quarante-six ans, Raymond passe pour un vieillard.*

Le jour du départ, sur l'esplanade du château, la foule venue acclamer ses seigneurs s'amasse le long des fortifications. Même s'ils les pressurisent, les vilains aiment leurs seigneurs. Les damoiseaux et les damoiselles quittent un parent, un fiancé, tandis que les bourgeois et bourgeoises s'amènent en curieux, certains jaloux de tant d'acclamations et de futures gloires.

Galburge, après des embrassades à n'en plus finir, larmoie discrètement pour ne pas le peiner davantage, serrant son mouchoir dans le creux de sa main. Elle garde l'espoir de son retour prochain. Les chevaliers français ne feront qu'une bouchée de ces Sarrasins incultes et désorganisés. Avec un roi si près de Dieu, ils ne peuvent qu'être vainqueurs.

Cuirassés, les coprinces prennent la tête du convoi, suivis par les chevaliers, les bacheliers titrés pour leur premier fait d'armes, les écuyers de ces messieurs et des valets d'arme. Les oriflammes claquent au vent, les casques et les heaumes brillent au soleil. Pas une cotte de mailles ne manque aux hauberts. Ils vont en découdre les preux chevaliers du roi Louis.

Un mois passe. Le comportement de la cour n'ayant pas changé, la dame de Mison conte son infortune conjugale à son beau-frère Raymond, espérant évincer sa concurrente. Ce dernier, après l'avoir écouté longuement, éclate d'un rire gras. Il lui propose alors, puisque son mari la délaissait, de le remplacer avantageusement.

À propos, qui est à l'origine du bout de parchemin trouvé dans sa chambre dénonçant son infélicité ? Un courtisan espérant les faveurs de l'épouse esseulée, lui raconte les démêlés entre la maîtresse en titre de son époux et Garsende d'Eygalières, l'ancienne amante, avant son arrivée. Il présume que cette dernière a dénoncé sa rivale.

Ce petit monde étriqué la dégoûte, elle qui avait été éblouie par les fastes de la cour des Baux, par son haut niveau culturel, par sa joie de vivre qui n'était qu'un leurre.

Les choses s'arrangent. Isoard de Mouriès, le vieil époux d'Ermengarde, profitant du départ du seigneur, se presse de récupérer sa femme. Il est depuis des années la risée de toute la contrée jusqu'en Arles.

La princesse retrouve un semblant de respect parmi les courtisanes. Les hommes se chipotent de nouveau pour lui être agréables. D'autant que Galburge a perdu son aspect juvénile, elle s'épanouit de jour en jour. Elle aborde allégrement ses vingt-trois ans toute en beauté.

Le 30 mai 1241, Bertrand de Mison vend à Pierre Ysoard Artaud, seigneur d'Aix, son château de Recoubeau ainsi que le mandement de Meuglon, Aix et Valdrome pour 10 000 sols. Les créanciers se font de plus en plus pressés.

# Saint Louis

# CHAPITRE VIII

*Dès 1243, divers désordres éclatent en Palestine. La politique de Frédéric II, empereur germanique, roi de Jérusalem, islamophile de surcroît, crée une sorte de guerre civile entre ses partisans et leurs adversaires. À l'affût des pillards musulmans, les Kwârizmiens en profitent et débordent de leur région d'Édesse. Ils dévastent la Mésopotamie risquant d'être anéantis par les Mongols. L'émir d'Égypte leur offre assistance pour avoir éventuellement des guerriers à opposer à la Syrie. Ces hordes de plus de dix mille cavaliers massacrent et égorgent les habitants des villes chrétiennes de Tibériade et de Jérusalem. Ils battent les armées franques à La Forbie le 17 octobre 1244.*

## Croisade de Saint Louis

*Malade à Pontoise, le justicier de la chrétienté, l'apprenant, jure d'y mettre bon ordre si Dieu décide de le faire échapper à sa maladie. Dieu l'exauça.*

*Louis IX se rend à la cathédrale de Saint-Denis pour se saisir de l'oriflamme de la chevalerie « Montjoie » (l'enseigne de saint Denis). Il reçoit des mains de l'archevêque Eude de Châteauroux le bâton symbolique du pèlerin et l'écharpe de l'Église, alliant ainsi la royauté et l'épiscopat. Il se rend en pèlerinage à l'abbaye parisienne de Saint-Antoine-des-Champs, pieds nus, regagne son château de Corbeil où il remet la régence du royaume à sa mère, Blanche de Castille.*

*Deux jours plus tard, en grand apparat, il part vers le Rhône accompagné de Marguerite de Provence, son épouse, ses frères*

*Robert d'Artois, Alphonse de Poitiers, Charles d'Anjou ainsi qu'une foultitude de grands dignitaires.*

*Raymond VII de Toulouse, qui vient de faire sa soumission au roi de France, projette de reconquérir sa liberté après le départ royal. Il meurt quelque temps après sans avoir accompli sa mission.*

*La croisade prend alors une allure d'aventure. Le roi s'arrête à Sens où se tient le chapitre général des franciscains, fait une visite à Lyon, y rencontre le pape Innocent IV. Le prélat promet de protéger son royaume contre l'Anglais et en profite pour bénir son armée. Après Lyon, un petit seigneur local, Roger de Clérieux, exige le paiement de passage. Louis refuse et attaque son château qu'il démolit. Enfin la croisade arrive à Aigues-Mortes, port nouvellement construit. Quelques jours perdus à cause de l'absence de vent, l'armée prit place dans les trente-huit vaisseaux génois loués — chiffres impressionnants : deux mille cinq cents chevaliers, autant d'écuyers, dix mille fantassins, cinq mille arbalétriers, huit mille chevaux (statistiques quelque peu exagérées).*

*Le 28 août 1248, la « smala » royale prend la mer, après avoir attendu que les vents soient favorables. Après vingt jours de navigation, tout ce monde aborde les côtes chypriotes.*

Les nobles provençaux, dont Guillaume d'Orange et son frère, embarquent à Marseille pour rejoindre le roi à Limassol (Chypre).

*La souveraineté de l'île appartient à Henri Ier, seigneur de Lusignan, comte de la Marche et d'Angoulême, vieille famille française. Ce qui facilite bien des choses à Louis IX, notamment l'approvisionnement pour la conquête commencée trois ans auparavant. Seulement l'hiver approche, la prudence exige d'attendre le printemps. L'expectance génère de nouvelles querelles entre aristocrates, le roi se doit d'intervenir au milieu de conflits qui risquent de mettre en cause l'avenir de la campagne. Il doit prendre en charge des nobliaux qui menacent de rentrer chez eux, faute de moyens financiers. Ils paient pour retenir la flotte à quai.*

*Installé à Nicosie, le futur saint reçoit le khan mongol de Perse du nom de Sartak, prétendu catholique nestorien, qui lui propose d'attaquer l'Égypte pendant que le grand Khan, son souverain et lui-même délivreront Jérusalem des Sarrasins musulmans. L'empereur mongol Güyüh a embrassé le bouddhisme tibétain. Cette alliance devrait empêcher le ralliement égypto-syrien.*

*Immédiatement, le roi de France dépêche auprès du grand Khan un franciscain avec une somptueuse tente-chapelle pour qu'il découvre la splendeur de Dieu et de son fils. Le religieux arrive malheureusement trop tard, Güyüh vient de mourir. Sa veuve, régente, Oghul Qaïmich, refuse l'offre gentiment. L'idée d'assiéger Le Caire, centre par excellence de l'Islam combattant, vient de germer dans la tête royale.*

*Le sultan d'Égypte, l'émir de Damas et celui d'Alep se partagent l'empire ayyoubide de Saladin. Ils se font continuellement la guerre. Le seigneur d'Alep assiégé par l'Égyptien, son cousin, demande l'aide aux croisés. Non au fait de la politique arabe, Louis refuse, ne voulant pas se commettre avec des infidèles.*

*L'annonce de l'arrivée de la septième croisade a été faite par Frédéric II, l'islamophile, et les Vénitiens craignant que le débarquement entame leurs commerces.*

*Parallèlement, la ville de Saint-Jean-d'Acre qui doit négocier les navires transportant l'armée en Égypte se trouve confrontée à des combats de rue entre les marins génois et les Pisans pour avoir le marché.*

*Avant de partir, le roi reçoit l'impératrice de Constantinople, Bérengère de Castille, qui lui réclame des troupes pour combattre les orthodoxes trop influents dans son royaume. À cause du départ, elle est éconduite.*

*Oubliant leurs empoignades, les croisés s'entassent dans les bateaux génois avec armes, femmes, bagages, chevaux, domestiques.*

*Le vent s'engouffre dans les voiles carrées. Les cordages claquent contre les mats. Les ancres ont été ramenées sur les ponts. La Terre sainte approche, encore quelques heures de mer. À l'approche des côtes, une terrible tempête disperse les embarcations.*

*L'hivernage a permis au sultan Malikal-Salih Ayyoub de se préparer à l'invasion française. Ne sachant pas très exactement le point d'incursion, il confie une partie de ses bataillons à l'émir Fakhr-Al-dîne ibn al Sheik qu'il envoie au hasard à Damiette.*

*C'est une demi-armada qui se précise sur le sable de la plage formant carré. Immédiatement assaillie par les Sarrasins. Le dos à la mer, elle progresse lentement, inéluctablement. Un rempart humain s'établit tandis qu'à l'arrière on tente de débarquer les chevaux. Les charges ennemies se font plus intenses, par vagues successives et continues. Les chevaliers en selle, ils se frottent la couenne avec les musulmans. Beaucoup tombent de part et d'autre. Les chevaux, peu habitués, glissent ou s'embourbent dans le sable. Les cimeterres taillent un bras ou s'abattent sur les heaumes. Les croisés gagnent du terrain. L'ennemi recule et finit par se retrancher dans Damiette. La population se cache dans les marais. Le 6 juin, les croisés entrent dans la ville, les ayyoubides ayant abandonné les murailles. Le roi attend de récupérer le reste de sa flotte décimée par la tempête. Le mois de juillet arrive. Trop tard, le*

*Nil déverse des tonnes d'eau, rendant la suite de l'expédition impossible. Les troupes immobilisées dans le delta du fleuve endurent les assauts des Égyptiens – c'est la guérilla. Ils sont chez eux. Ils connaissent chaque grain de sable, attaquent par surprise jour et nuit pour disparaître comme ils sont venus. À l'aube, les chevaliers retrouvent les sentinelles égorgées. Des sapeurs installent des barrières de trois mètres de haut malgré le peu d'arbres qu'ils trouvent. Les tentes s'enterrent quasiment dans le sable. Le 24 de ce mois, Alphonse de Poitiers renforce les troupes de son frère avec les bataillons perdus dans le désert et récupérés. La décrue du Nil s'amorce, on va pouvoir continuer.*

*La grande armée de nouveau rassemblée, Sa Majesté hésite : faut-il aller vers Alexandrie ou vers Le Caire ? Consultés, la majorité des comtes optent pour Alexandrie, expliquant qu'avec la mer toute proche, cela permettra de garder des liaisons avec l'Occident par l'intermédiaire de bateaux. A contrario, Le Caire obligera l'armée à s'enfoncer dans la terre interdisant toute relation avec le royaume.*

*Après un plaidoyer sur la supériorité des forces royales, Son Altesse frère, Robert d'Artois préconise d'investir Le Caire, manière de refuser dédaigneusement les propositions de Malik al-Salih. La veille, un émissaire du pacha avait proposé d'échanger Damiette, possession des croisés, contre les villes d'Ascalon, Jérusalem et Tibériade.*

*En effet, Damiette, étant au cœur du dispositif de défense égyptien, contrôlait l'un des deux bras du Nil, donc du pays tout entier et de l'ouverture sur la mer.*

*Commettant l'erreur du siècle, le saint homme veut en découdre corps à corps avec le sultan.*

*— Allons rendre gorge à Malik al-Salih, dit-il en montrant la direction du Caire.*

*Le sultan, après une longue maladie, meurt le 23 novembre 1249, sa veuve s'empare du trône pour son fils mineur et tient le décès secret, craignant l'agitation des armées mameloukes au service de l'Égypte. Sept cents musulmans chargent les Français, ils sont repoussés. Malgré les interdictions royales, les templiers poursuivent les vaincus et les massacrent pour venger leurs tués au combat. Mansourah apparaît à l'un des détours du Nil, mais il faut traverser l'un de ses bras, l'Ashmûr-Tannah. L'émir Fakhr Al-Dîne attend ses belligérants fermement derrière cette frontière naturelle. D'autant que le fleuve présente à cet endroit de profonds trous. Un déserteur informe les royaux qu'il existe un gué qui permet un passage plus facile en aval.*

*Le 8 février 1250, à la tête de l'avant-garde, le comte d'Artois accède sur l'autre rive après un combat sanglant au cours duquel l'émir est tué par un archer monté. Le frère du roi, au lieu d'attendre le reste de l'armée, se met en tête d'atteindre la ville pour détruire la forteresse, malgré les conseils de prudence des templiers.*

*Les assiégés se regroupent autour d'un chef mamelouk, Baybars. Ils exterminent les assaillants inférieurs en nombre. La tête du comte roule au sol dans la poussière des sabots des chevaux.*

*Le gros de la colonne subit une seconde vague d'assauts. La passerelle pour les piétons construite à la hâte s'écroule. Les arbalétriers, de leurs carreaux, protègent les fantassins impuissants contre la rapidité des cavaliers.*

*La bataille de Mansourah s'engage sur le tard, car les forces royales laissent l'ennemi se coaliser. Les Français montent à l'assaut du fort, malgré les trois chats détruits (sorte d'allées couvertes, en bois, permettant d'approcher les forteresses). Ils le conquièrent, puis se retrouvent prisonniers dans celui-ci. La confusion règne. Ils se dégagent et battent de justesse les hommes du sultan qui s'enfuient.*

*Maintenant l'ost avance lentement, prudemment, à découvert. La dysenterie, le paludisme torturent des soldats assoiffés. La fatigue mine les cœurs, la faim l'estomac. Le roi Louis chemine dans l'arrière-garde.*

*Un chevalier tombe de son cheval, mort depuis le début de la matinée. Sa selle renforcée et la raideur du corps au fil de cette journée fortement ensoleillée lui avaient permis de garder son équilibre. Personne ne réagit, sinon de regarder le cadavre et de continuer.*

## Mort de Guillaume et de Bertrand, coprinces d'Orange

Louis pâlit, il s'arrête, descend de cheval, s'agrippe à l'étrier pour se mettre à genoux. Il prie, le roi prie. Il a perdu les trois quarts de son armée. La fièvre le gagne à son tour. Guillaume d'Orange, décontenancé, le regarde. Sa Majesté pleure. Une frustration le gagne, il doit ordonner la retraite et se mettre à l'abri des murs de Mansourah. Il s'accroche au pommeau de sa selle, enfile l'étrier et se hisse sur son cheval. Il s'en retourne lorsqu'un Arabe surgit d'on ne sait où, lance en avant, fonce sur le souverain. Rapide comme l'éclair, Guillaume dégaine et assène un fort coup au passage de l'intervenant. Il atteint sa monture. Freiné dans son élan, le Sarrasin se retourne et lui enfonce le fer de lance dans la gorge. Depuis longtemps et à cause de la chaleur, Guillaume ne portait plus son heaume. Le prince meurt au service et pour son roi.

Dans sa retraite, les musulmans assaillent le gros de l'armée française à Minieh-Abou-Abdallah et font prisonniers les chevaliers et les survivants. À part le roi et ses frères, comment reconnaître les seigneurs qui peuvent racheter leur liberté parmi tous ces loqueteux, ces malades, ces blessés ? Les guides indigènes ayant servi les croisés indiquent à leurs frères de race ceux qui commandaient. Ainsi, le sire de Joinville doit sa vie sauve à son valet qui croyait qu'il était de famille royale. Méconnaissable, Bertrand d'Orange est égorgé parmi les six mille croisés sans le sou pour payer la rançon. Que Dieu les ait dans sa sainte garde. *Amen.*

Pour en finir avec les péripéties de la septième croisade, le roi prisonnier, Marguerite de Provence négocie par l'intermédiaire des barons installés en Syrie. Le nouveau sultan accorde l'élargissement des prisonniers contre la remise de Damiette et d'un équivalent à 500 000 livres tournois. Comment trouver une telle somme ? En Europe ? Il ne faut pas trop compter sur la Germanie alliée à l'Égypte. Alors il ne reste que les templiers qui se ruineront pour la moitié de l'argent. Un événement sans précédent allait remettre en cause favorablement la liberté royale.

Succédant à son père, Tûrân Châh accourt à Mansourah prêt à recevoir la somme. Le 2 mai 1250, le dernier des ayyoubides, incompétent, mal vu par le peuple, se fait assassiner par une faction de mamelouks qui veut tuer les prisonniers. Finalement, elle reprend à son compte les transactions faites par le sultan tué. Pour la moitié de la somme, le roi et ses barons retrouvent la liberté. Louis IX continuera à divaguer en Palestine quatre ans encore avant de rentrer en France. Jérusalem, propriété germanique, lui reste inaccessible.

### Les mamelouks

Les premiers mamelouks, issus du Caucase, Géorgie ou Russie méridionale sont des soldats serviles, gardes des califes à Bagdad. Selon les coutumes orientales de l'époque, d'esclaves ils peuvent devenir seigneurs de guerre ou commandants militaires.

Enlevés enfants dans les pays conquis, ils reçoivent une formation militaire. Non-musulmans malgré leur éducation religieuse, ils peuvent ainsi combattre les autres islamistes, car le prophète a interdit le combat entre mahométans, quel que soit le pays. Adultes, ils reçoivent un équipement militaire et une solde, ils jurent solidarité à leur émir et aux autres mamelouks de leur contingent.

Grâce à Saint Louis, involontairement, et à sa septième croisade, les mamelouks d'Égypte vont dominer l'Orient durant deux cent soixante ans, avec des souverainetés dans beaucoup de pays. Ils constitueront ensuite les troupes d'élite des Ottomans jusqu'à leur destruction en 1811 par Méhémet Ali.

*Débarquement des croisés à Damiette*

**La femme au Moyen-Âge** : L'idée de la femme des XIIe, XIIIe, XIVe siècle « attendant son seigneur et maître, cousant et filant près d'une fenêtre », est une image arrêtée de pure fantaisie. La femme est l'égal de l'homme en restant femme. La ceinture de chasteté, date d'une autre époque et encore…

Combattante Politique

Chasseuses à l'arc

Cavalière

Mécène

Amoureuse

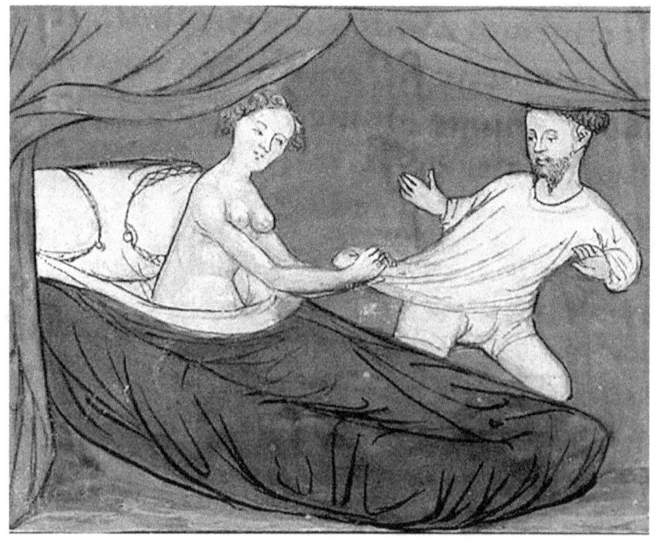

Féministe (déjà)

la propreté et L'hygiène existent déjà

158

## Les bains et le lupanar

Dans les châteaux et en ville, les gens prennent leur bain chez eux dans de grandes cuves en bois bordées de drap pour éviter les échardes. L'eau se chauffe dehors et se transporte à bras

d'homme ou de femme, seau par seau. Les paysans et les pèlerins se baignent dans les cours d'eau, les étangs. Dans les monastères les bains se réservent aux malades uniquement et la viande reste interdite sauf pour les religieux souffrants. Dix ans après l'interdiction, le couvent entier attendait derrière les portes de l'infirmerie. Religieusement les ablutions représentent une purification spirituelle, la maladie étant une punition de Dieu. Quant aux hommes de Dieu, ils ont la confession publique pour se débarrasser des tâches de l'existence. Plus prosaïque le commun des mortels s'immerge par plaisir surtout quand le soleil darde ses rayons en position méridienne Pour ceux qui n'ont pas suffisamment de place dans leur logement, ils existent des bains publics. Dès que l'eau est prête, les étuveurs annoncent l'ouverture en criant. Hommes et femmes se précipitent tout nu dans les baquets sans distinction de sexe. Sous les récipients, des briques réfractaires maintiennent la chaleur. Par la suite un déjeuner pour les plus fortuné, leur sont servis sur des planches mise en travers des récipients. Sur les images du XIII<sup>e</sup> siècle, on peut distinguer dans la pièce voisine des lits qui ne servent pas seulement pour le repos. Pour quelques piécettes des dames essuient les baigneurs avec des linges et stimulent les chairs avec des étoupes de chanvre ou de lin. Elles enduisent les corps avec de l'eau de rose ou des huiles parfumées.

# LA VEUVE

# CHAPITRE IX



*Bulletin d'information :*

*Le 7 mars 1256. Le pape Alexandre IV décide de donner à l'ordre des Templiers, la terre de Vidauban qui appartient au prieuré de Notre-Dame de Lagrand (raison ignorée).*

De guerre lasse, le beau seigneur ne rentre pas. Les nouvelles circulent. Déjà deux ans que la reine mère a rejoint le monde des anges. En 1254, le roi Louis revient de sa croisade catastrophique, en laissant Geoffroy de Sargines et des centaines de chevaliers français et des francs de Syrie œuvrer en son nom.

Galburge s'inquiète. Elle pense que Guillaume, son mari, et Bertrand, son beau-frère assistent Sa Majesté dans ses affaires en Palestine ou bien qu'ils aient fondé leur petit royaume et qu'ils vont la quérir prochainement. Le malheur des uns fait le bonheur des autres. Par les deux absents, la co principauté tomberait d'elle-même. Raymond I$^{er}$ devient prince d'Orange à part entière. Le temps travaille pour lui, son fils Bertrand IV en deviendrait le quatrième et ainsi de suite jusqu'à la domination des comtes de Provence en 1426.

Malgré ces disparitions et dans le doute de leurs morts, que la fête continue, ainsi que les chevauchées à perdre haleine...

Cependant quelque chose dépérit de plus en plus, se disloque graduellement. Le scepticisme s'installe à la cour des Baux. La petite fée de Mison sent ce désintéressement et elle en souffre. Sa joie s'éteint. Les courtisans l'ignorent, même ses chevaliers servants d'hier la boudent. L'atmosphère devient irrespirable, malsaine. Elle s'en ouvre à sa confidente, la tendre, la petite Sancie. Les flagorneurs et les flagorneuses s'interrogent, dit-elle. Restera-t-elle princesse ? Va-t-elle hériter de son époux ? Oui ? Non ? Peut-être ? Ce qui les amène à changer de comportement.

Avec un Raymond omnipotent, tout change, les Baux s'attristent. Ses amuseurs n'amusent plus, les bras ballants, ils errent dans les pièces du grand château. Ils tentent quelques espiègleries pour essayer de faire rire. En vain, d'ailleurs l'éventuel public les évite. La horde de bouffons ne bouffonne plus, fous loin de leur folie. Les turlupins se turlupinent pour leur avenir. Les baladins ne se baladent plus vers la principauté. Raymond décide de déménager pour s'installer à Orange. N'en est-il pas le prince ? Il emmène avec lui tous ses caudataires tentaculifères.

Le 30 mai 1241, le seigneur de Mison vend à son cousin Pierre-Isoard Artaud, seigneur d'Aix-en-Diois, tout ce qu'il détient aux châteaux de Mengion et Valbrome pour la somme de 10 000 sols, de quoi rassurer les usuriers.

Le 27 février 1248, Bertrand de Mison concède une charte des libertés aux habitants de Serres… Certaines libertés contre rétribution, il va de soi, le droit de faire des testaments à leurs héritiers, de doter leurs descendants, suppression des péages au droit d'aubaine et au droit de bannerie, confirmant légalement ce que son père, Pierre de Mison, avait promis. Bertrand et Galburge restent tout de même, propriétaires de la ville.

*Il s'agit bien de Bertrand de Mison (Mévouillon) qui accorde ses libertés et non Raymond IV de Mévouillon, comme l'indiquent faussement certains historiens et Wikipédia.*

Le 7 septembre 1248, Bertrand de Mévouillon et son frère Bertrand-Reybaud, coseigneurs, rendent hommage au dauphin Guigues VII de Viennois (territoire germanique), pour Ribiers, Saint-Étienne de Ribiers, Creyssint et Barret, terres qui avaient été données et confirmées le 1$^{er}$ juin 1237. C'est-à-dire qu'ils reconnaissent le dauphin pour suzerain uniquement pour les terres citées, continuant d'assumer l'autorité pleine et entière sur le reste de leurs domaines. Ce serment ou son renouvellement permet à l'allocutaire de contrôler son vassal, ses terres, ses troupes, ses descendants, ses pouvoirs, de se l'attacher personnellement en cas de conflit avec un autre seigneur, ainsi que diverses autres obligatoires. En théorie, l'assujetti reste possesseur de ses terres. Sur quelques générations ou en cas d'absence d'héritier, le suzerain acquerra les biens de ses feudataires. Ainsi les petites seigneuries disparaîtront pour faire place à d'immenses territoires. C'est le commencement du déclin féodal pour être remplacé par la souveraineté absolue. Ce système ne vaut guère mieux que l'ancien, sinon qu'il s'étend sur une superficie territoriale bien plus importante.

Pour ces Mévouillon ce n'est pas sans intérêt. L'avoine manque aussi dans les râteliers de ce côté du Buëch, dans le château de Pomet. Parfois les deux frères ont quelques craintes d'invasion venant de leur cousin de Mison qui ne demande qu'à se venger pour la position prise dans la guerre des albigeois. Il vaut mieux se mettre sous la protection de Guignes de Viennois.

Cependant, d'autres soucis préoccupent Bertrand, le rapatriement de sa fille Galburge, car les rumeurs qui s'échappent de la cour l'inquiètent. A-t-elle des droits sur la principauté si Guillaume ne revient pas de la croisade ? En 1214, le roi Philippe Auguste institua le douaire qui permettait à la veuve de récupérer la moitié des biens du défunt. Mais la principauté d'Orange est-elle soumise au droit français ? Raymond Ier n'entend rien partager quitte à éliminer sa belle-sœur. À l'inverse, lorsque Bertrand de Mison légua la totalité de son domaine à sa fille en 1239, il y associa indirectement son mari. L'unique prince de Baux restant risque de revendiquer les terres du Buëch… Dans cet imbroglio, chacun se rétracte implicitement. Le retour s'organise. Barral des Baux en prend la tête accompagnée d'une solide armée. Les brigands hantent les chemins creux. L'expédition revêt à chaque fois l'apparence d'une aventure. Elle se fait dans la morosité, contrairement à l'aller. Galburge ne rêve plus, elle n'a plus l'enthousiasme de ses quinze ans, les yeux gorgés de lumière. Elle arbore une mine triste sillonnée de traces de larmes. Elle retrouve volontiers ses braies qu'elle avait conservées précieusement, plus pratiques pour monter à cheval.

*Bulletin d'information :*

*1255 – Interdiction aux femmes de fouler les draps, métier reconnu trop pénible pour elles.*

*1258 – Charles d'Anjou acquiert le comté de Vintimille et Monaco, pendant que son frère aîné, le roi Louis IX, borne son royaume. En accord avec Jacques Ier d'Aragon, ils fixent la frontière franco-aragonaise au Sud-Ouest des Corbières.*

*Les Anglais renoncent à l'Anjou, la Normandie, la Touraine, déjà conquis par la France depuis Jean sans Terre.*

*Interdiction des guerres privées ainsi que des duels juridiques.*

*1260 – Création de la confrérie des chirurgiens.*

Galburge n'est plus princesse, au mieux dame de quelques bourgades comme Mison, Orpierre, Serres. Le mot *seigneuresse* n'existe pas. Elle ignore ce qui l'attend, elle sait qu'elle doit faire face aux dettes accumulées, ne sait pas exactement l'étendue du domaine que son père lui a légué, mais qu'il a continué à gérer sans réduire son train de vie. Barral lui apprend que sa mère, au plus mal, a demandé le saint sacrement, elle espère arriver à temps pour recueillir ses derniers soupirs. Durant son absence, un frère est arrivé au monde, elle va enfin le connaître.

Les cascades, les monts et les vallées défilent sans le moindre attrait pour elle. Elle ne les voit même pas. Elle s'aperçoit seulement que le soleil la boude, le ciel devient grisâtre chargé de nuages. La saison ne s'y prête pas non plus. Une sorte d'angoisse habite les collines du Buëch qui pointent à l'horizon. La Méouge n'égraine plus ses notes cristallines en se faufilant entre les rochers, elle coule pleine en flot sombre.

Arrivée au château de Mison, le majordome lui annonce le décès de sa mère, survenu une semaine plus tôt. Elle retrouve son père amaigri, blanc de cheveux – c'est un vieillard. Il se traîne du banc à son siège seigneurial devant lequel plus personne ne s'incline – plus de soixante-cinq ans… Elle retrouve, étonnée, le vieux bouc de templier. Le frère Adémar de Ronlay s'est retiré de son monastère de Lagrand pour vivre à la cour de Mison – si cela peut s'appeler une cour. Il a gardé son uniforme crasseux de chevalier de Dieu. Elle lui saute au cou, il a blanchi lui aussi. Il sent toujours la viande faisandée, pense-t-elle. À ses côtés, un garçon timide se ronge les ongles. Bertrand, il se nomme (certains l'appelleront Guillaume) – c'est son frère. Elle l'observe attentivement, un regard éteint contemple ses poulaines. Il porte en sautoir un crucifix sur une cotte rose qui descend jusqu'aux pieds. Le moine soldat lui pose sa grosse patte de rouquin sur son épaule en signe de protection. Elle comprend qu'il l'a embrigadé dans son fanatisme radical pour en faire un religieux sous l'œil satisfait de leur père. Encore deux ou trois ans à Mison, Bertrand le Jeune partira à Lagrand, chez les templiers qui en feront d'abord un frère convers avant d'aspirer à la chevalerie. Lunel la follette est passée de servante à maîtresse des servantes et de la valetaille. Elle agite tout son monde y compris les chevaliers alleutiers et les notables en visite sous l'œil amusé du maître des céans. Elle partage le lit du seigneur, ce qui lui donne des droits… Galburge compte y mettre bon ordre, histoire de lui faire voir qui sera la vraie maîtresse. Pour l'instant, elle ordonne d'installer la nouvelle arrivante dans une chambre relayée au troisième niveau. L'héritière s'y oppose, elle dormira dans la chambre de sa mère, inoccupée depuis la mort de celle-ci. Elle se réserve le rôle de donneuse d'ordre maintenant. Elle exige la nomination de princesse ou d'altesse. N'est-elle pas toujours princesse, la mort de Guillaume n'étant toujours pas certifiée ? Reprise en main oblige.

Bertrand-Reybaud, seigneur de Ribiers, et son épouse lui rendent une visite de courtoise ayant appris son arrivée. Jeune marié, il vient d'épouser Stéphanie d'Orpierre (ou Étiennette ?). Les querelles avec Raymbaud Cotta, le père, semblent oubliées, les hérétiques se révèlent un lointain souvenir. Il se sent prêt à aider Galburge dans ses premiers pas de gestionnaire du domaine paternel d'une quarantaine de paroisses rassemblées en vingt-cinq alleux (dix-huit communes regroupées actuelles). La dame de Mison se doit d'une visite à l'abbaye de Notre-Dame de Clarescombes (Clairecombe) accompagné de Bertrand-Reybaud. Escortée par quelques sergents d'armes, bien que l'épée au côté, elle galope jusqu'à La Flogère. Le dernier chemin allant dans les champs s'arrête là. Maintenant il lui faut descendre de cheval et louvoyer parmi les arbres et les taillis. L'escorte traîne lamentablement derrière, l'un accroche sa cuissarde à une branche tandis que l'autre tire sur la bride pour ramener sa monture vers lui. Un écuyer se tord le pied dans un terrier de lapin. Un chevalier s'éborgne. Le torrent se faufile à travers d'énormes blocs de pierres roulés, polis et amoncelés les uns sur les autres durant la période de crues. Cette fois-là, des arbres tombés encombrent le lit de la rivière tapissé de galets multicolores. Ils forment un immense barrage obligeant les visiteurs à contourner un petit étang nauséabond. Les moustiques attaquent en rangs serrés. À la lisière de la forêt, un étroit plateau, au pied du Riou, livre l'abbaye dans tous les éclats de la pureté de ses lignes – un havre de paix entouré de roches moussues pointues plantées comme des aérolithes tombés du ciel. Les cavaliers grimpent sur leur palefroi, prêt pour la parade d'arrivée – un peu d'esbroufe ne fait pas de mal. Après tout ne sont-ils pas les seigneurs du coin ? Une petite sonnette s'agite, le frère portier donne de la voix.

L'Abbé Jacques accueille la princesse avec chaleur. Il sait ce que l'abbaye doit beaucoup au seigneur Pierre de Mison, le grand-père de Galburge.

## L'abbaye de Clarescombes

La fin du XII$^e$ siècle voit la fin de la construction de l'abbaye de Notre-Dame de Clarescombes (appelée plus tard Saint-Jean avec les hospitaliers). Cet édifice aurait été construit par la Confrérie des francs-maçons de l'Œuvre du pont de Bompas, « filiale » des templiers d'Avignon. Il s'étale sur le fief de Creyssint de la seigneurie de Ribiers. Il se compose d'un bâtiment conventuel attenant à l'église, armé de solides murs de quarante mètres de long et de deux tours. L'église en forme d'une croix latine montre un transept de quatorze mètres de largeur pour une nef de sept mètres, plus un chœur de cinq mètres carrés, trois chapelles en bout de branche. Le vaisseau est en cintre brisé. Ce colossal bâtiment qui abrite six moines, dont l'abbé, n'est pas à la mesure de son emploi ni de ses occupants. Près de la route qui mène d'Antonaves à Sisteron, il ne voit que des bergers conduisant leurs moutons à certaines périodes de l'année, une voie de transhumance. Une seconde église occupe les ecclésiastiques, Notre-Dame de Fraysses, fréquentée par les paysans des environs. Seulement l'abbaye est à trois kilomètres à vol d'oiseau des deux bâtiments qui ne disposent que d'une seule cloche nichée aux Fraysses, ce qui amoindrit davantage la fréquentation de l'édifice mère. N'ayant pas de repère pour le temps, les paroissiens accourent à l'appel de la frêle campane pour les offices. Les religieux subsistent grâce à un important troupeau de moutons qu'ils font paître gratuitement sur certaines terres appartenant aux Mison. Le seigneur de Ribiers leur a donné un quart du fief de Creyssint avec les serfs et les vilains. L'exploitation forestière, importante à l'époque, leur constitue une ressource financière non négligeable.


## Les scieurs de long


Existant depuis la XII<sup>e</sup> dynastie égyptienne, ce métier ne s'exerce que dans le milieu forestier. Des bûcherons abattent les arbres avec des passe-partout, scies à grandes dents se manipulant à deux et munies de poignées aux extrémités, ils les équarrissent sur place en tranchant les branches à coups de hache. Les scieurs commencent alors leur travail, l'un monte sur la bille, l'autre s'installe en bas, couvert par un large chapeau pour se protéger des sciures. Ils entament d'abord le bois doucement par petits coups avec une scie à encadrement.

L'outil se compose d'une large lame montée sur un bâti en bois et tendue par une corde.

Alternativement, chacun tire de son côté, surtout ne pas pousser. Celui d'en dessous reçoit toute la sciure. Ils débitent ainsi des plateaux, des madriers, des poutres. Tout ce qui n'est pas pierre est bois. Les branches qui peuvent faire des bûches sont vendues aux paysans ainsi que le petit bois. Les pauvres ramassent la sciure qui se mélange soit avec de la terre, soit avec des mortiers pour colmater les trous des murs ou faire de l'enduit. Les hautes futaies se détaillent selon les besoins. La forêt est gérée par secteur selon les indications des moines. Les pièces ouvragées se transportent par chars à bœufs.

Parfois, à la demande, des billes équarries sont tirées par des animaux jusqu'au torrent de Clarescombes, si les crues le permettent, pour arriver par les eaux jusqu'au Buëch. Ces bois flottés serviront à confectionner les poutres des toitures ou les

échafaudages des églises et châteaux. Sinon, les troncs seront acheminés par tiraillement jusqu'à Ribiers.

Fièrement, l'abbé Jacques invite Galburge à la visite de l'église, du gothique ! Il s'évertue à attirer l'attention de la jeune héritière de Mison sur la simplicité des lieux, exposant qu'un autel mieux aménagé attirerait plus de fidèles, d'une ou deux statues de saints agrémenteraient les lieux. La fille de Bertrand, chiche d'une fortune qui n'existe plus, lui répond qu'ayant visité l'abbaye de Lure, elle a été étonnée de la simplicité des lieux, plus à même de recevoir les prières adressées au Sauveur. Le père abbé lui avait explicité que ce dépouillement d'objets ostentatoires venait de la maison mère de Boscodon, de l'ordre monastique de Chalais, donc d'après lui, nul besoin d'effigie de saints. Il avait essayé quand même.

## L'ordre de Chalais

Avant le VIII$^e$ siècle, on ne trouve aucune trace d'ordre monastique dans les Baronnies. Puis, les seigneurs octroient de nombreux dons aux moines qui voudront bien s'établir dans la région. Dès 980, de nombreux monastères essaiment en Provence-Dauphiné, d'abord les cisterciens de Cluny venant de Paris. Une vingtaine d'établissements se créent avec un pôle important dans les îles de Lérins. La règle de saint Benoît était à l'ordre du jour. Puis, en concurrence, les augustins s'établissent à leur tour. La règle de saint Augustin amène d'autres monastères et d'autres prieurés.

De même que le X$^e$ siècle voit l'essor des abbayes bénédictines, la fin du XI$^e$ siècle est celui des collégiales et des premiers chapitres entourant l'évêque, puissance placée directement sous le pape et seule responsable de son troupeau. C'est la montée de l'autorité de l'Église pour presque dix siècles.

Au début du XIIe siècle, en 1101 plus exactement, une nouvelle série de fondations arrive avec pour centre l'abbaye de Chalais ayant une règle approchante celle des bénédictins. Hugues de Châteauneuf, évêque de Grenoble, fait saint plus tard, recueille saint Bruno et ses compagnons. Il les envoie en ermite sur les contreforts de la Chartreuse. L'archevêque d'Embrun leur demande de venir renforcer une communauté naissante à proximité de la forêt de Boscodon. Les chalaisiens construisent leur abbaye, maison mère de l'ordre. Vers 1190, l'abbaye de Clarescombes apparaît grâce à la générosité de Pierre et de Bertrand de Mison qui leur donnent des terres. Le monastère de Lure, à Ganagobie, la guide dans son sacerdoce. Cependant un ordre nouveau court les campagnes, les montagnes et les plaines. Les Frères mineurs de saint François, venus d'Italie, prêchent dans les églises, sur les places publiques des villages. Ils traînent partout leur pauvreté mendiante. L'accueil leur est chaleureux dans les châteaux dont ils rejettent le trop grand luxe.

Les rivalités entre dominicains et franciscains surviendront beaucoup plus tard avec leurs entrées dans le professorat universitaire. Ainsi vont les ordres religieux dans le Dauphiné. Finalement, les chartreux récupéreront les principaux édifices, ceux qui ne tomberont pas dans l'oubli.

*Nous ignorons tout sur une confrérie très méritante qui est apparue, puis disparue en laissant peu de traces : la confrérie de la Sainte-Pénitence. Les membres se sont nommés frères de Sainte-Marie-Madeleine. Ils occupent les maisons hospitalières situées généralement sur les chemins de pèlerinage, souvent situées à dix kilomètres les unes des autres. Ils soignent gratuitement et nourrissent les pauvres, les indigents, les pèlerins. Ils prient pour la délivrance de Jérusalem. On retrouve des traces à Montjay et aux Courtilles (Chanousse) sur le chemin de l'abbaye de Saint-André-de-Rosans. En 1228, le père Bontoux veut rénover l'ordre en créant un nouveau statut. Il existait encore en 1478. D'après certains historiens, les guerres de religion auraient éteint ces communautés.*

Mosaïque
de saint Augustin.

Saint Dominique.

# CHAPITRE X

Le 15 décembre 1248, alors qu'il a neigé et que sévit un froid glacial, le seigneur de Mison décide de sa succession, pensant qu'un jour ou l'autre, il devra remettre son âme à Dieu. Il a vécu en seigneur en se tenant bien à table, il a dépensé en seigneur en criblant de dettes ses héritiers, il a guerroyé en seigneur se mêlant à l'ost royal, augmentant le déficit, il a chassé, volé, violé comme un très grand seigneur. Il peut maintenant jouir d'un repos bien gagné. Il lorgne quelque peu le monastère de Sisteron. Il avait pensé se retirer dans une commanderie hospitalière, comme celle de Saint-Pierre-Avez – Ces nobles chevaliers au manteau et au surcot rouge à croix blanche… Mais il aurait fallu leur donner quelques terres non grevées d'hypothèques… Le monastère des dominicains en création fera l'affaire étant entendu qu'il ne prononcera aucun vœu, mais sera admis en tant qu'hôte prestigieux. Enfin rien n'est fait, loin de là…

*Les franciscains, très prolifiques dans leurs prêches, cherchent à s'étendre, à acquérir de nouvelles terres pour leurs monastères à construire, de l'argent pour leurs œuvres charitables, ils culpabilisent les hauts personnages. Face à des brutes de tous poils, ils brandissent la menace de la colère divine et des enfers à moins de repentance, de pénitence, et de conciliation avec les hommes de Dieu ; quelques dons en échange d'indulgences. Ils racolent aussi dans la jeunesse avec la même efficacité promettant la béatitude dans l'amour de son prochain. Les dominicains, autre œuvre mendiante, cultivent la même stratégie.*

*C'est le début où le spirituel va concurrencer le séculier (laïc ou civil) dans l'acquisition des biens temporels et dans le pouvoir.*

Le 14 décembre 1249, Bertrand convoque donc deux témoins, dont l'histoire tait les noms, pour faire enregistrer son acte de donation par un clerc épiscopal. Le vieux Ripert, son comptable, farfouille dans des monceaux de parchemins sans trouver ce qu'il cherche. Lunel fait la belle, mille et une manières sous l'œil irrité de Galburge. Tous attendent le beau Raymond IV du Buis mandé pour la circonstance. Enfin, il daigne paraître, manteau de pourpre, gants en peau de cerf, traînant une épée constellée d'émeraudes qui pend lourdement à son ceinturon. Une foule émerge avec lui en le devançant, des nobles, des valets, des chevaliers… Au point que l'on ne l'aperçoit pas encore. De petite taille, il doit jouer des coudes pour se produire. C'est toujours comme cela. Il ne peut pas faire un pas sans déplacer du monde. La fille de Bertrand lui saute au cou dans un élan passionné. Elle a toujours été un peu amoureuse de ce beau chevalier. Soudain, elle recule, le dévisage droit dans les yeux. Il a maigri. Il arbore maintenant une chevelure blanche en passe de se dégarnir sur le dessus, une barbe de la même teinte grise, presque sale. Il a vieilli lui aussi, cinquante-trois ans. Il parle de se faire prêcheur de saint François. Lui ? Un noceur… Un adepte du sybaritisme, un libertin… Plus un Sardanapale… Se réduire à la mendicité ?

— Tonton, tu ne vas pas faire ça ?

Bien que n'étant pas son oncle, elle le surnomme ainsi.

— Si, réellement, j'y pense.

Bertrand de Mison, dans son coin, pense aussi à faire de même, sous la même influence.

Le silence se fait, le bénédictin égraine à haute voix, lentement, les terres héritées par Galburge II :

— Méreuil, Saléon, Orpierre, Serres, Lagrand, un quart de Chanousse, Sainte-Colombe.

Reprenant son souffle et avalant sa salive, il poursuit :

— Izon, Chabreil, Laborel, Villebois, Étoile et naturellement Mison. Il entend dans ses possessions non seulement les terres, mais les châteaux, les serfs et vilains y travaillant, les villages, hameaux, maisons et édifices, sauf les terriens de l'Église donnés ou concédés à temps.

Reprenant après un silence et la manipulation de documents :

— Le seigneur de Mison octroie à sa seconde fille Béatrix les domaines de Mons-Sceleu, Gignac, Saint-Christol et un quart de L'Épine. Elle recevra 10 000 sols venant de sa mère ainsi qu'une rente de 100 sols par an en compensation des biens acquis par sa sœur.

Béatrix accompagnée par son mari, Rambaud, seigneur de Sault, sourit aux anges. Elle connaissait déjà son héritage, mais feint de l'ignorer.

— Quant à Bertrand le Jeune, il hérite du Val-Bodon.

Ce dernier, encore mineur, ne pense qu'à se joindre à la communauté franciscaine de Sisteron. Il se contente de hausser les épaules à l'épellation de son nouveau domaine. Cette réunion familiale se termine naturellement par un gueuleton.

*Un mystère subsiste dans les domaines octroyés à Galburge :
ne figurent plus Le Poët, Upaix, Saint-Cyrice, Trescléoux, en
1248, alors qu'ils existaient dans l'acte de 1239. Auraient-ils été
vendus par son père, ou cédés au prince d'Orange ? Peut-être
Bertrand Reybaud les aurait-il acquis ? Ce problème se
reposera beaucoup plus tard.*

*Faute de document, la disparition de Châteauneuf-de-Chabre
du patrimoine des Mison ne s'explique pas.*

Le 25 avril 1250, Galburge accompagnée de son père font
enregistrer un droit de libre pâturage sur leurs terres, sans
recevoir aucune taxe. Ils devaient bien cela à l'abbé Jacques de
Clarescombes. Peut-être un échange contre une indulgence…
Le vieux Bertrand, comme tous les autres seigneurs de fiefs,
pense à l'accès au paradis. D'ailleurs, c'est chose faite, il partira
bientôt au monastère de Sisteron, mais il reviendra de temps
en temps pour les affaires du fief.

Galburge n'a que vingt-sept ans − une belle jeune femme
pleine de charmes et de talent. S'étant mise rapidement au
*business*, rien n'a de secret pour elle. Elle gère, essaie de sauver
ce qu'elle peut tout en ne se refusant rien. Même pour séduire
son cousin, elle fait venir chaque semaine un faiseur de robes
de Sisteron. Une brodeuse recommandée par Aleuse de
Mévouillon, sœur du baron Raymond, embellit, par son travail,
les encolures et les poignets. Elle reprend ses folles cavalcades
dans la plaine de Céans, seule ou avec Bertrand-Reybaud qui
sort peu à peu de son caractère renfrogné. Elle rend visite aux
grincheux templiers de Lagrand qui l'agréent de plus en plus.
Elle sait déverrouiller les vieux barbons avec un sourire, une
grâce. Elle fait sa femelle. Son chevalier servant la suit partout.
Il a quitté son château du Poët pour s'installer à Mison avec
son épouse. Le soir venu, ils se retrouvent avec joie autour de

la grande cheminée où l'on engouffre des arbres entiers. Les flammes chantent et crépitent, parfois elles font éclater un morceau de bois qui se projette sur les gens. Adémar de Ronlay, le templier sorti du temple, les a rejoints. Il s'installe près de Ripert, le clerc comptable de son père, tandis que Sancie de Maillance, venant de la cour des Baux, s'esquinte la vue à vouloir coudre pour sa maîtresse. Le chapelain dort en ronflant. Galburge lit, elle lit en latin. Lunel, quant à elle, elle a repris son rôle de servante. La nouvelle maîtresse des lieux l'a sommée d'arrêter de se prétendre la dame des lieux avec ses airs prétentieux.

Galburge, sensible à la mode, acquit à grands frais des faucons venus des steppes d'Orient et affaités pour la chasse en vol.

*Aliénor d'Aquitaine et Henri II Plantagenêt.*

## La fauconnerie

Le XIIe siècle voit apparaître la fauconnerie qui bouleverse la chasse traditionnelle. Contrairement aux idées reçues, le Moyen Âge central reste une période de lumière, même dans les contrées les plus reculées, avec de nombreux bouleversements et de grands voyages. Des négociants voyageurs ramènent des hauts plateaux ces rapaces – un commerce qui existait depuis l'Antiquité. Les oiseaux deviennent rapidement un produit précieux démontrant le prestige de son propriétaire. Les templiers les interdisent dans leurs chasses. Au contraire, les hospitaliers les accueillent, au point de renier les autres méthodes. Les faucons pèlerins atteignent jusqu'à trois cents kilomètres par heure en piqué sur la proie. Ils possèdent des ailes courtes et une longue queue qui permettent des virages à l'équerre.

La fauconnerie, ou l'autourserie, se pratique sur le terrain, l'oiseau sur la main est retenu par les pattes. Le fauconnier lâche l'autour en le projetant en l'air pour qu'il monte à la verticale, sinon, compte tenu de sa rapidité, il risque de se cogner à un obstacle. La proie s'enfuit dès l'ascension, il fonce alors sur celle-ci à très grande vitesse, l'intercepte avec son bec et la rapporte à son maître. Selon les espèces, aigles, éperviers, buses, faucons, ils capturent des hérons, des colombes, des poules d'eau, des canards, des pigeons et autres volatiles en fonction de leur taille.

Frédéric II de Hohenstaufen (Saint-Empire germanique), dernier empereur de la dynastie, écrivit un manuel de fauconnerie : *De arte venanti cum avibus.*

Victorieuse de ces premiers essais, Galburge pérore sur la chasse en vol, elle rapporte une trentaine de palombes et de grives. Les cuisiniers râlent, car il va falloir déplumer tout cela. Elle exprime ses prouesses au vieux templier qui s'est endormi, elle court à sa fauconnerie pour s'assurer que ses grands oiseaux sont bien encagés. Loin de se soucier des problèmes qui se préparent, elle se retire dans sa chambre. Où la douce Sandie la prépare pour la nuit.

Guigues VII de Viennois, dauphin, comte d'Albon, de Grenoble, d'Oisans, de Briançon, d'Embrun et de Gap, naît de Guigues VI et de Béatrice de Montferrat en 1225 (la même année que Galburge). Depuis 1246, son accès au trône de son père, il cherche noise à Charles d'Anjou devenu comte de Provence par son mariage avec Béatrice de Provence.

Les baronnies de Buis et de Montauban incitent les convoitises des deux colosses. Chacun rêve de s'en approprier les terres, soutenu pour l'un par l'empereur germanique, pour l'autre par le roi de France, mais ces deux puissances s'équilibrent en s'empêchant mutuellement l'accès aux baronnies. Le père de l'actuelle Guigues, marié à Béatrice de Sabran, l'avait répudiée, mais il avait oublié de lui restituer une partie de son comté. Naturellement, Charles d'Anjou, en tant que comte de Provence par sa femme, lui réclame la restitution des fiefs usurpés. Alors que Charles est prisonnier des Sarrazins. Le Viennois menace d'envahir Raymond de Mévouillon ainsi que Bertrand de Mison. Sa fille ne l'entend pas de cette oreille.

Début janvier 1250, Raymond, Galburge, et leur allié Raymond d'Agout, seigneur du Luc, préfèrent passer à l'attaque plutôt qu'être envahis. Leurs cavaleries ravagent les campagnes passées sous l'effigie de Guignes. Elles incendient les chaumières, pillent et tuent. Les Gapençais et les Rosannais préviennent leur suzerain. Les représailles se font sentir immédiatement par de nombreux massacres. D'Albon à Mévouillon, tout brûle. Des embuscades se tendent, on se bat et on s'enfuit, et on remet ça. Guigues met le siège devant la forteresse de Mévouillon parce qu'imprenable. Les trois chefs de guerre appellent leur ban et arrière-ban, les vassaux, les alliés. La guerre dégénère. Mévouillon résiste. Guignes, bien qu'ayant l'avantage du nombre et de l'organisation, retire ses troupes du bastion du baron.

Avec beaucoup de diplomatie et de peur que la guerre s'étende à Montauban, Dragonnet II réussit à faire interrompre le combat en acceptant le seigneur de Manteyer comme médiateur. Après l'arbitrage, chacun repart content, sauf pour Bertrand du Luc qui doit payer les dégâts de ses soldats, n'ayant subi aucun dommage à ses terres. Le Viennois récupère ses droits de suzeraineté sur le Gapençais. Raymond IV reçoit de Guigues le château de Montaux. Galburge, la plus acharnée, s'en tire avec la restitution d'un fief dans les Buis. La transaction accomplie, chacun rentre chez soi satisfait, pendant que Bertrand de Mison file des jours heureux, choyé par les religieux.

Le 27 mai 1251, Raymond IV, après avoir reçu en legs les terres de sa sœur Aleuse, il rend hommage à Pierre, abbé de l'île Barbe pour Montmorin, Bruis et Sainte-Marie, tandis que l'année suivante, le 11 mai 1253, le dauphin accorde des libertés aux citoyens d'Upaix, notamment en réduisant à 12 deniers par an et deux setiers aux possesseurs de bêtes de somme. Les redevances fiscales se paient toujours en nature, même si Guigues VII frappe monnaie. Le calme revient peu à peu. Dextrement, le vieux renard du Viennois s'infiltre dans les affaires des Baronnies.

Charles d'Anjou, comte de Provence, revenu de croisade, laisse son frère, le roi, vadrouiller en Palestine. En son absence, outre les problèmes rencontrés avec le Dauphiné de Viennois, il rencontre une résistance des Provençaux qui n'acceptent pas la domination française, habitués à faire à leur tête et à régler leurs problèmes entre eux. Avec ses armées, il soumet Arles, puis Avignon, ratisse les campagnes semant la désolation. En 1252, il assiège Marseille et soumet Barral des Baux, chef de la rébellion, celui-là même qui avait ramené la dame de Mison à son château. Cependant, le pape Innocent IV cherche à détacher la Sicile du Saint-Empire germanique. Il propose la couronne à Richard de Cornouailles qui atermoie la proposition. Le légat du pape demande alors à Charles d'Anjou qui semble favorable. De nouvelles complications surgissent dans le Midi. L'aphorisme échoue. Il cherche à renforcer son pouvoir en se conciliant Marseille. Il en profite pour attaquer le comté de Vintimille qu'il rajoute à sa couronne. Il s'efforce de s'étendre en Italie, mais il échoue. Il part pour soutenir dans le Hainaut Marguerite de Flandre et Guillaume de Dampierre contre Guillaume de Hollande dans une guerre de succession, laissant son comté de Provence à la sauvegarde de ses baillis et sénéchaux qui ne tarderont pas à s'en prendre à Galburge de Mison. Louis IX, de retour de croisade, intervient, obligeant son frère à rentrer dans le rang. Une troisième révolte éclate en Provence, soutenue par Jacques II et Pierre III d'Aragon. Elle ravage la contrée de Castellane défendue par son seigneur Boniface. Il fait face à ses trois fronts en même temps. Pour l'Italie, un accord est signé avec le marquis de Gênes à Aix-en-Provence en juillet 1262, Charles doit rendre Vintimille, Roquebrune et Monaco.

Ne soupçonnant pas ce qui l'attend, la dame de Mison retrouve le goût de vivre. Insouciante, elle chevauche aux côtés de Bertrand-Reybaud. Ce jour-là, ils poussent jusqu'à Lagrand, et pourquoi pas jusqu'à l'abbaye de Saint-André-de-Rosans. Ils aperçoivent de loin le monastère de Trescléoux tenu par les moines de Saint-Victor de Marseille. Ils descendent pour suivre le torrent de la Blaisance qui coule au milieu de la forêt profonde. Ils descendent de cheval pour faire contourner à leur monture un arbre écroulé ou un buisson infranchissable. Au travers des clairières, ils aperçoivent d'immenses falaises de chaque côté du défilé – de la pierre ocre. Ils saluent au passage des frères qui tendent leurs filets au travers des eaux pour piéger les poissons, dans le bain malgré eux. Ils descendent du couvent des Courtilles. Ils vendront leurs truites au marché d'Eyguians ou de Sainte-Colombe. Parfois, Bertrand-Reybaud élague le passage à coups d'épée comme s'il taillait du sarrasin. Arrivés près de Montjay, un immense mur les arrête. Ils doivent remonter jusqu'au village de Vière pour le contourner et redescendre vers l'Estirette. L'église de Marie-Madeleine chaperonne un vaste hameau, à mi pente. La terre de Vière appartient aux chevaliers de Saint-Jean de Jérusalem qui reçoivent toutes les taxes s'y afférant. La confrérie de la Sainte-Pénitence a construit ce couvent pour y recevoir les malades, les vieillards et surtout les pèlerins allant à l'abbaye de Saint-André-de-Rosans, lieu de rayonnement spirituel. Bertrand-Reybaud tire le cordon de la cloche. Essoufflé, un frère accourt, c'est le portier, il fait la cuisine aussi. Un homme très maigre, presque squelettique, en soutane, apparaît. Le frère percepteur les accueille. Quel honneur ! La fille du seigneur Bertrand. Mais ce n'est pas homme à faire des compliments mondains. Il cache ses mains dans ses manches, sans un mot. D'un coup de menton, il invite les visiteurs à entrer. Il s'attable et tend deux chaises. Galburge prend la parole, brisant un silence inquiétant :

— Nous souhaitons visiter votre maison hospitalière. Si on peut vous aider par quelques aumônes…

Immédiatement, le visage du supérieur s'éclaire d'un sourire angélique. Il retrouve sa vivacité que son habit d'ecclésiastique lui avait fait perdre. Le percepteur explique :

— Notre maison, qui n'est pas totalement terminée, accueillait les pèlerins allant vers Saint-André. Puis les vieillards et les malades ont été reçus. Actuellement, nous sommes dépassés avec nos quatre frères. Cela devint une maladrerie.

Ils entrent dans une vaste salle où des religieux pansent les pieds des marcheurs assis sur un banc. Dans le dortoir s'étalent des lits dans lesquels se reposent des hommes, des femmes, des enfants. Certains gémissent, d'autres dorment.


*Contrairement aux idées reçues, ce qui suit est réel. La médecine progresse énormément, grâce aux moines chevaliers qui rapportent les connaissances des praticiens arabes.*


### Les médecins

Nous devons les premières médecines à certains traités antiques grecs ou romains parvenus jusqu'au Moyen Âge moyen et précieusement conservés dans les monastères. Dès son apparition, elles s'opposent quelque peu à la religion. Seul Dieu peut guérir, la maladie est l'accumulation de péchés, la maladie devint un châtiment divin dont personne ne doit s'occuper.

D'abord séculière, la thérapie débutante gagne certains moines confrontés à la souffrance d'autrui. Les bénédictins estiment faire œuvre de miséricorde. Les blessures et les abcès se soignent chez le barbier qui, d'un coup de rasoir, fend les bubons, enlève les peaux mortes, extrait les éclats de flèches. Le forgeron extrait les dents gâtées avec ses pinces. Ensuite apparaît une sorte de médecin, sans être légalisé, il soigne, conseille, ordonne des emplâtres, s'intéresse à l'anatomie en disséquant des cadavres ou des pendus achetés au bourreau. La peur de la mort amène à considérer le praticien comme un dernier espoir. Puis il devient un confort de vie pour les petits bobos. Les grands de l'époque le considèrent et font appel à lui.

Les premières saignées dont nous avons connaissance remontent à 1130, provenant de certains manuscrits arabes. Une quarantaine d'années après apparaissent les purges provoquées par des herbes. Avec les croisades, de savantes personnes traduisaient ces écrits, de l'arabe. Les templiers, les hospitaliers, les franciscains en mission s'exprimaient dans la langue du pays.

La guérison dépend à la fois du malade et du médecin. Parfois basée sur l'astrologie, les croyances de campagne, l'in-fluence des prêtres, même la sorcellerie, elle s'accomplit au grand étonnement des acteurs qui revendiquent chacun leurs bienfaits. Les incantations, la magie, le repentir, le pèlerinage, la présence de Dieu ou du démon, s'administrent avec des remèdes de plantes.

*Le médecin, le religieux et l'incantatrice réunis pour soigner.*

En 1215, le concile du Latran interdit aux prêtres et aux moines d'exercer la chirurgie, l'Église hait le sang.

D'ailleurs, cette profession n'est pas convenable pour un bon chrétien qui ne doit pas changer ce que le Créateur a décidé. Les médecins étant principalement des membres du clergé, ils laissent la place aux exorcistes, aux mages, aux enchanteurs, aux faiseurs dans les foires.

Pratiquées à l'excès, les saignées affaiblissent les patients, mais s'avèrent efficaces pour les congestionnés. Le nettoyage de plaies avec du vieux vinaigre, l'application de pansements propres, le passage à la chaleur des bandages, les viandes bouillies, réduisent les microbes, bien qu'ils en ignorent l'existence. L'isolement des lépreux, le nettoyage des outils ayant touché du sang amoindrissent les infections et contagions. Pour les convalescents, les médecins prescrivent du miel au vin, des confitures, de la viande épicée, du raisin séché… La médecine médiévale n'était pas, contrairement à ce que l'on a longtemps pensé, un mélange de bave de crapaud et de poudre de perlimpinpin commis par une vieille femme, une verrue sur le nez.

## Les femmes médecins

Si l'on trouve dans l'imagerie de l'époque, des femmes, épée en main, parfois cuirassées ou croisées, ou « assassines », ou encore archers, on remarque des femmes médecins et écrivains. Hildegarde de Bingen (1098-1179), dans ses écrits, combine les éléments des auteurs de l'Antiquité avec les ressources de dame Nature sans oublier la minéralogie. Beaucoup exercent dans les hôpitaux de charité sous un voile sacerdotal. En la manière elles ont appris dans des écoles (les universités viendront plus tard) à côté des hommes.

## Les apothicaires

Les remèdes ne sont pas à exclure des traitements. Les apothicaires se basent sur l'observation des produits sur les réactions de la maladie. Les monastères et les curés disposent de plantations où se cultivent certaines herbes. Appelés jardins des simples (simple étant entendu comme pauvre) disposent de toute une pharmacopée plus ou moins efficace, mais certainement psychosomatique. Quelques exemples : le persil s'emploie pour les difficultés urinaires ; le millepertuis soulage les brûlures ; le lys guérit des morsures de serpent ; l'armoise allège les pieds fatigués ; l'angélique protège de la peste ; le volubilis purge les intestins. L'ergot de seigle et la belladone

s'emploient à petites doses comme décontractant, facilitant
les accouchements.

*Réunion fictive de doctes médecins. Au centre le Grec Dioscoride,
à gauche le Romain Pline, à droite un médecin arabe (1485).*

*Un accouchement.*

*Cueillette
d'herbes officinales.*

Apothicaire apportant un remède.

## Les maladies

Bien que ne connaissant pas l'existence des microbes, par expérience et par constat, les médecins savent énormément de choses.

La lèpre : la maladie touche les nerfs, la peau et les muqueuses. Elle engendre des infirmités graves. Peu contagieuse, sa transmission est peu connue, peut-être par inhalation ou mucosités mises au contact de plaies par des souillures de linges et d'objets manipulés par un malade. Les insectes (punaises, moustiques, poux) pourraient transmettre la bactérie.

Sa version la plus fréquente se manifeste par de grandes taches dépigmentées sur la peau, devenues insensibles au toucher. Des troubles nerveux touchent tous les membres avec des ulcères ou des paralysies. Cette forme ne serait pas contagieuse.

A contrario, la lèpre lépromateuse l'est avec ses tâches et lésions cutanées sous forme de couleurs diverses. Elle atteint

La saignée

les fonctions oto-rhino-laryngologiques, la vue et des ganglions envahissent le corps.

La peste, mortelle, fait suite à une morsure de rat ou la fréquentation des lieux où vit cet animal. Après une incubation d'une semaine apparaît un état fiévreux avec frissons, vertiges, signes de déshydratation. Des bubons apparaissent avec la mort dans la semaine.

La variole, ou petite vérole, est due à un virus très contagieux, elle se caractérise par un mouchetage de pustules.

Sa version hémorragique fait saigner les plaies de la peau. Le malade est contagieux jusqu'à la disparition des croûtes qui laissent des cicatrices. La transmission peut se faire par la respiration.

Dans cette grande maladrerie de Monjay, près de Vière, Galburge et son compagnon se sentent très mal à l'aise. Tant de souffrance avec des morts certaines, est-ce possible ? Ils ne peuvent pas partir sans aller saluer les sieurs Morin et Lieutard dans leur Chatelard sur la Serre des Planes, à Aumage.

*L'historien Joseph Roman aurait, écrit-il, recensé plus de soixante hôpitaux, léproseries et maisons hospitalières tenus par des religieux dans les seules Alpes.*

En leur absence, un porteur venant des Baux aurait dû informer Galburge que son époux Guillaume II, prince d'Orange, avait disparu en Palestine, le roi Louis IX de France était rentré en France. En conséquence de quoi, Raymond Ier, prince d'Orange à part entière, désigne son fils, Bertrand IV, âgé de quelques années, successeur à la principauté d'Orange.

Raymond considère ses frères Guillaume II et Bertrand II morts dans le vaste désert de Jordanie. Vive Galburge Ire, dame de Serres, d'Orpierre et d'ailleurs…

# LA DAME DE SERRES

# D'ORPIERRE

# DE L'ÉTOILE, D'ARZELIERS

# ET

# D'AILLEURS

# CHAPITRE XI

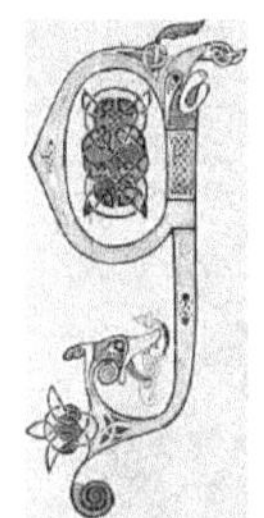

ALBURGE se sent quand même un peu seule dans ce grand château, les affaires se calment toujours en hiver. Nostalgique de la cour des Baux, elle regrette malgré tout cette époque, malgré les chicaneries, les médisances et parfois de l'animosité. Les jeunes mariés de Pomet et leur enfant viennent envahir Mison, un peu de vie ne peut être que profitable à tout le monde.

Après la guerre avec le Viennois, il faut reconstruire. Les cultures ont été ravagées, c'est cela de moins dans l'escarcelle de la « patronne ».

Avec le clerc Ripert qui a des difficultés à tenir en selle à cause de l'âge, Bertrand-Reybaud entame la tournée des domaines pour récolter taxes et amendes malgré les champs dévastés. Il en aurait pour quatre mois au moins, car cela fait trois années que le grappillage n'a pas été opéré. Par endroits, les consuls et châtelains l'accueillent avec joie, car il va trancher des problèmes vieux comme le monde en basse justice. Des petits problèmes qui deviennent de gros problèmes selon que cela se joue par des acteurs plus ou moins grands. Par ailleurs, les paysans, ayant des choses à se reprocher ou à cacher, le fuient. Comme d'habitude, la soldatesque ratisse les chaumières en quête de tonneaux de vin ou d'argent caché. Elle ne peut parcourir les champs à la recherche d'un trou, d'une cache de la marchandise. Le vilain ne peut que vendre sur les foires où il sera vite repéré par les patrouilles. La noblesse pense toujours à la déloyauté, à la perfidie de leurs sujets.

Le 13 avril 1253, Raymond IV de Mévouillon remet en gage à Aimard de Poitiers, comte de Valentinois, son château et ses terres de Savasse jusqu'au remboursement de 50 livres qu'il lui doit. Le comte ne plaisante pas avec les dettes, d'autant qu'il paie, lui-même, difficilement ses créanciers. La transaction provisoire se sait, alors Raymond se retrouve avec une meute d'usuriers à ses trousses, du juif de Serres au grand seigneur de Montauban. Pourtant sa nièce Saure, fille de Raymond le Bossu, qui vient de prendre le voile, lui a donné la moitié des biens qu'elle a hérités de son père, Montfroc, Vers-sur-Méouge, Revest et Jarjayes, le 26 mai 1247. Sa sœur Almusia, épouse de Dragonnet de Montauban, lui a transmis, le 20 mars 1256, tous les droits de succession de leurs parents. Personne ne comprend ce qu'il se passe. Raymond ne sait plus à quel saint se vouer d'autant qu'il fait son noviciat de frère prêcheur d'Avignon – à cinquante-sept ans passés ! Il a obtenu de son supérieur l'autorisation de rentrer dans le monde quand son fils, Raymond V, qui doit lui succéder, aura besoin de lui.

C'est un appel au secours en cette année 1257, le chef de la tribu se noie, car le bateau Mévouillon coule. Dès la nouvelle reçue, le sang appelant, Galburge se précipite à Mévouillon. Seule, car si Bertrand-Reynaud, le frère du seigneur de Lachau, l'accompagnait, de vieilles querelles se réveilleraient (toujours la rancœur concernant les albigeois).

Tout le monde se retrouve la joie au cœur. Galburge reconnaît Almusia, elles s'embrassent comme deux sœurs. Quel est ce vieillard barbu aux cheveux blancs qui se déplace avec une canne, le dos voûté ? Mais il porte l'habit des franciscains ? Un froc marron lui cache la tête, et descend sur une soutane blanche, il marche pieds nus. Les pieds nus par un froid pareil ?

— Mon Dieu, je ne t'avais pas reconnu, mon cher cousin, ment-elle.

Où était-il le fringant chevalier qui a tournoyé à la cour du dauphin Guignes André, qui a assisté à sa naissance. Où est le gentilhomme qui a soulevé les cœurs des damoiselles ? Ce barbon bienveillant, mais biscornu et sec comme une potence ?

— Ah ! Tonton, je ne vous avais pas reconnu sous cet habit, dit-elle hypocritement. Il vous va à merveille.

— Je sais que tu penses le contraire, coquine.

Un autre ecclésiastique surgit du donjon d'un pas vif, mais un peu ébloui par le grand jour. Un dominicain, cette fois.

— Voici mon fils, tu ne le reconnais pas non plus celui-là.

— Vous avez tous la crise de la vocation dans la famille. Il va falloir que je fasse attention pour ne pas devenir augustine.

— Ça n'étonnerait qu'une femme en pantalon comme toi, avec une épée au côté, devienne religieuse, poursuit le jeune homme… Que le diable m'emporte.

Il y a aussi Raîné de Sabran, seigneur de La Tour, second mari de Philippa, fille aînée de Raymond. Pierre-Isoart Artaud, seigneur d'Aix-en-Diois, accompagné de sa fille Sybille discutent avec Béatrix Mecidi de Visan. Toute cette noble population attend avec impatience les révélations du nouveau franciscain. L'habit faisant le moine, elle se doute de la teneur de l'assemblée.

Veuf, il vient de perdre son épouse Sybille.

D'un geste familier, Raymond fait signe d'entrer. « L'ethnie mévouillaise » envahit la vaste salle à manger du château.

Chacun trouve un banc, une chaise, un fauteuil pour s'asseoir, ceux qui n'en trouvent pas restent debout – tant pis pour ces dames. La galanterie apparaîtra plus tard dans les Baronnies.

Raymond déclare la situation financière de ses territoires catastrophique, intenable pour ses héritiers. Il n'y a plus une livre viennoise au château. Il explique qu'il n'a pu récolter que 7 000 sols pour la dot de Philippa, au lieu des 10 000 promis. Pour se faire, il a contacté un juif usurier avec un taux d'emprunt phénoménal, plus personne ne veut lui faire crédit. Un de ses mâchicoulis tend à s'écrouler, deux barbacanes se fendent. Que fera-t-il si le dauphin revient l'assiéger. D'ailleurs, c'est de sa faute, cette déchéance. N'a-t-il pas attaqué les remparts de Mévouillon ? N'a-t-il pas incendié les récoltes de ses paysans, brûlé leur maison, saccagé des bois entiers, privant les Mévouillon du revenu des impôts et taxes ? La menuiserie, hors murs, s'est consumée comme feuilles mortes.

Sur une étagère s'exposent de grands livres écrits à la main par les moines copistes sur des peaux affinées, d'une valeur inestimable. On y trouve la geste de Philippe Auguste, *Tristan et Iseult* et la toute nouvelle encyclopédie, *Speculum majus*, qui vaut une fortune à elle seule. Dans les cuisines circulent des plats et des pichets en étain, mais aussi en or. Des tapisseries, rares pour l'époque, montent des arabesques, accrochées aux murs. Un ébéniste italien venu spécialement termine une somptueuse chambre avec lit à baldaquin en noyer. Des incrustations en nacre l'émaillent.

Son dominicain de fils ose l'interrompre en demandant tout haut ce que l'assistance pense tout bas :

— Si tu ralentissais tes achats inutiles. Laisse faire mon frère, transmets-lui ta baronnie. Tu t'en porteras mieux dans ta cellule du monastère d'Avignon. Fais vœu de pauvreté comme le réclame saint François.

Rageusement, puis se reprenant, il répond :

— J'ai été dispensé de prononcer ces vœux. Malgré tout je dois continuer à m'occuper de mes terres, de mes paysans, de mes châteaux.

Son avenir après la mort le préoccupe autant que ses biens terrestres. Il ne veut pas lâcher l'un pour acquérir l'autre. Il a tant à se reprocher et à se faire pardonner. Un religieux l'a tenaillé durant des mois, des années, sans relâche. Il a tué, persécuté son prochain, il a volé sa propre famille – le rachat ou la damnation à perpétuité. Et pourtant il va falloir qu'il choisisse ne sachant pas combien de temps il lui reste à vivre.

L'auditoire s'effraie de la façon dont son fils lui parle. Elle craint une violente colère dont il a le secret, allant jusqu'à la prise de mains. Rien n'arrive. Un profond silence s'ensuit. Une baderne décrépie, ensoutanée, remplace l'aristocrate pédant, le vaniteux gentilhomme.

Pour donner le change, Galburge argumente le train de vie démesuré des ancêtres. Ils avaient la bonne vie, ils étaient heureux, ils vivaient grassement sans penser à leurs héritiers. Tout le monde tombe d'accord pour incriminer les Raymond I$^{er}$, les Raymond II, même le troisième sans oublier le lointain Ripert. Descendant tous de Ripert, le premier grand dépensier, Raymond suggère une réparation commune de tous les descendants. Chacun se regarde, étonné de la proposition. Un silence lourd se fait de nouveau. Personne ne souffle mot. Intérieurement chacun s'interroge : qui a commencé en attaquant Guigues, le dauphin ? Qui a incendié ses fourrages ? Qui a ravagé ses villages ? Qui a cherché à s'emparer du Gapençais ? Dans le temps, qui a racketté les abbayes, imposé les monastères, taxé les paroisses ? Contraints et forcés, les collatéraux acceptent d'oublier les sommes dues par Raymond, les femmes attendront un peu avant de recevoir la totalité de leur dot, ses frères et sœurs remettront leur part d'héritage de leur parent Raymond III et son épouse Saure de Fay à l'héritier de Mévouillon.

Personne ne veut payer, d'ailleurs pour beaucoup cela devient problématique.

La bonne compagnie se sépare, heureuse de s'être retrouvée, mais désappointée par les propositions de Raymond IV de Mévouillon. Enfin, arrivés chez eux, ils feront ce qu'ils veulent ou ce qu'ils peuvent.


*Il semble, d'après certains historiens, que chez les Mévouillon, le prénom Raymond revient à celui qui trône à la baronnie, par tradition, en souvenir du premier de la lignée, le prénom de baptême disparaissant. Ainsi le successeur de Raymond IV n'est pas Raymond de Mévouillon, le célèbre archevêque d'Embrun, mais son frère surnommé aussi Raymond… Le cinquième (?). Ce qui a rajouté de la confusion chez les historiens de la fin du XIXe siècle, début XXe. Des découvertes récentes ont mis au jour deux Raymond de Mévouillon supplémentaires ; où les mettre ?*

*Comment les numéroter ?*


Galburge s'en retourne à Mison avec le sentiment, encore une fois, de s'en sortir. Raymond ne lui a rien demandé. Il existe toujours entre eux un lien de fraternité, une relation oncle-nièce hors du commun, un sentiment implicite, indéfinissable.

1254, la dame de Serres décide soudainement un séjour dans sa bonne ville où elle n'a jamais eu l'occasion d'étrenner son château haut perché, la Pignolette.

Après avoir été citée dans le testament d'Abbon de 739, Serredum aurait été donné avec Saint-André-de-Rosans et d'autres terres à l'abbaye de Cluny, peut-être à l'évêque de Gap en 899 par le Clerc Richaud de Mirabel (?).

Très tôt, la ville de Serres devint un important carrefour d'échanges économiques du fait de sa situation géographique, avec une ouverture, au nord, sur le Dauphiné grenoblois d'un côté et le Briançonnais de l'autre. Au sud, les routes permettent l'accès à Marseille par Sisteron, sur la vallée du Rhône par l'ouest, donc aussi un point stratégique favorable aux guerres régionales. Serres a obtenu deux chartes des libertés qui l'a rendue presque autonome tout en restant la propriété de Galburge de Mison qui en reçoit partiellement les impôts et taxes. Son père est décédé dans son couvent en 1248.

La ville trouve donc un rôle de capitale régionale économique et stratégique. Galburge amène de nombreux soldats pour la sécurité. Qui dit augmentation de la population, dit accroissement de la délinquance, décuplement des coupeurs de bourse. Des clercs s'installent dans le monastère à peine fini. Des magistrats emménagent dans des bâtiments qu'ils font construire. Des bourgeois investissent dans de somptueuses demeures. Des marchands ambulants apportent des denrées inconnues. Des artisans engagent des apprentis et ouvrent de nouvelles échoppes. La ville attire des nobles et des aventuriers de passage, à l'affût de bonnes affaires. D'autant que la cité d'Avignon, Raymond VII de Toulouse venant de mourir, s'est déclarée en république. Le conseil de communauté décide la construction d'un grenier à sel, marchandise très recherchée à l'époque. Cela générera des transports et des transporteurs qui se logeront dans les auberges qui les attendent déjà. Des hôtelleries s'ouvrent, des maisons hospitalières aussi. Les marchés et les foires explosent. Les paysans libres de toute la région vendent du blé, des chevaux, des mules, assaillis immédiatement par les agents du fisc qui réclament le leyde, taxe pouvant aller jusqu'à la moitié du prix de vente. Et surtout les paiements des passages remplissent les caisses de la ville avec le déferlement des troupeaux qui s'en vont vers Nyons. Le rayonnement de l'abbaye de Saint-André-de-Rosans attire les ecclésiastiques et les pèlerins. Serres connaît son apogée.

Galburge traverse sa ville où la foule l'acclame vivement, la première femme à être seigneur de la ville.

— Comme elle est belle, s'exclament les uns.

— Un vrai chevalier, disent les autres.

Elle grimpe vers le château construit par Pierre de Mison, son grand-père. Très peu habité, il recouvre tout le plateau de la Pignolette. À peine une placette permet-elle d'entrer dans la barbacane d'où, quand on se retourne, on aperçoit la forteresse de Sisteron juchée sur son promontoire perdu dans le lointain. Les enfants courent derrière les chevaux de l'escorte pour tenter d'apercevoir une dernière fois la dame. À peine le bâtiment peut-il contenir les garnisons qui contrôlent et font payer les transits. En prenant possession de sa forteresse, elle s'affirme maîtresse incontestée des lieux. Ainsi commence pour elle la tournée de ses terres.

Dès le lendemain, elle s'aventure dans la ville. Escortée de Bertrand-Reybaud et du gouverneur de la forteresse, elle entreprend le contact avec cette population qui lui plaît. Peut-être est-ce là une prétention de grande dame. Elle aime intimider par sa seule présence. Elle prend alors de grands airs suffisants, elle condescend, ce qui vaut mieux que de les ignorer complètement. Elle interroge les hommes et les femmes sur des sujets anodins. Ils lui répondent la cale à la main, tremblotant de peur. Elle ne comprend pas toujours leur réponse, non à cause du parler, mais du fait qu'elle ignorât jusqu'à l'existence de tels problèmes. Ce jour-là une immense foule immobile se cantonne au bas du Portelet, sur les rives du Buëch. Ses soldats lui percent un chemin. Elle aperçoit une estrade sur laquelle deux hommes s'activent, un troisième attend entravé dans une cangue, instrument de la forme d'une planche dressée à la verticale percée de trois trous et s'ouvrant par le milieu. Fermée, elle enserre la tête et les poignets du condamné au pilori. La foule amassée lui jette des détritus, même des excréments soigneusement récoltés dans des couffins. Avec des perches, certains tentent de lui faire avaler du rat crevé, d'autres des résidus de viande. Depuis la veille il subit ainsi la vindicte plébéienne.

— Heureusement, brocarde une commère sans faire attention qu'elle s'adresse au seigneur des lieux, qu'il va pleuvoir, ça va le rincer.

Un rire gras s'ensuit.

— Qu'a-t-il fait ? interroge Galburge.

— Il s'est baladé le cul nu et les couillettes pendantes dans la ville en chiant un peu partout. Le Girant est accoutumé du fait, ça fait cinq ou six fois qu'il fait cela. Mais je crois que...

La virago se frappe la tempe de son index. Prenant conscience de la toilette de sa voisine, elle s'en écarte vivement, presque paniquée. Tout le monde se disperse pour se regrouper un peu plus loin. Galburge respire profondément comme soulagée. Elle s'approche davantage de l'estrade, dévisage le supplicié. Il est pourvu d'une tête disproportionnée au reste du corps, les yeux hagards, comme perdus dans l'infini. C'est un idiot du village, un niais, un innocent. Pourquoi la malignité de la populace s'acharne-t-elle sur les attardés, les simplets ? Par pure lâcheté.

Un bourreau au visage cagoulé de noir, le torse nu malgré la froidure, active un feu sur un fourneau posé sur les planches. Son assistant attend une corde à la main. Soudain des cris se font entendre, des soldats forcent à grimper sur la plate-forme un vieillard, les mains attachées dans le dos. Il se cambre sur les marches empêchant son ascension. Le bourreau s'approche, le saisit par les cheveux et le traîne jusqu'au billot. L'adjoint lui saisit une cheville qu'il entoure de sa corde, installe le membre sur le bloc de bois et s'arc-boute. La hache tombe d'un coup sec tranchant le pied. Lâchant la corde, le second s'empare d'une plaque de fer rougissant dans le foyer et l'applique sur le membre amputé, afin d'arrêter l'hémorragie. Le vieux s'évanouit. La représentation est terminée, fini le voyeurisme, le sadisme, hystérie collective. Galburge, saisie par le spectacle rapide, n'a pu intervenir. Elle interpelle le clerc représentant le consul qui brûle les pièces des jugements selon la procédure habituelle tandis qu'une vieille monte secourir son vieux. Elle lui demande quelle faute peut mériter un tel châtiment. Seize sols, répondit le commis, 16 sols seulement.

— Que le consul de cette ville se présente immédiatement à ma haute justice. Il vient d'estropier un homme.

À peine est-elle retournée à son château que le magistrat rapplique.

Assise dans son haut fauteuil :

— Avance, consul, et crains ma justice.

Les paroles rituelles se prononcent pour annoncer que l'audience est ouverte.

Le petit bonhomme bossu obéit. Il ne connaît pas les raisons de son inculpation, mais s'en doute. Très maigre, au teint bisque, il boustifaille ses lèvres intérieurement en faisant alternativement son groin de cochon. Ce tic fait ressortir ses joues tel un poisson qui recherche sa respiration.

— Ôte ta toque devant ton seigneur.

Volontairement elle emploie le tutoiement dû au coupable. Continuant :

— Aujourd'hui, tu as amputé un homme pour 16 sols, et avili, même bizuté, un nigaud de naissance.

— Mais, seigneur…

Il se sent gêné de parler au masculin à une femme.

— Tais-toi, sinistre vieillard, tu parleras quand tu seras interrogé. Depuis combien de temps, pratiques-tu ces jugements infâmes ? Réponds maintenant.

— Depuis que notre seigneur Bertrand nous a confirmé la charte des libertés accordées aux habitants de Serres.

— Et avant ?

— Le consul n'avait pas le ban de basse justice.

— Il est difficile de trouver trace de tes jugements antérieurs, du fait que les lois obligent la destruction des pièces après condamnation. À quel créancier devait-il les 16 sols ?

— Au boucher et panetier.

— Au boucher et panetier, Votre Seigneur ?

— Au boucher et panetier, Votre Seigneur.

— J'aime mieux cela. Je te destitue de tes fonctions de consul.

— Votre Seigneur, vous ne pouvez pas.

— Et pourquoi ?

— Je suis élu par les citoyens de Serres.

— Mais tu es un criminel passible de ma haute justice. Les abus de pouvoir et les blessures sont des crimes. Les crimes ne sont pas toujours des homicides. Ne pas confondre. Je te condamne donc à rembourser toutes les dettes dues à tous les marchands de nourriture avec tes deniers. Je saisis le reste de ta fortune personnelle qui, paraît-il, est d'importance depuis ton consulat. J'y rajoute une peine de cinq ans de prison en épargnant ta vie.

Ironisant :

— Maintenant, remercie-moi pour ma clémence.

— Merci, Votre Seigneur.

Satisfaite de la condamnation d'un magistrat véreux et lui rapportant quelques livres viennoises ; elle s'en retourne visiter sa juiverie, importante pour l'économie de Serres et pour sa fortune. C'est une communauté marchande très active, très ouverte, mais repliée sur elle-même.

## Les juifs à Serres

À la fin du VI⁰ siècle, les juifs migrent à Serres par petites familles, au milieu d'un peuple d'accueil qui les regarde avec curiosité et méfiance, comme tout ce qui est nouveau. Ils conservent leurs traditions, leur langue, leur religion, ainsi que d'autres attraits spécifiques. Ils essaiment naturellement sans chercher à conquérir spirituellement. Au XII⁰ siècle commencent alors les persécutions organisées par l'Église qui y voit de la concurrence. Dans la mentalité des gens du pays et surtout dans l'esprit des religieux ayant fait vœu de pauvreté, l'argent reste l'œuvre du Malin (le diable). Pauvres, et cherchant à gagner leur vie, les juifs remplacent peu à peu le manquement d'une société malgré tout avide de richesse. Les comtes et dauphins frappent de plus en plus monnaie et le numéraire circulant remplace le troc. Vivant modestement, ils accumulent des fortunes. Ils deviennent des prêteurs, des usuriers et des orfèvres. Seuls les templiers avançaient des écus aux seigneurs partant en croisade. Plus le quibus augmentera, plus ils attireront la haine et les jalousies des pauvres et la convoitise des bourgeois et nobles, même du bon Saint Louis.

Dans le royaume de France, dès 1227, la rouelle, dont le port ostensible a été imposé aux juifs, consiste en une pièce d'étoffe ayant la forme d'une roue jaune. Elle se coud sur les habits à la hauteur de la poitrine et sur le dos. Cette invention du pape Innocent III lui aurait été suggérée par le dominicain Pablo Christani, juif nouvellement converti (un autre l'imitera).

Le reniement au judaïsme suscite à la fois le mépris des autres juifs et la méfiance des chrétiens. Les nouveaux convertis doivent montrer de plus en plus de zèle contre leurs anciens coreligionnaires pour se faire accepter dans leur nouvelle religion.

Promulgateur dans son royaume, le roi saint y rajoute l'interdiction d'exercer publiquement leur profession, cependant il considère que la Torah n'est autre que l'Ancien Testament. Il distribue à certains juifs reconvertis des pensions pour encourager de nouvelles conversions.


## Le procès du Talmud


Grégoire IX continue l'antisémitisme de son oncle Innocent III. Nicolas Donin de La Rochelle, juif exclu de l'académie talmudique se convertit en entrant chez les franciscains. De son couvent il porte plainte auprès du pape contre le Talmud. Le Talmud est un synopsis sur divers sujets, abordant la loi juive, l'éthique, les croyances, la médecine et l'hygiène… Trois ans plus tard, Sa Sainteté donne suite par une bulle ordonnant la destruction par le feu du Livre. En 1244, Saint Louis, bras séculier de l'Église, reste le seul des souverains européens à exécuter les ordres d'un souverain pontife, décédé de surcroît. Vingt-cinq charrettes de ce manuscrit brûlent en place publique de Grève, à Paris. Ce qui provoque du remue-ménage dans les communautés de Provence-Dauphiné avec des départs pour l'Europe centrale, la Pologne.

*Le milieu du XIIIe siècle, dans les petits papiers du pape, Louis IX reçoit tous les agréments du souverain pontife. Ce dernier décide d'appuyer la politique française au détriment du Saint-Empire germanique et du comté de Toulouse. L'autorité de l'Ouest de l'Europe se recompose, elle passe sous l'influence des frères du roi de France. Le 19 août 1245 meurt Raymond-Bérenger IV (ou V), comte de Provence, de Forcalquier, et troubadour laissant son comté à sa fille Béatrice qui épouse Charles Ier d'Anjou. La conquête commencera dès le retour de la croisade, Avignon, Arles, Marseille, soumission de Barral des Baux, chef insurrectionnel de la Provence. Il ne s'arrêtera plus, les Deux-Siciles, Naples, guerre de succession de Flandres et du Hainaut, Vintimille, Monaco, Roquebrune, et mourra à Foggia (Italie) à cinquante-huit ans. S'il n'y avait pas eu d'affaire des albigeois, les Raymond de Toulouse se seraient emparés, cinquante ans plus tôt, des Baronnies, dont ils avaient déjà commencé l'introduction.*

À l'époque de Galburge, dans le Dauphiné, le peuple de Salomon ne se plaint d'aucune violence. Au contraire, la dame de Serres va tout faire pour leur établissement envers et contre les bourgeois. Croyant bien faire, elle encourage à son regroupement dans le quartier juif qui deviendra un bourg dans le bourg. Souvent, les autorités consulaires les menacent d'expulsion sans mettre à exécution, elle y veille. Parfois, elle envoie son clerc y quérir quelques sous en déposant un bijou, il n'y a qu'avec eux que le prêt fonctionne encore.

# Le roi Louis

Glorifié par la grande histoire de France du XX<sup>e</sup> siècle, encensé par les écoles catholiques, Louis IX devient de moins en moins crédible au fur et à mesure que les chercheurs découvrent et analysent les documents de l'époque. Grand réformateur, grand pourvoyeur d'abbayes, les chroniqueurs lui attribuent la cessation du système féodal, comme étant un sauveur tout en l'entachant de petits faits anodins tels que la révolte des barons ou l'affaire du Talmud et des juifs. Ces peccadilles lourdes de conséquences découvrent un Louis assoiffé de pouvoir, peu charitable, fanatique à l'inverse de ce qu'étaient ses contemporains. Il abat la relation suzerain-vassal pour régner davantage et récupérer des provinces. Il instaure les comtats pour mieux gouverner et contrôler ses subordonnés. Il crée des châtelains, des baillis, des sénéchaux pour superviser les seigneurs régionaux.

Le récit du sire de Joinville lui a valu l'accès à la sainteté huit ans après sa mort. Outre la ferveur et l'admiration dues à son maître, le lecteur déniche entre les lignes un roi imbu de sa personne, orgueilleux, étourdi, et qui fait mourir inutilement des soldats, dont son frère, parce qu'il ne sait pas se faire obéir.

L'anecdote de la condamnation du consul haï par les pauvres gens parcourt les rues à une vitesse phénoménale. Galburge se promène dans le quartier juif, quand quelques habitants l'aperçoivent. On frappe aux portes, on appelle les uns, les autres. On descend les escaliers quatre à quatre. On s'attroupe. On applaudit la dame de Serres, comme on la surnomme. Elle sourit. Ses gardes dispersent les premiers badauds qui s'approchent. Elle lève les mains en signe d'assentiment. Le flot grossit, elle est débordée. Tout le monde veut la toucher, la palper, l'embrasser. Elle se retrouve littéralement portée par la foule jusqu'aux enfants qui scandent en cadence « la dame, la dame, la dame... ». L'arrière du cortège s'est formé et s'amplifie. La foule envahit maintenant l'artère principale de Serres. L'escorte se serre au coude à coude, elle est compressée, les gardes perdent leur casque, leur lance, emportés par le flot humain. Ils se cramponnent à leur cotte de mailles qui s'agrippent aux vêtements des citadins, ils ne veulent pas se retrouver déshabillés.

Après l'activité débordante de Serres et des Serrois, Galburge s'ennuie de retour à Mison. Bertrand-Reybaud de Ribiers et son épouse lui tiennent compagnie. Alors dans les langueurs de l'automne, on joue aux échecs, jeu connu des Égyptiens, jeu de stratégie dans lequel la dame d'Orpierre, sa belle-sœur excelle.

### Les jeux

La réglementation des échecs arrive au XIe siècle avec les croisades et le commerce avec

l'Islam. Le roi, la tour arrivent dans sa représentation actuelle, tandis que l'éléphant se transforme en évêque (le conseil du souverain) pour devenir à la Renaissance le bouffon (faut-il y voir du persiflage ?). Le grand vizir oriental devint la dame.

À cette époque, le jeu pouvait se jouer à quatre, la dame étant un second roi, en lieu et place. Ce jeu repose principalement sur la hiérarchie. Plus la pièce est noble, plus elle a de l'espace pour se mouvoir. Le roi se déplace n'importe où, tandis que le soldat va de case en case. Il reflète à chaque instant la place et le rôle de chacun afin de garantir une cohésion d'ensemble et la prédominance royale. La dame représente la surpuissance, la foudre qui s'abat inexorablement – peut-être la colère divine. Le roi doit être abattu comme dans le corps à corps de la bataille. C'est la technique, la stratégie qui l'emportent sur le hasard et qui différencient le vainqueur du vaincu.

Le clergé méprise le jeu. Il n'apporte rien, sinon une perte de temps, temps qui n'appartient qu'à Dieu. Il rappelle trop la guerre, le sang, la richesse honnie dans cette période où les ordres mendiants circulent un peu partout. Les mises se rapprochent de l'usure donc de la juiverie.

La bourgeoisie, imitant toujours la noblesse, s'y mettra aussi.

Parmi les jeux de table, on trouve le jacquet et la marelle.

Selon la classe sociale, le jeu diffère. Ne nécessitant aucun objet particulier, sinon une boule de bois ou d'os usée contre une pierre pour en faire cinq ou six facettes, les dés se jouent dans les tripots, gargotes, auberges ou salles de garde. Ils consistent à faire le plus grand chiffre en un tour entre joueurs en nombre indéfini. Les vilains ne savent pas écrire, mais connaissent les points qu'ils comptent. D'autant que le troc et les échanges entre biens se perdent au détriment des pièces de bronze, d'argent ou d'or circulant. Pour les soutanes religieuses, les dés symbolisent les vêtements de Jésus joués entre les soldats avant sa crucifixion. Seulement la Bible écrit que ses derniers ont été tirés au sort, erreurs de trop nombreux peintres.

Les rustres des campagnes jouent à saute-mouton, à tirer la corde, à se maintenir deux par deux sur un tonneau qui roule, au cerceau, aux boules de neige. Entre villages, la compétition en équipes se crée. La soule consiste à porter une grosse pierre ou un tronc d'arbre sur le terrain des voisins qui doivent arrêter l'adversaire. Généralement, cela finit en bagarre à laquelle s'adjoignent les spectateurs quand cela ne dégénère pas en émeute. L'interdiction seigneuriale s'ensuit. Les balles, fabriquées avec de la peau et des intestins d'animaux, se

pratiquent en courant avec une canne pour les lancer chez l'adversaire. Des moines inventèrent entre deux paters l'ancêtre du tennis. Le peuple aime le combat de coqs et s'attaque aux ours malgré les interdictions. Les enfants ne sont pas en reste. Ils se défoulent en jouant aux chevaliers, à la poupée avec un morceau de bois grossièrement taillé. Le papegault s'effectue en grimpant sur un poteau graissé pour atteindre une effigie d'oiseau perchée à son sommet. Laissons les soldats aux jeux de tir à l'arc ou d'arbalète.

Autres jeux de la classe dirigeante. L'eau chaude est préparée dans des chaudrons sur feu de bois et apportée par des serviteurs.

Rappelons que l'hygiène existe.

Les fêtes religieuses obligatoires chômées sont de plus de quarante jours par an.

Les jours de fête, le seigneur offre quelques barriques de vin.
Fabriquant eux-mêmes le vin, les vilains consomment au moins
deux litres de bière ou de vin par jour.

# CHAPITRE XII

Le 17 juillet 1257, le dauphin donne au comte de Provence, tout ce qui vient du comté de Forcalquier, principalement les terres de Galburge et la baronnie de Montauban, puis il reprend le tout (?). Guigues ne peut rien donner ou reprendre, ses terres ne lui appartiennent pas. Elles sont par succession celles de comte de Provence, frère du roi. La guerre doit éclater entre Charles d'Anjou et le Viennois, le roi intervient encore une fois. Le 16 février 1258, les belligérants trouvent un accord. Charles donne au dauphin la suzeraineté sur Dragonnet de la baronnie de Montauban ainsi que celles des domaines de Galburge de Mison. En échange, le dauphin Guigues prête hommage au comte pour l'ensemble de sa possession en Gapençais. Cet accord s'effectue au palais épiscopal de Riez en présence de Raymond de Montauban.

En résumé, Dragonnet et Galburge deviennent vassaux du dauphin tandis qu'une partie du domaine de Gap et des Mévouillon tombent dans l'escarcelle du comte et de son frère, le roi.

Galburge se sent dépitée, désappointée doublement, outre le fait de ne pas être consultée sur ces accords, elle avait l'année d'avant accepté la protection du comte de Provence sur l'ensemble de son domaine, sauf Mison et Le Poët pour lesquels elle conserve la suprématie.

*Bulletin d'information :*

*Nouvelles de l'étranger, Jacques I<sup>er</sup> d'Aragon renonce à sa suzeraineté sur la Provence et le Roussillon, c'est-à-dire* *d'allumer des foyers de révoltes par-ci par-là. Il renonce à ses droits sur la Catalogne.*

*Vaincu à la reconquête de Constantinople, Guillaume II de Villehardouin doit livrer aux Byzantins plusieurs châteaux dans le Péloponnèse. Il fait reconnaître la suzeraineté de Charles d'Anjou, comte de Provence, qui lui succède de 1278 à 1285, roi titulaire de Jérusalem.*

Immédiatement, Guigues VII de Viennois propose à sa nouvelle vassale l'engagement de lui conserver son château de Mison, de Serres, et de lui donner les sommes nécessaires à couvrir toutes ses dettes en échange de sa vassalité et l'engagement de ne pas se marier sans son consentement.

*Les archives se taisent sur les restes de son vaste domaine. Qu'est-il devenu ? Pourquoi Bertrand de Mison, mort en 1248, ressurgit-il dix ans après comme témoin lorsque les deux grands se partagent l'actuel Dauphiné ? En ces conditions, pourquoi le dauphin s'adresse-t-il à sa fille ? À moins qu'il s'agisse de Bertrand (Reynaud) de Mévouillon, seigneur de Lachau. Les historiens de la fin du XIXᵉ siècle ont mis une pagaille indescriptible dans cette contrée, faute d'éléments constructifs, en se contredisant les uns, les autres. Autant de problèmes que l'avenir élucidera peut-être.*

Donc, n'ayant pas été consultée dans le partage et l'attribution de ses terres, Galburge ne pipe pas. Elle ne rend aucun hommage. D'ailleurs, aucun hommage n'est à rendre. Mison et Serres restent sa propriété propre, à elle seule. Prise entre deux feux, le comte et le dauphin, le Viennois n'ose requérir l'usage de l'hommage, de peur que le comte vienne soutenir son ancienne vassale. Elle n'a que trente-trois ans, maîtresse femme sachant ce qu'elle veut. Elle ne veut pas être l'objet de tractations entre de hauts personnages ni l'objet d'échanges, et encore moins être traitée comme une mineure. Ses pères, grands-pères, arrière-grands-pères, tous ont été les seuls maîtres de leurs terres. Elle devient un îlot de contestation où chacun attend les réactions des autres pour se faire la guerre. Elle est femme, seule et bien seule malgré les soutiens des autres Mévouillon confrontés eux-mêmes aux mêmes soucis. Elle restera neutre et profitera de sa neutralité, mais il lui faut à tout prix un solide appui. Elle s'en retourne galoper au gré de sa fantaisie sur des terres qui ne lui appartiennent plus ou qu'elle possède toujours. Elle lâche ses faucons qui s'en vont lui ramener des colombes ou des pigeons. Ils volent, les grands oiseaux, dans des firmaments purs et sans tache, dans un ciel où vivent les anges, les saintes et plein de sages personnes. Elle n'a de compte à rendre à personne sur la terre comme au ciel, même pas à ses héritiers puisqu'elle n'en a pas. Elle respire ses montagnes que même le Viennois ou l'Anjou ne peuvent lui retirer. Elle respire l'herbe fraîchement coupée, l'odeur du bois scié, la fumée du charbonnier qui brûle ses bûchettes. Du haut de son cheval, elle voit le renard qui se coulisse entre les futaies, le cerf qui se prend les bois dans des arbres trop petits. Soudain, tout s'apaise. Elle s'immobilise, le rapace au poing, une belette s'arrête, monte sur ses pattes arrière pour mieux la distinguer. Une laie surgit d'entre les buissons, suivie de ses marcassins zébrés, se fige face au danger de l'humain, prête à foncer, mais l'immobilisme de la cavalière ne l'alarme plus. Elle passe en grognant et furetant au sol. Sa progéniture passe entre les pattes du cheval qui ne l'entend pas de cette oreille, il frappe du sabot. Tout disparaît. Brutalement, un vent s'éveille, les arbres grincent dans leurs branches. Les hauts peupliers ploient comme saluant poliment. Les ramures des chênes verts se balancent ostensiblement. Le vent, dans un rugissement violent, emporte le voile de Galburge. Tout s'apaise soudainement. Dans le lointain, le Buëch, son Buëch, s'insinue entre Montéglin et la montagne de Chabre. Le torrent lance parfois des éclats de soleil. C'est une fin d'après-midi qui fut chaude, le moment où la fraîcheur pointe son nez envahissant lentement les prairies.

Elle joue dans ce grand château avec Catherine, la fille de Bertrand Reybaud, elle lui fait découvrir mille et une facettes de la nature quand elles descendent au village. Elle aimerait en faire un garçon manqué comme son père a fait d'elle, mais il faut vite regagner le château de Pomet où ses parents habitent de nouveau.

C'est le moyen de renouer des relations. Étaient-ils les adversaires de son père ? Elle se rend chez le frère de Bertrand Reybaud, le seigneur de Lachau qui l'accueille chaleureusement en mettant les petits plats dans les grands. Raimbaud de Lachau présente ses fils, Guillaume et Raimbaud fils. Adolescent, ce dernier n'a d'yeux que pour la veuve joyeuse.

De retour à Mison, un envoyé des consuls de Serres se plaint au nom de ses maîtres qu'un mystérieux chevalier d'Esparron terrorise la ville et les campagnes environnantes, avec une bande de va-nu-pieds. Ils pillent les fermes, privant de nourriture les citadins. Ils auraient même tenté d'escalader les murailles, la nuit. Les coquins se réfugient dans les falaises de Sigottier après leurs forfaitures. Les gardes professionnels ne sont pas assez nombreux, leur capitaine réclame des soudards.

## Les milices des villes

Quant à la milice se composant de bourgeois et d'habitants qui prennent les armes à tour de rôle, les consuls les qualifient de couards et de pusillanimes, pour ne pas dire dégonflés. Nombreuses sont les dispenses, les maladies. Il suffit d'être « copain » avec un magistrat pour en être exempté. Le capitaine dénonce l'absence d'entraînement des hommes, le refus d'obéissance. Bien que payés, ils manquent d'enthousiasme et s'exécutent à contrecœur. Les lances, les guisarmes, les fauchards, les vouges, les arcs et arbalètes sont à leur charge. Cette organisation militaire, qui peut mobiliser des milliers d'hommes, n'est pas réellement efficace. Les seigneurs se servent de ces paysans déguisés en soldats. À l'intérieur des fortifications, sur les chemins de ronde, les miliciens guettent entre les créneaux, le jour. La nuit, les portes de la ville fermées, ils patrouillent dans les rues désertes pour appréhender les truands qui dévalisent les honnêtes bourgeois. Pour les noctambules, le port de la lanterne est recommandé pour identification, les prostituées ou les égarés ne dérogent pas à la règle. Ils interviennent souvent dans les tavernes ouvertes jusqu'à l'aube pour éviter les meurtres. Ils n'hésitent pas à embrocher un client aviné et récalcitrant. À Serres, trois visites s'imposent avant minuit, trois autres après. Le temps s'évalue à la bougie consumée dans le poste de garde.

Les problèmes risquent de s'accumuler, si Galburge ne réagit pas. Un rapprochement au dauphin peut améliorer les choses. Elle peut rendre hommage pour certains de ses villages, mais pas la totalité... Et puis il faut se rendre compte du personnage, le tester, l'évaluer, le sonder, le soupeser et surtout le comparer à son adversaire d'Anjou. Le comte d'Anjou et de Provence, frère du roi au surplus, c'est quand même autre chose qu'un dauphin ! Enfin voir ce qu'il en est.

Il aurait peut-être fallu qu'elle cautionnât le partage entre les grands princes comme l'ont fait Dragonnet de Montauban et Raymond de Mévouillon par allégeance à Alphonse de Poitiers, autre frère du roi, après avoir été soumis au dauphin qui avait usurpé leur seigneurie. Les terres appartenant aux féodaux se donnent, se reprennent, se distribuent au gré et à la fantaisie de la nouvelle génération de dirigeants, les comtes, imposant leurs lois au nom de l'unique et seul souverain.

À son âge, elle peut encore faire une comtesse acceptable. Elle se sent capable de choisir elle-même un époux. Ne va-t-on pas lui choisir un mari grincheux pour arranger telle ou telle alliance entre familles ? Elle est souveraine de son domaine, unique souveraine, pas inféodée malgré des tractations dont elle a été exclue. Un homme puissant lui trotte dans la tête. Guillaume de Tournon, déjà marié deux fois, deux fois veuf. Un léger inconvénient, sa seconde épouse, Allumée de Sabran, lui a donné deux enfants de forte personnalité, Guigonnet et Hugues. Qu'importe, elle-même n'a pas d'héritier, alors unissons nos terres pour le meilleur et pour le pire. Ce Guillaume, dit l'Ancien, répond à la vassalité du dauphin, autant en demander la main à son suzerain. Ce qui la stimule davantage pour parcourir les soixante-cinq lieues pour arriver à Vienne.

On sonne le branle, on s'affaire, on ferme les malles, on prépare les chevaux et les mules. On embarque Bertrand-Reybaud de Ribiers, tant pis pour la petite Catherine qui devra se passer de son papa quelque temps. Une escorte d'une quarantaine de cavaliers devrait suffire à dissuader ou repousser les éventuels brigands.

Par un froid glacial de février, l'expédition s'en va en direction de Méreuil, une station au village, pour encourager ses paysans. Méreuil appartient à Galburge. La première étape les amène à Serres où il faut rassurer les consuls et se montrer à la population. La dame de Serres va de ce pas réclamer des troupiers au dauphin pour faire pendre haut et court ce gredin de chevalier d'Esparron qui terrorise la région. Chemin faisant, Galburge s'émerveille sur les vignobles, des champs à perte de vue de petits arbustes bien alignés, aucune autre végétation

sinon par-ci par-là un arbre décharné par la soif. Elle entrevoit à Saillans, au-delà du goulet de la Drôme, les plaines et les collines ensoleillées de Crest.

### Le vin et les vignerons

Le vin de la vigne sauvage domestiquée par les Grecs et les Romains se boit, mélangé d'eau. Les Gaulois, plus prosaïques, se tapent des canons purs, ce qui rend les Celtes vaillants et vigoureux passé une certaine dose. L'arrivée du christianisme confirme la consommation du picrate dépourvu d'*aqua*, autant faire dans l'authenticité. Le rite religieux veut que durant la messe, les chrétiens se partagent et mangent le pain représentant le corps du Christ et son sang versé pour racheter les péchés des hommes sous la forme du vin. Ce cannibalisme spirituel se répand progressivement dans toute l'Europe dès le XII<sup>e</sup> siècle. Tout naturellement, la culture de la vigne est confiée aux monastères, ils confectionnent aussi la bière, qui n'était le sang de personne.

Charlemagne crée sans le savoir le millésime par son *Capitulare de villis* sur l'ensemble de son empire. Ce document ordonne le contrôle du travail des vignerons, mais aussi « la vaisselle » dont ils se servent (les tonneaux) pour ne pas gâter le précieux liquide. Vu les enjeux économiques, déjà à l'époque, la vigne passe aux mains des laïques qui boivent, en moyenne, le sang du Sauveur jusqu'à deux litres par jour.

Avec la montée de la bourgeoisie, le vin rustique (la piquette) disparaît pour faire place aux vins plus fins et légers. Commence alors la classification du nectar des dieux et leurs compétitions. On découvre les arômes, les saveurs et les personnalités de chacun. Le vin s'affine. Le principe consiste à remporter les marchés royaux et seigneuriaux. Chaque roi a exclusivement son piot, les assoiffés de sa suite en profitent. Par mimétisme ou snobisme, les grands dignitaires étanchent leur soif aux mêmes cépages – une aubaine pour la région.

Les papes d'Avignon joueront un rôle capital dans la consommation des vins de Beaune et de Provence transportables par le Rhône et la Saône. Ils seront à l'origine de l'implantation de vignobles dans le sud du Rhône, le châteauneuf-du-pape.

La cohorte arrive dans le bas village d'Aix-en-Diois. Alertés par le bruit des sabots des chevaux, les villageois ferment précipitamment les volets, barricadent leurs portes. Des hommes d'armes abordent le portail d'entrée avec une bannière inconnue, peut-être l'avant-garde d'une puissance armée ennemie. Ils défilent dans les rues étroites, Galburge en tête. Ils grimpent le raidillon d'accès au château. Après le contrôle de visu, un officier ordonne la levée de la herse. Le convoi pénètre dans la basse-cour où règne un désordre incroyable, inhabituel. Des laquais courent dans tous les sens, les uns transportant des plats, du pain, des légumes, les autres des armes rutilantes. Les soldats ne sont pas en reste, ils grouillent partout sur les remparts, dans les coursives. Interpellant un gentilhomme qui semble sorti tout droit de la cour dauphinoise, il se dirige vers elle :

— Belle princesse, c'est votre arrivée impromptue qui met ce désarroi, votre étendard a été identifié à cinq lieues. Je suis l'intendant de Sa Seigneurie. Je vous prie de me suivre.

Sautant de sa selle en jetant sa jambe en avant et se laissant glisser de cheval, elle rejoint le noble qu'elle qualifie intérieurement d'épouvantail à moineaux. Elle grimpe quatre à quatre l'escalier de pierre en colimaçon. Elle se retrouve dans la grande salle à manger du château. De dos, elle aperçoit une soutane burne avec un capuchon rapporté. Raymond IV le Major se précipite vers elle. Ils tombent dans les bras l'un de l'autre.

— Toujours novice chez les mineurs, ironise-t-elle, depuis le temps ils auraient au moins pu te nommer évêque.

— Ne le répète pas, ils me gardent une place au Vatican où je serai habillé en blanc.

— Pape ?

— Mais non, je plaisante. Je suis venu voir ma fille Saure. Mon gendre a quelques problèmes avec son aîné… Je suis venu concilier le père et le fils pour le meilleur et pour le pire.

Une agitation de nouveau dans les couloirs, Pierre-Isoard Artaud d'Aix apparaît, suivi de ses deux fils. C'est un homme sans âge malgré les rides qui lui quadrillent le visage. Sa taille herculéenne domine les autres personnes de plus en plus nombreuses dans la salle à manger. Une chaleur émane de lui, on a envie de l'aimer immédiatement. Il embrasse sa cousine qu'il ne connaît pas, en la faisant décoller de terre, lui tape dans le dos à devenir pulmonaire.

L'aîné des garçons, Guillaume, aborde les présentations d'un air arrogant, sûr de lui. Il devient peu à peu le maître de la seigneurie de son père qui le laisse faire, ou n'ose intervenir. Il a déjà déclenché un début de révolte de serfs en augmentant les produits à lui verser. À la moindre réclamation faite à ses collecteurs, les répressions s'ensuivent par le sang.

Les idées subversives telles que les libertés accordées aux villes, ou la paysannerie libre, ne sont pas encore arrivées jusque dans le Diois. Ce pays, loin de la modernité, vit comme dans le haut Moyen Âge par la terreur et la répression. Guillaume, qui cherche par tous les moyens à évincer son vieux père, n'a pas compris qu'il faut ménager la main-d'œuvre qui les fait vivre. Sans elle, il n'y a plus de seigneur. Il a réclamé plusieurs fois ses droits d'héritage, allant jusqu'au suzerain pour ses revendications.

Le cadet, Rodolphe, lui, marche dans l'ombre de son frère aîné, ne pouvant plus lui succéder en cas de décès. Guillaume vient de se marier avec Flotte de Sassenage qui lui a donné une succession.

Quant au troisième fils, Raymond le Bossu, il ne se pose aucune question. Peut-être qu'un monastère les acceptera, lui et sa bosse ?

Saure, petit oiseau léger, entre au milieu de ses dames de compagnie, elle ne marche pas, elle glisse sur les dalles. Toute petite et menue, elle arbore presque la cinquantaine. Son voile lui cache à demi le visage, peut-être par timidité. Flotte, la belle-fille, la suit, au contraire d'elle, grande, élancée et bedonnante pour la seconde fois.

Le signal donné, tout le monde enjambe les bancs pour se précipiter sur la nourriture. Les gentes dames et gents damoiseaux ne sont venus que pour cela, la bonne bouffe, et Pierre-Isoard ne vit que pour elle. Pour lui, il y a trois plaisirs : la guerre, la chasse et une bonne chère, la moins dangereuse. On n'entend que sa grosse voix de rogomme et son rire de mêlé-cass. Il ripaille au milieu de ses amis, rien d'autre ne compte. À l'autre extrémité de la table, le futur Guillaume II Artaud d'Aix déguste une cuisse de poulet qu'il maintient délicatement entre le pouce et l'index. Son âme damnée, qui le suit partout, goûte tous ses plats. De la ciguë peut se trouver mélangée à sa nourriture, mise par sa propre famille. Le poison et la sorcellerie avec ses sorts l'obsèdent. Son épouse et son fils Brianda s'installent naturellement près du grand-père.

Au cours du repas, le baron des lieux aborde à voix basse avec le baron franciscain la destitution légale de son fils renégat. Impossible, le dauphin s'y opposera fermement. Il faut qu'il arrête de tuer ses serfs, bientôt il n'y aura plus personne pour travailler les champs. En aparté, Galburge interroge son cousin :

— Pourquoi avoir si facilement accepté le grand partage entre le dauphin et le comte de Provence, sans moufter ? Dragonnet de Montauban, les Mison et les Mévouillon deviennent les vassaux de Guigues VII de Viennois.

— C'est la fin des petits et moyens domaines. Les grands féodaux n'existeront plus d'ici une dizaine d'années. Louis IX élimine progressivement, mais méthodiquement, les seigneurs de la guerre. Il interdit les duels, les batailles entre voisins. Une nouvelle stratification naît, celle des comtes qui se soumettent au roi de France ou à l'empereur germanique. On ne peut pas résister aux forces armées colossales de l'Angevin ou du Viennois. C'est le modernisme, l'avenir. Nous sommes d'une génération dépassée. Avec leurs soldats et leurs chevaliers, ils n'avaient pas à nous demander l'autorisation. Ils l'ont prise. Maintenant, cela va être la guerre entre pays pour les provinces. C'est la guerre en grand. Tu comprends maintenant pourquoi je suis entré dans les ordres mineurs en reniant un monde qui n'est plus le mien. J'ai transmis ma baronnie à mon fils, l'avenir c'est lui. L'autre a été élu évêque de Gap. Il combat les laïcs avec une force spirituelle pour faire gagner l'Église. Cela aussi me dépasse. Je vais essayer de convaincre le fils impie de Pierre-Isoard à plus de modération envers les pauvres. Lui aussi n'est plus dans le coup. Pour revenir à Mison, tu es la pierre d'achoppement entre le comte de Provence et le dauphin qui ne demandent qu'à s'affronter. Subordonne-toi au dauphin pour conserver, au moins, ton domaine de Mison. Tu lui appartiens déjà.

— Et si je ne fais rien, ils se tiennent mutuellement en respect...

— Tu ne pourras pas rester indéfiniment dans cet état... Tu es baronne de Mison, de Serres, d'Orpierre, tu as été princesse d'Orange... Tu es femme... À toi de voir...

— À propos, tu connais Guillaume de Tournon...

— Très peu, il est inféodé au dauphin... Demande au dauphin... Cela peut arranger les choses. Un courrier de Guigues VIII fait savoir qu'il attendra Galburge à son château de Beauvoir en lieu et place de sa cour viennoise.

# CHAPITRE XIII

Galburge continue son chemin en modifiant légèrement son itinéraire compte tenu des nouvelles instructions reçues. D'ailleurs, pour plus de sécurité, un damoiseau du cru l'accompagne et la guide.

Dans le Diois, elle était encore chez les Mévouillon. Maintenant, c'est l'inconnu. Une troupe de cavaliers armés ne passe pas inaperçue. Peut-être encore trois ou quatre journées de cheval dans la neige… Les pentes du Vercors s'avèrent escarpées. Les monastères de haute montagne leur accordent un repos bien mérité, parfois des repas très frugaux. Les moines peu habitués aux voyageurs ne savent pas trop quoi faire pour bien accueillir les hôtes de marque. L'escadron quitte l'établissement religieux après avoir consommé la totalité des provisions d'hiver, laissant les religieux dans la désolation. Le col du Rousset, Vassieux, puis le Royans.

Cette route des crêtes, les Grands Goulets, n'en finit pas avec ses vents glaciaux qui hurlent à la mort comme les loups. Il serait inconvenant de passer près de la forêt de Lente sans se faire inviter par le prieur. Les bénédictins de Saint-Jean-en-Royans exploitent des noyers pour le compte du prieuré. Ils meulent les noix pour confectionner de l'huile qu'ils vendent sur le marché. Après une restauration copieuse, le son de la corne appelle au départ.

Un passage étroit creusé dans la roche karstique permet la descente des plateaux du Vercors. Le bourg fortifié de Chochignon (Pont-en-Royans) apparaît suspendu à la falaise. Dessous coule le torrent de la Bourne pour rejoindre un peu plus loin la Vernaison, tandis que le mont Barret jette un regard d'aigle sur le village.

— Nous séjournerons ici, décide Galburge, le soleil est à son déclin.

La petite troupe traverse le pont, s'engage vers l'entrée quand soudainement la herse tombe. La dame de Mison descend de cheval, s'approche et appelle. Aucune réponse. Puis lentement un arbalétrier arrive, l'arme pointée sur elle.

— Ouvre cette herse, demande-t-elle.

— Vous êtes qui ? Avec tous ces gens d'armes montés ?

— Je suis le seigneur de Serres, et je demande l'hospitalité pour la nuit.

— Le seigneur de Sassenage a été prévenu de votre arrivée.

Béatrice de Sassenage, héritière de Pont-en-Royans, épouse d'Aimon de Béranger qui prend le nom de sa conjointe. Il cherche désespérément à ajouter des paroisses à son petit domaine. La lignée s'éteindra un peu plus tard, faute d'héritier. Petit féodal, Aimon reste accroché à ses maigres droits méconnaissant le dangereux Guigues VII.

Après une attente interminable, le seigneur des lieux daigne émerger de son manoir. Des pourparlers s'engagent. Il ignore jusqu'au nom de Mison, Serres ou encore Sisteron. Il pense que l'on cherche à s'introduire dans sa cité pour la piller. Enfin, il accepte la présence de la dame et de son valet. Il a pris Bertrand-Reybaud, qui était venu assurer une présence mâle dans les discussions, pour un domestique. Le reste de l'escadron séjournera avec leur officier en dehors des murailles. En réalité, l'escorte de Galburge compte plus d'hommes que de soldats présents dans le bourg. Le feudataire s'en retourne en grommelant entre ses dents.

— Eh bien ! Même pas une invitation au château ?

Une brochette de fantassins apparaît, les arcs pointés sur les hommes de Galburge au cas où ils donneraient l'assaut. La herse s'élève à demi prête à retomber. Les deux visiteurs se courbent pour entrer. Livrés à eux-mêmes, ils déambulent dans les rues à la recherche d'une auberge. Habillée en garçon, la dame enfonce son capuchon cachant son visage qui risque de la trahir. En effet, que pourraient-ils faire à deux contre une bande de malfrats ? Ils entrent dans la maison d'un aubergiste. Immédiatement, l'activité s'arrête, comme suspendue d'un coup de baguette magique. Tout le monde les dévisage. La discussion reprend. La femme encapuchonnée reste à l'écart près de la porte. Bertrand-Reybaud s'avance vers le comptoir pour réclamer une chambre au tenancier. D'un coup d'œil rapide sur la jungle qui l'entoure, il renonce à son projet.

— On trouvera bien un bourgeois pour nous héberger.

Une nuit profonde se dessine, un clair de lune s'allume doucement. Ils marchent dans les ruelles étroites, l'un derrière l'autre. Derrière eux s'engagent trois hommes. Arrivés à une placette, ils bondissent sur les touristes en quête de villégiature. Ayant repéré le manège, Galburge et Bertrand-Reybaud se dégagent de leur cape, la main sur la poignée de l'épée.

L'un des assaillants s'écrie :

— Une femelle ! Et mignonne avec ça. Elle a l'air d'une chatte en furie. Viens ici, ma belle, que je m'occupe de toi !

L'épée de la grippeminaude l'atteint au creux de la gorge pour le faire taire définitivement. Surpris, puis affolés, les deux agresseurs parent les premiers coups. Projeté par terre, l'un tient son ventre à deux mains, tandis que l'autre jette son arme pour s'enfuir à toutes jambes. Attiré par le claquement des armes, le guet arrive en courant. Les hommes dégainent à leur tour. L'officier, lanterne en main, s'approche du moribond, va au mort et dit :

— C'est des gueux, et les autres gens sont trop bien habillés pour être des voleurs.

La patrouille se perd dans l'obscurité laissant les escrimeurs désœuvrés au milieu de la place. Une porte s'ouvre furtivement. Une tête chenue se glisse dans l'entrebâillement.

— Étrangers, venez vous réchauffer. Ne restez pas dehors, c'est un coupe-gorge.

Reprenant une fois à l'intérieur :

— Vous n'êtes pas du pays. Le bourg est petit, tout le monde se connaît. Nous sommes pauvres, mais on peut se serrer pour une nuit. Avez-vous déjeuné ?

Galburge opine du chef pour ne pas déranger, tandis que Bertrand-Reybaud affirme le contraire à haute voix.

— Eh bien, nous allons déjeuner ensemble.

Sur la table, brûle une unique bougie à la graisse de porc. Dans un coin, les invités perçoivent une petite vieille qui s'affaire. La pièce paraît propre, autant que faire se peut, à travers une demi-pénombre. Une échelle de meunier s'enfuit en hauteur à demi cachée.

## Le repas des pauvres

*Cette fois encore, arrêtons les idées imaginées par les historiens des XIX<sup>e</sup> et XX<sup>e</sup> siècles. À cette époque, les pauvres ne crient pas famine. Dans les campagnes et les bourgs, les défavorisés de la bonne société basent leur alimentation principalement sur des bouillies de céréales. Ils mangent des légumes verts, des sortes de haricots, des pois chiches, des* *poireaux, des navets, des carottes, des salades sauvages ramassées dans les chemins ou cultivées. Les radis qui poussent rapidement améliorent l'ordinaire. Les trois quarts des terres sont en jachère, seul un quart est consacré aux cultures de blé et de vignobles. Les seigneurs à cheval ne peuvent pas y accéder. Seuls les paysans chassent à pied. À trois ou quatre, ils délogent des sangliers ou des cerfs qu'ils abattent avec des pieux. Avec des filets ils attrapent des hérons, des cigognes, des grues, dénichent des œufs dans les arbres. Ils dégustent de petits oiseaux qu'ils piègent.*

*Les fouilles près de traces de foyers révèlent des os de cervidés, de moutons, d'ânes même. Bien sûr, certains nobles s'approprient des terrains où ils peuvent chasser, les champs cultivés par exemple, solution de facilité, et se moquent des terrains incultes. Si quelques vilains ont été pendus, ce n'est pas la majorité des cas. Les hommes bien nés ont vite compris l'utilité de leurs serfs qui les nourrissent, pour ne pas vouloir les pendre. D'autant qu'ils seront obligés d'en racheter d'autres pour les remplacer.*

*Les impécunieux utilisent, pour frire, la graisse de porc, animal domestique qui vit avec eux tout au long de l'année. Les cochons se tuent avant Noël, la viande est salée pour être conservée durant l'hiver, comme les viandes sauvages qui se boucanent. L'huile s'obtient en écrasant des noix avec les meules banales du seigneur. Elle remplace le saindoux pendant le carême et les jours de jeûne. Elle s'accommode aussi avec des herbes aromatiques, de l'oignon et de l'ail. Les humbles boivent du vin jeune ou de la bière, car il est difficile de les conserver.*

— Nous, dans le bourg, nous achetons la nourriture parfois aux commerçants, parfois directement aux paysans, bien que cela soit défendu, c'est selon.

Galburge s'en va dormir à l'étage, tandis que le couple et Bertrand-Reybaud se couchent sur le plancher humide.

Le lendemain, ne pouvant pas contourner la ville, les hommes de la garde de Galburge traversent l'agglomération un par un, Sassenage craignant toujours un déferlement. Le guide commis par Pierre-Isoard les mène dans la forêt impénétrable de Choranche qui, paraît-il selon lui, serait infestée de revenants ayant vécu il y a très longtemps. Imitant Charon, le nautonier des Enfers, il parle à voix basse et désignant un grand trou noir dans la roche, une grotte :

— C'est là, ne les dérangeons pas.

Soudainement, jaillissant de la caverne, une ombre se redresse griffes en avant. Les chevaux hennissent, se cabrent, un cavalier tombe. Un ours qui hibernait s'enfuit, étonné par tant de monde. En descendant du plateau des Coulmes, on arrive péniblement à Presles dominé par une falaise de deux lieues de long. On coupe et entrecoupe des vallées, enjambe des ruisseaux (du moins les chevaux). On côtoie la Serre Cocu. Enfin se révèle la vallée de l'Isère dominée par son château de Beauvoir-en-Royans.

Guigues VII de Viennois, comte d'Albon, de Grenoble, de Briançon et de Gap, avait obtenu ce fief et son château de Raymond II Béranger (1160-1256), seigneur de Pont-de-Royans en 1251. C'était le joyau du dauphin. Il s'y repose loin de la foule des courtisans de la cour de Vienne, entouré simplement en toute discrétion d'une centaine de nobles.

La neutralité de l'accueil sidère un peu Galburge, ni d'égal à égale ni de suzerain à vassale. Elle se veut amicale. Les silences pèseront lourd durant le séjour. La dame de Mison fait les révérences qu'exige le protocole à la dame de Faucigny, épouse du Viennois. Celle qui deviendra onze ans plus tard la Grande Dauphine est avant tout, aussi, une maîtresse femme qui ne s'en laisse pas conter. Dès les premiers instants, une animadversion s'instaure entre les deux femmes, une exécration, une répulsion qui leur font dresser les poils des bras. Le dauphin constate ce rejet immédiat et manifeste. Il en tiendra compte dans les conversations qui s'ensuivent. Courtoisement, Guigues invite son hôte à se reposer dans la suite qu'il lui destine. Galburge en profite pour prendre un bain. Ce n'est certainement pas le premier, quand même rare aussi à Mison. La domesticité installe dans la chambre une immense bassine qu'elle remplit seau par seau d'eau chaude – un délice à s'y glisser dedans. On la frotte, on l'étrille avec du crin, on la bouchonne comme un cheval. Elle se coule de toute sa longueur. Les yeux se ferment, la plongeant dans une demi-inconscience. Une rinçure un peu moins chaude la ramène à la réalité. Elle dégouline. Avec du miel, une servante édulcore ses cheveux châtains presque roux puis les relave avec une décoction de camomille. Debout, les pieds dans l'eau, on la sèche, l'assèche, la dessèche, on la détrempe, on la masse, on la triture de toutes sortes. Enfin, on lui sert un en-cas arrosé de vin d'Avignon.

Guigues VII de Viennois épouse en 1253 Béatrice de Faucigny, héritière unique de la baronnie du même nom, de celle de Beaufort et quelques seigneuries. Elle est souvent confondue avec Béatrice de Savoie, vivant à la même époque et quasiment sa voisine. Son mariage et la position de ses terres en font un danger permanent pour les comtes de Savoie, bien que ces terres soient très éloignées de celle du dauphin. Épousée à l'âge de sept ans, son alliance sera consommée à l'âge pubère. Outre son héritage, son père, Pierre de Savoie, lui attribue une somme rondelette de 5 000 marcs d'argent. Pierre hérite de son neveu la Maurienne qu'il lègue de son frère et donne de nouveau 5 000 livres viennoises à sa fille, Béatrice. À la mort de ses parents, elle récupère les suzerainetés du pays de Vaud, de La Tour-du-Pin, des comtés de Forez, Falavière, quelques places en Suisse et en Allemagne. Elle est la puissance territoriale de son mari de dauphin qui saura l'exploiter. Grâce à elle, Guigues pourra affronter le comte de Provence, frère du roi. *Encore une femme d'exception.*

Ce n'est pas par loisirs que Galburge est arrivée à Beauvoir. Elle veut d'une part amadouer le dauphin pour ne pas subir l'inféodalisation de ce dernier – restée libre comme le vent –, n'avoir de comptes à ne rendre à personne. Comme Béatrice de Faucigny, elle apporte la puissance, elle est la puissance même que lui envient beaucoup d'hommes. Pourquoi se soumettre à un parvenu, comme Guigues qui détient son ascendance de son épouse et de la fortitude de son beau-père. Et son père, Guigues VI, n'a-t-il pas profité des femmes, lui aussi ? En 1210, il répudie sa première femme, Béatrice de Sabran, et oublie de lui restituer ses comtés de Gap et d'Embrun. Ce qui entraîne un conflit avec le frère du roi qui lui réclame l'héritage de leur beau-père ayant épousé la sœur de la répudiée. De sa troisième épouse, il obtient une partie du marquisat de Montferrat, il hérite de sa mère le comté d'Albon et celui du Viennois. Rien de lui-même tout par les femmes...

Galburge sourit malgré elle à l'homme qu'elle a en face d'elle, le fils de ce petit marle qui a usurpé jusqu'à son nom, Guigues VI de Viennois. Il s'appelle en réalité André Dauphin, tout simplement – même pas chevalier, damoiseau, et encore... Il faudrait qu'elle rende hommage à cette descendance d'arrivistes qui, profitant de régler leur problème d'héritage sur Gap et Embrun, ont annexé ses domaines qu'elle possède en propre, sans préavis – tout cela, sans soldats, sans bataille, sans même un semblant de conciliation en choisissant un arbitrage. C'est la coutume. Elle choisit de faire une proposition au dauphin. Peut-être après, l'allégeance pour la terre de Mison, sera-t-elle à étudier.

Devant elle, Guigues lui rend son sourire, il l'entretient sur la manière dont elle se débrouille dans sa gestion. Aigrefin, il minaude, il coquette, il joue du paternalisme alors qu'il a le même âge qu'elle. Il parle de son monde qui manque d'ouverture, bloqué par le Buëch. Enfin, il lui fait comprendre à demi-mot qu'elle est femme, et femme seule, donc incompétente pour s'occuper de son terroir.

Le visage de la dame de Serres se fige dans une grimace qui n'échappe pas au comte. Elle joue son joker. Elle lui demande la main du seigneur de Tournon. Rien que cela !

Ayant mûrement réfléchi, elle choisit Guillaume de Tournon, dit l'Ancien. Bien qu'ayant rendu hommage à Guigues pour une seule de ses terres, il reste dans la région un homme de poids qui devra protéger ses châteaux et mandements (groupement de paroisses ayant des forêts et des alpages en commun). Veuf depuis six ans, il inspire le respect à ses voisins. Ce que Galburge ne sait pas, parce qu'habitant au loin, le dauphin le craint et demeure pour lui une proie à inféoder complètement, mais son armée peut lui produire quelques désagréments. Le baron de Tournon, de Tain-l'Hermitage, de Vion et bien d'autres, reste surtout un homme de guerre de l'ancien temps, contrairement au Viennois qui se comporte comme un courtisan, un diplomate.

— J'entends bien accepter votre proposition d'union avec Tournon. Cela m'agrée pleinement, si le prétendant accepte naturellement. Pour la situation que vous m'avez expliquée, je vous enverrai une solide armée pour maîtriser votre rebelle, cet Esparron et ses bandits qui empoisonnent votre bourg de Serres.

Sur un semblant de compromis qui ne leurre personne, le dauphin entraîne Galburge dans une folle chasse au sanglier, la connaissant experte en ce sport. Il s'est renseigné sur les us et coutumes de la cour de Mison. Bertrand-Reynaud s'en donne à cœur joie, habitué aux prouesses de sa cousine (ou nièce). Le Viennois retient sa fougue, soi-disant pour laisser l'enthousiasme et la frénésie s'emparer de ses hôtes. En réalité, le corps à corps, tant avec la bête qu'avec les hommes, l'effraie. Son épouse attend leur retour en restant bien au chaud dans la propriété, loin d'elle ces manières brutales de mâle. Crottés, mais heureux, les convives passent à table (qu'est-ce qu'on mange dans ce livre !). Béatrice regarde la jeune femme d'un air dédaigneux. Elle garde ses braies pour déjeuner. À table, Guigues VII confirme ses promesses, mais oublie de dire les conditions : prérequérant un hommage avant toute chose.

Réellement, cette proposition déplaît à Guigues, qui cherche à s'introduire chez les Mévouillon, certes, mais ne veut pas rajouter une trentaine de paroisses supplémentaires à son vassal, Guillaume de Tournon. Ce dernier risque d'avoir la grosse tête et tenir la dragée haute à son suzerain. Cependant, l'allégeance de Galburge permettrait d'officialiser sa vassalité et reconnaître le bien-fondé de l'usurpation de ses terres. Cette subordination volontaire mettrait fin aux prétentions du comte de Provence. Le temps travaille pour Guigues, il va attendre sans rien faire. La dame de Mison n'est pas dupe, non plus, elle s'est entretenue avec le dauphin en associée. Orgueilleuse, sachant se mettre en valeur, elle a su argumenter ses allégations d'épousailles. Elle sait ce qu'elle veut, la petite. C'est-à-dire l'inverse de son interlocuteur, d'abord le mariage, ensuite... On verra. Ils jouent au chat et à la souris.

Cependant, chacun pense avoir fait un grand pas dans la négociation.

Elle quitte avec regret les enfants de Guigues avec lesquels elle a tissé des liens d'amitié, le futur Jean I<sup>er</sup>, Catherine et Anne. Ils lui ont fait oublier ses soucis.

Ce qui n'empêche pas Galburge de s'en retourner dans son Mison natal en rêvant d'être baronne de Tain-l'Hermitage, non loin de Valence la Belle, d'être comtesse de Tournon après avoir évincé ce petit coq de dauphin.

*__Confusion__ : D'après certains auteurs, le 1<sup>er</sup> août 1256, Galburge et Guillaume des Baux auraient rendu hommage à Odon de Fontanille, sénéchal du comte de Provence, ennemi du dauphin, avec cavalcade pour l'ensemble des terres de la seigneurie de Mison, soit seize châteaux ? Ce qui est contradictoire aux sources présentées dans ce livre. Fait d'autant impossible que Guillaume des Baux est considéré « disparu » depuis le retour en 1254 de Saint Louis (sa septième croisade). Il aurait été tué soit à Damiette, soit à Mansourah en Palestine en 1249.*

*__Autre confusion__ : Galburge de Mison (1225-1309), princesse d'Orange, issue des Mévouillon, n'a rien à voir avec Galburge de Mévouillon (1234-1272), fille de Raymond le Bossu de Mévouillon, qui a épousé Lambert Adhémar de Monteil. Autre Galburge, la grand-mère de la dame de Serres.*

En février 1258, le dauphin et Galburge de Serres signent un traité. Le premier s'engage à lui conserver le château de Serres, à lui donner les sommes nécessaires pour le recouvrer, à la soutenir contre tous. La seconde s'oblige à le soutenir contre tous et à ne pas se marier sans son consentement. Elle nomme ses mandataires, Raymond de Savines et Bertrand-Reybaud de Pomet.

Alors commence une longue attente, les dés sont jetés, les pièces sont en place. Une guerre de position s'engage – l'immobilisme. Qui va cesser ?

Pendant ce temps, le chevalier d'Esparron poursuit méthodiquement le ravage des environs de Serres. Il donne maintenant dans le kidnapping. Il enlève des notables et en demande rançon à la ville. Il pratique le racket en incendiant les fermes pour affamer les habitants. Le dauphin joue son joker : le paiement d'une troupe de mercenaires pour déloger le brigand. Ne lui ayant pas rendu hommage, il ne peut intervenir militairement – qu'il dit. Têtue, elle lui demande où en sont ses projets de mariage avec Guillaume de Tournon. Elle confie à Bertrand-Reybaud qu'elle ne veut pas avoir de dettes envers Guigues VII, aucun lien de reconnaissance, aucune attache, tant que son mariage ne sera pas effectif.

Concernant d'Esparron et ses fripouilles, son cousin le bellâtre Bertrand-Reybaud de Pomet, seigneur de Ribiers, ne peut rien faire, malgré son armée – ou ne veut rien faire. La peur du dauphin qui monte en puissance chaque jour ? Elle se rappelle alors le discours tenu par Raymond le Franciscain, ancien seigneur de Mévouillon. Un nouveau principe arrive progressivement, mais inexorablement. Un roi autoritaire et absolu, ayant des comtes sous ses ordres, eux-mêmes contrôlés par des agents royaux (baillis, sénéchaux…), s'étend à l'infini en conquérant de plus en plus de terres. Jusqu'où ira-t-il ? Les fiefs, les vassaux, les suzerains, les grands et petits féodaux disparaissent de plus en plus. Elle souhaite que la charrue royale éventre le dauphin.

Avec le temps, l'amitié, ou l'amour, s'érode, se corrode. Il s'affouille dans un vaste trou noir. L'admiration se ravine. Tout disparaît. Se sentant trahie par son cousin, jouée par le dauphin, Galburge déprime, soutenue par son éternelle

Ermengarde, toujours présente dans les coups durs. Progressivement, quoique rapide, la dame de Mison s'en remet, animée par un nouvel élan. Lachau !

Raimbaud de Lachau, multiplie ses visites à Mison. Galburge s'en étonne. Elle pense qu'il s'intéresse à Ermengarde de Mouriès, sa dame de compagnie et de bonne noblesse. Elle s'arrange pour les laisser ensemble en prétextant un oubli à réparer, ou quelque chose qui la turlupine. Elle s'aperçoit vite que l'éphèbe la suit partout, en proie à lui venir en aide, jusqu'au jour où il lui avoue le feu qui le dévore. Dissimulatrice, elle avait déjà compris sa ruse d'ingénu. Elle en avait éconduit d'autres, mais celui-là lui plaît bien, bien qu'un peu immature. Le lendemain même, il se réveille dans le grand lit de la princesse. *Il paraît qu'on peut garder son titre nobiliaire, même si on l'a perdu.*

Commence alors, de nouveau, les courses à cheval à travers prés et monts, comme avec le frère aîné. Tout les émerveille. Pour elle, une nouvelle vie recommence.

À presque trente-sept ans, est-elle une vieille femme ? Pour l'époque, oui. Les fantassins de César n'ayant plus l'agilité des jeunes se considéraient, à la quarantaine, comme perdus pour le métier des armes. L'empereur, dans sa divine bienfaisance, leur accordait des terres conquises pour qu'ils colonisent les pays soumis en faisant plein de petits Romains. Le vétéran repartait dans la vie avec une jeunette. Et pourquoi pas pareillement pour une dame ? Un homme plus jeune ? Ils n'ont que vingt-quatre ans de différence.

Dans la famille Lachau, le père Bertrand Raimbaud de Lachau (1223-1257) vient de mourir, laissant Alasie ou Béatrix de Castellane qui lui survivra seize ans. Le décédé arborait les blasons des seigneuries de Lachau, Ballon, Gaudissart, Barret-le-Haut, la moitié de Ribiers.

Le 1<sup>er</sup> juin 1237, le vieux baron avait inféodé sa part sur Ribiers, Upaix et Saint-Étienne-de-Ribiers en faveur de Raymond IV de Mévouillon qui en était devenu le suzerain. Bertrand-Reybaud et ses deux frères succèdent à cette vassalité.

Ayant soutenu, ne serait-ce que moralement, Galburge dans ses démêlés, tant avec le comte de Provence qu'avec le dauphin, il pense rajouter ses propriétés aux siennes. Elle n'a pas d'héritier. Son incapacité ou sa mauvaise volonté à régler les rapines du chevalier d'Esparron dans le fief de sa cousine à Serres amène la veuve à réfléchir. Bertrand-Reybaud, veuf une première fois, remarié à Stéphanie d'Orpierre, a engendré trois enfants, Raymond-Laugier, Bertrand, Catherine. L'intéressement de son jeune frère pour la dame de Mison-Serres, l'inquiète énormément.

Est-ce voulu par Galburge dans une sordide stratégie d'alliance ? Est-ce une vengeance pour la non-réponse à ses ambitions de se remarier avec Guillaume de Tournon ? Est-ce un pied de nez à Guigues ? Elle avait fait le serment de ne se remarier qu'avec son autorisation. Ou est-elle réellement amoureuse ? La versatilité et l'inconstance n'apparaissent jamais dans le comportement de la princesse.

Le 12 octobre 1260, la dame de Mison concède une charte à la communauté de Laborel (à prendre avec précaution). Que contient-elle ?

En 1262, par écrit Galburge rappelle au dauphin sa promesse de mariage avec Tournon, sans réponse de sa part, elle se conforte dans sa décision de se marier avec le jeune Raimbaud.

Reste à savoir si chez les Lachau, le seigneur du lieu ne change pas de prénom dès qu'il accède à la baronnie, comme les Raymond chez les Mévouillon. Depuis Ripert II, l'ancêtre emblématique, pas moins de onze Raimbaud (ou Reybaud) se sont succédé ou se sont apparentés en moins d'un siècle, dans la même branche.

Dans son château de Pomet, Bertrand-Reybaud boude sa cousine (ou nièce). Du dépit ? De la jalousie ? Il se renferme, il devient maussade. Avec le père de Galburge, il avait rendu hommage au dauphin pour leur terre en commun de Ribiers, il ne lui reste plus que Pomet. Adieu l'apanage de Mison.

Quatre ou cinq ans se passent dans l'isolement des uns des autres, sauf pour le couple Raimbaud et la dame de Mison.

<u>Bulletin *d'information* :</u>

*3 janvier 1263 – Sentence par Jean de Hautvillard, bailli du dauphin, entre Boscodon, abbaye, et les habitants des Crottes concernant leur pâturage commun.*

*8 janvier de la même année – Augmentation de la charte des libertés précédemment accordée aux citoyens d'Upaix, le juif Léon traitant pour les intérêts de la commune il leur accorde le droit de disposer librement de leurs biens, moyennant 60 livres viennoises à verser rapidement.*

*Sceau de Galburge.*

Toujours prise entre les deux feux, Galburge envisage de vendre son château de Mison en conservant l'usufruit.

Devant les silences de Guigues, elle le vend à son adversaire, le comte de Provence, qui vient d'avoir la couronne de Naples, appuyé par le pape. Ainsi elle récupère plus d'argent du frère du roi que du pingre de Guigues et obtient la protection d'un grand personnage. Mison devient une enclave, un verrou dans le territoire escompté par Guigues VII. L'acte de vente se signe le 29 novembre 1263. Fureur chez le Viennois qui envoie *presto* son bailli général du Dauphiné, Pustadin de Montferrat, pour protester. Galburge détient sa vengeance. Mais le sénéchal de Provence lui retient sur la vente de 2 000 livres tournois, 50 pour payer les droits de lods et arrières en retard, le cens annuel, 300 livres pour violences exercées par les vassaux de Galburge sur les terres du comte. D'un côté comme de l'autre, elle se fait pigeonner.

Elle condescend quelques mois plus tard à vendre au dauphin Orpierre en gardant pour elle le douaire (l'usufruit). Le quibus ne suffit pas à rembourser tous les créanciers tant du père que de la fille.

La curée commence, Galburge se délestant de son patrimoine. Profitant de ce que son maître, le comte de Provence, guerroie en Italie, le sénéchal de Provence cherche à contraindre la dame de Mison à faire allégeance au frère du roi, du fait de la vente de son château. Il conteste la vente de certaines forteresses au profit de Bertrand-Reybaud. Il confisque les biens vendus pour félonie, bien que du territoire du dauphin. Guigues VII, les Mévouillon et les Lachau s'élèvent contre l'initiative personnelle de l'officier. La guerre semble inévitable, chacun arme ses paysans, prépare ses soldats qui s'amassent aux frontières. Le roi intervient. Un concordat se signe le 18 juillet 1257. Le comte de Provence révoque les décisions de son sénéchal touchant le dauphin, rien d'autre.

Le 11 juin 1264, un mercredi après la Pentecôte, Bertrand-Reybaud, son frère Guillaume, aliènent la ville de Serres et le village de Méreuil, au nom de Galburge de Mison, à Jean de Hautvillard représentant Guigues VII dauphin pour 28 000 sous.

Le 9 octobre 1264, la dame de Serres vend les mouvances (droits sur un fief) de ses terres de Serre, Arzeliers, Lazer et Le Poët au dauphin ainsi que les bans et droits de haute et basse justice.

Pour Le Poët, Guigues y installe immédiatement Philippe de Laveno, fils de son jurisconsulte, Robert qui lui doit hommage.

En 1291, à la mort de Philippe, le dauphin rachètera la vassalité pour vendre le tout, en 1297, à Bienvenuto del Campeis pour 2 500 florins d'or. La mode veut que les hauts aristocrates s'entichent de juristes piémontais sortis de Modène ou de Parme.

Peut-être en 1270, la dame convole en justes noces avec Raimbaud II de Lachau.

Que lui reste-t-il de ses vastes domaines ? Le quart de Chanousse qui sera vendu plus tard par son mari, Arzeliers dont la mouvance a été vendue, mais pas le château, le seigneur en sera son petit-fils, Izon, Laborel (pas sûr), Sainte-Colombe, Montéglin, Châteauneuf-de-Chabre, La Piarre, et d'autres dont nous ignorons les achats ou ventes faute de document - De quoi voir l'avenir à quarante-cinq ans.

Cette année-là meurt Bertrand-Reybaud, en prison. Il ne s'était pas remis de toutes les ventes du domaine de Mison. Dès 1250, date de la mort de sa seconde épouse, il avait espéré les terres de Galburge, mais dès la rupture des relations au profit de son frère, il avait sombré dans la délinquance, viols, meurtres, tortures, choses permises à un grand seigneur sur son territoire. Certains pensaient même à la folie. Charles d'Anjou y avait mis bon ordre. Le tribunal d'Aix l'avait condamné. Pourquoi lui ? Sur les terres du dauphin ? Pourquoi, à sa mort, ses terres ne reviennent-elles pas à sa fille Catherine, mais tombent dans l'escarcelle du Viennois ? Il y aurait eu félonie ? Y avait-il eu une complicité avec Galburge, à propos des domaines ? Cependant, le seigneur de Pomet regrettait de n'avoir rien fait contre le chevalier d'Esparron à Serres, à la demande de sa cousine. Ce qui avait valu la fracture.

Quant à cette canaille, dès son accession à la ville, le dauphin envoie un bataillon dans le Serrois. Ce qu'il avait refusé à la dame de Serres pour ses silences. Ses soldats nettoient consciemment les falaises de Sigottier, ramassent le chevalier qu'ils torturent pour savoir où il cache le magot. Devenu une loque vivante, ils le pendent bien en vue à une tour de la Pignolette avec une quarantaine de ses complices. Ce chapelet de cadavres attire les corbeaux qui blanchissent les os. Les habitants acceptent dans la joie, les odeurs nauséabondes qui se répandent dans la cité, le mois durant.

***Avertissement :** **Nous allons maintenant entrer dans des arbres généalogiques, des plus confus et des plus fantaisistes. Dans les connaissances actuelles, il devient impossible de démêler les suppositions émises par nos grands spécialistes : J. Roman, le père Guillaume, M. Rieutord, J. Grosdidier et la foultitude d'amateurs qui, par passion, s'égarent dans la déraison.***

*Le problème reste posé. Confirmé par certains historiens à poils ras, Bertrand de Mison, le père de Galburge était le frère de Bertrand-Reybaud, selon certains actes de l'époque. Raimbaud II (le mari) est le troisième frère des deux premiers. Donc, cette brave Galburge se serait mariée avec son oncle (?). Aucune trace de ce second mariage… Les érudits camouflent l'inceste, s'il y en a un, en prétendant qu'il s'agit d'une alliance de cousinage. Dans les deux cas, il faut un accord pour consanguinité du Vatican. À moins que cette alliance soit pure invention du trop céleste X… J'espère qu'un jour on constatera* que l'on s'est tous fourvoyés. En attendant, allons-y pour le cousin germain.

# LA DAME DE LACHAU

# CHAPITRE XIV

1270, Guigues VII, dauphin, comte d'Albon, meurt laissant sa succession à son fils Jean I$^{er}$, mineur, la tutelle étant attribuée à son épouse Béatrice de Faucigny surnommée la grande dauphine par ses actions capitales. Le 29 juin de cette année, les trois Lachau, coseigneur de Lachau, Ribiers, Saint-Étienne-de-Ribiers, Creyssans, s'empressent de renouveler l'hommage au nouveau dauphin pour leurs terres, à Upaix. Ils avaient été inféodés le 7 septembre 1249. Ils craignent surtout la mainmise de leur voisin, le comte de Provence.

Deux ans plus tôt, la mort du père de Béatrice, comte de Savoie, ouvre la contestation sur le comté de Faucigny. Les Lachau sont témoins d'une conciliation entre les parties, à Brignoles le 30 avril 1267.

Une période d'insécurité et de discordes arrive dans le Dauphiné. Jean et sa tutrice doivent faire face à de nombreuses difficultés.

Un problème n'arrive pas seul. La cour d'Aix-en-Provence ouvre un procès contre la Grande Dauphine pour une raison double : la cité de Gap ne reconnaît pas le bien-fondé de l'hommage rendu par le dauphin au comte de Provence par l'intermédiaire du sénéchal. Elle avance que la ville a été donnée au comte par une minorité de consuls et non par la majorité des meilleurs hommes de Gap. Elle considère donc l'inféodalisation du dauphin en faveur du comte de Provence comme nulle et non avenue. Elle appartient donc toujours au descendant de Guigues VII. À cela s'ajoutent les prétentions de l'évêque de Gap qui détient des terres en propre, usurpées par le sénéchal. Quel est le seigneur fieffé de Gap ? Jean, dauphin, ou Charles d'Anjou, comte de Provence, ou Mgr de Gap ?

La seconde affaire concerne les terres de Bertrand-Reybaud vendues en sous-main par Galburge de Mison, confisquées par Guillaume de Gonesse, sénéchal de Provence pour illégalité – aucun témoin, aucun acte de cette vente ! Les taxes sur la vente n'ont pas été payées au suzerain. Bertrand-Reybaud et Galburge prétendent que ces domaines ont toujours appartenu aux ancêtres des Mévouillon notamment à Bertrand Raimbaud, seigneur de Ribiers, décédé en 1257.

Un sombre personnage intervient dans cette affaire : Robert Laveno. Conseil juridique du comte Charles d'Anjou, il prouve que les terres saisies appartenaient bien à Galburge et non aux ancêtres de Bertrand-Reybaud puisque le père de la dame de Mison était le haut seigneur avec ban sur Ribiers, Le Poët, Pomet... Il profite du désaccord de son maître pour réclamer à l'héritière une somme considérable prêtée à son père une vingtaine d'années auparavant.

Bien que donnant raison à son juriste, le comte de Provence ordonne une enquête juridique, tant pour Galburge que pour la contestation des consuls de Gap. Cette décision uniquement pour amener les deux affaires à son propre tribunal d'Aix-en-Provence, renforçant ainsi son autorité sur le Dauphiné.

*Quelques mots sur l'arrivisme de cette famille Laveno (non noble dauphinois) qui survivra sur trois générations : d'après les historiens locaux du XIX<sup>e</sup> siècle, Robert Laveno émigre en Dauphiné sorti « professeur de droit » de la prestigieuse université de Modène fondée en 1175 (allégations sans preuve de J. Roman). Il intervient d'abord auprès du dauphin comme jurisconsulte, puis auprès de son épouse, régente, Béatrice de Faucigny, à la mort de celui-ci, comme juge et conseiller (bien* *souvent, il y a un amalgame entre Béatrice de Faucigny et Béatrice de Savoie, voisines et vivant à la même époque). Robert devient un favori à la cour viennoise, il aurait été bailli de Gap (?). Il se marie avec une payse, Sofia di Ceva. Puis il passe au service de l'adversaire, le comte de Provence. On le retrouve viguier de Marseille en 1257, juge (en 1258, Ruffi, Histoire de Marseille, signale un viguier du nom de Robert de la Nayo, jurisconsulte, peut-être le même ?).*

*Messieurs les universitaires, dans différents articles, le nomment, tour à tour, magistrat pour l'ensemble des territoires des Mévouillon reçu du dauphin, à Sisteron, seigneur au Piémont. En février 1267, il mène une ambassade auprès du pape Clément IV. Il soumet le Piémont – tout cela en cinq ans.*

*Ce personnage de fiction engendre un fils tout aussi rocambolesque, Philippe de Laveno, membre de la demeure du roi (courtisan), bailli de Digne et du Gapençais, justicier de la Terra di Labour du comté de Molise, seigneur de Valernes. Il devient pour deux ans ambassadeur du roi à Rome. Il fréquente Guillaume de Gonesse, le sénéchal de Provence, dont il s'empare de la fonction. Les historiens de 1930 le retrouvent otage du roi d'Aragon, enquêteur sur les droits de l'archevêque d'Embrun dans la vallée de l'Ubaye, etc. Il s'éteint en 1291 avec un fils qui meurt peu après, sans héritier.*

Avec l'affaire de Mison et de Gap, Robert Laveno accentue son pouvoir auprès de sa seigneurie. Le temps passe – 1272. Elle se réfugie près de son jeune mari, elle a quarante-sept ans, lui vingt-deux.

Galburge, toujours éprise de liberté, pense que la territorialité de Lachau (Lachaup) conserve son indépendance malgré une très lointaine allégeance aux cousins de Mévouillon. Elle pense pouvoir continuer à vivre, oubliée, en espérant un jour récupérer ses terres sans suzeraineté. Elle en jouit toujours, mais elle rend des comptes et des impôts, taxes à payer avec le risque, un jour, d'être expulsée ou poursuivie pour félonie. Pour vivre heureuses, vivons cachées. Elle espère que la baronnie de Lachau, jointe à celle de Mison (du moins ce qu'il en reste) pourront tenir tête au reste du monde. Méconnaissant l'étendue de ses glèbes féodales par rapport aux comtés et au royaume de France, elle pense pouvoir résister à la transformation du féodalisme en modernisme.

Le 17 juillet 1272, Galburge reçoit une lettre de Charles, comte de Provence, dont le tribunal la condamne à rembourser Laveno. Cependant, si son château de Mison est pris en gage de paiement ainsi que les domaines de Pomet et Le Poët, Laveno devra lui payer une rente ainsi que toutes les dépenses afférentes de cette terre, impôts, ravalement, entretien, services royaux… Les juges le condamnent aussi à contribution de 100 livres de pension par an à l'entretien de la veuve et des deux enfants de Bertrand-Reybaud jusqu'à l'extinction de la dette. Parfois, la magistrature ne suit pas toujours les influences des grands. Les Lachau, les Mévouillon, les Adhémar, les Montauban se mobilisent pour la dame de Mison, ils renouent procureurs, avocats, consuls tant à Gap qu'à Aix-en-Provence. Cette coalition permet de mettre à jour un certain nombre de courriers qui révèlent le mépris de Charles d'Anjou pour la noblesse et les terres du sud de la France – tous liés contre le vilain comte étranger qui ne comprend rien aux mœurs du Midi.

Amoureux fous, le seigneur de Lachau et sa dame voient une première naissance, en 1274, d'un petit Guillaume.

<u>*Bulletin d'information :*</u>

*Le 11 mars 1263, par ordonnance royale de Chartres, la monnaie de Paris doit circuler sur l'ensemble de la France. Elle n'est pas encore arrivée en Dauphiné. La pièce elle-même transporte sa propre valeur physiquement. Un marc pèse 245 grammes d'argent, un sou 0,8 grammes d'or ou 24 grammes d'argent. Un sénéchal reçoit 1 000 à 1 200 sous-or par an ; 20 sous font une livre, 12 deniers équivalent à 1 sou.*

*Investis par le pape Clément VI, Charles d'Anjou, comte de Provence, et son épouse Béatrice se font couronner roi et reine de Naples et de Sicile, le 6 janvier 1266, à Rome. Il décapite le vrai roi de Sicile, Manfried, deux mois plus tard après la bataille de Bénévent. L'année suivante, il entre triomphalement à Florence en tant que vicaire impérial. Pour le Saint-Siège, la France remplace le Saint-Empire romain germanique mis à l'index. Il impose un régime draconien aux États conquis. Veuf, il se remarie avec Marguerite de Bourgogne à Trani près de Naples. Il expulse les musulmans des Pouilles.*

*Le 18 juillet 1270, six mille hommes débarquent sur la plage de Carthage, près de Tunis. Le 25 août suivant, le roi meurt.*

*Le 10 novembre 1270, le prince Édouard d'Angleterre débarque à son tour, tandis que les Français du comte de Provence remballent leurs affaires. La neuvième croisade naît.*

*Le 15 août 1271, Philippe III le Hardi, successeur de Saint Louis, se fait sacrer roi de France à Reims.*

*Le 21 décembre 1272, le comte de Provence se fait proclamer roi d'Albanie.*


Galburge de Mison découvre sa nouvelle baronnie :

Le village de Lachau se situe au sud de l'église Notre-Dame actuelle. Ancienne nomination, la seigneurie de Calma voit les témoignages de Raimbaud et Jean de Lachau dans la donation de terres à la commanderie templière de Richerenches située dans l'enclave de Valréas, en 1163. Cinq ans plus tard, le cartulaire de la commanderie cite un certain Hugues de Lachau. En 1177, Guillaume et Isoart de Mévouillon confirment la donation de terre à Saint-Pierre-Avez faite aux Hospitaliers de Saint-Jean de Jérusalem. Une charte de 1209 nous apprend l'existence de Raimbaud de Lachau, fils de Ripert de Mévouillon et de Sancie (couple originel et emblématique de l'illustre famille). Cet acte, dont la teneur n'est pas connue très exactement, accorde certaines libertés à toutes les communautés du territoire de Lachau, une quinzaine de paroisses. La charte est délivrée sans contrepartie financière, ce qui est à la fois unique dans les annales de la région, et interrogatif. De cette façon, le vieux Raimbaud remercie la population de l'avoir soutenu contre son fils qui avait usurpé la baronnie durant son expédition en Palestine.

Entrant dans la semi-légende. Le fils banni par le père se rapproche du dauphin pour regagner les terres paternelles. Le vieux seigneur fait allégeance à Raymond de Mévouillon, son cousin. On apprend vingt ans plus tard que le fils s'est fait inféoder par le dauphin – aucune trace de guerre entre Mévouillon et Guigues. L'hypothèse la plus probable : ils se sont partagés le domaine, Raymond IV rend hommage à Guigues VII de Viennois pour certains fiefs, mais non pour la totalité. Quels sont ces fiefs ? Certains locaux avancent des noms qui sont improbables, parce que contrariés par d'autres sources.

Tant et si bien que Raymond le Bossu, frère de Raymond IV, donne la suzeraineté à sa fille Galburge de Mévouillon. Cette dernière n'a rien à voir avec l'autre Galburge de Mison-Lachau, la nôtre. Des historiens se sont égarés, semant la confusion la plus absurde. Rappelons que Galburge de Mévouillon, fille de Raymond le Bossu, nièce de Raymond IV, appartient à la branche principale des Mévouillon. Sa cousine Galburge de Mison, fille de Bertrand seigneur de Mison, dit « de Mévouillon ou d'Agout », non prouvé, relèverait d'une branche cadette des Mévouillon par sa mère, Béatrix de Mévouillon (?), et sa grand-mère, une troisième Galburge de Mévouillon. Les descendances nombreuses par les femmes restent admises dans le Midi.

À propos, que sont devenus les Raimbaud de Lachau, les vrais héritiers ? Comment se fait-il que ce soit Raymond le Bossu, le cadet, restant le seul et unique suzerain de Lachau et non Raymond IV, le baron des domaines de Mévouillon ? Il manque plusieurs pièces au puzzle ; alors, prudence.

Par alliance avec Lambert II, seigneur de La Garde et de Montélimar, la fille de Raymond le Bossu donne ses terres à la belle-famille par descendance, notamment à Hugues II Adhémar… Cependant, vers 1330, les Lachau apparaissent

toujours comme les suzerains de Lachau (?). Arrêtons là l'invraisemblance.

Catonis disticha - 1250

# CHAPITRE XV

Malgré son âge, Galburge donne naissance, outre Guillaume, à deux autres fils, Pierre-Raynerii et Raimbaud. Ces deux derniers se retrouvent, l'un dans un acte pour dette, le 16 juillet 1338 est cité comme chanoine de Riez, l'autre, dix jours plus tôt, s'aperçoit dans un acte de vente, appelé sacristain, chanoine d'Aix.

## Les chanoines

À l'exemple du Christ, l'évêque s'entoure d'un chapitre composé de chanoines qui le conseillent. Le prélat sort généralement de leur communauté, élu par elle. Les chanoines réguliers (du mot *règle*) vivent en congrégation répondant à une observance commune. Les chanoines séculiers demeurent dans le monde, tel que vicaires, curés… Ils portent l'aumusse, sorte de pèlerine, sur un surplis de dentelle, aux broderies de leur ordre. Comme les clercs, les chevaliers, ce sont des organisations répondant à des préceptes stricts, religieux et bien établis. Interdiction leur est faite de se marier, selon le concile de Chalcédoine en 451. Les chanoines héréditaires mènent une existence de civil, avec une profession, ils répondent aux convocations des autorités religieuses pour tel ou tel ordre du jour. Civils ou ecclésiastiques, ils touchent une rente prélevée sur la dîme de l'église affectée.

À l'époque, la fonction de sacristain (de *sacré*) est dévolue à un dominicain ou à un franciscain dans le cadre de leur couvent. Il s'occupe uniquement de la liturgie et des vases sacrés, ne pas confondre avec le bedeau qui est l'homme à tout faire. Tandis que le prévôt applique la discipline.

Donc, Raimbaud se marie avec Mabile Adhémar de La Garde. Pendant que Pierre en fait autant avec Eléonara Adhémar de La Garde – les deux frères convolent en justes noces avec les deux sœurs.

Cependant se pose le problème de ces mariages avec des chanoines. Rambaud peut se concevoir comme « chanoine civil ». Pour Pierre, s'il est sacristain, il est porteur de soutane, impossible à marier ! D'autant plus étonnant que Baudon et Isnard, ses enfants, lui succèdent comme héritiers de la seigneurie d'Arzeliers. Une ineptie ?

Guillaume, l'aîné, titré de seigneur unique de Ribiers et bailli de Gap, fausse le droit féodal méridional. Dans le Midi, tous les héritiers, mâles ou femelles, héritent de leurs ancêtres paternels et maternels, en parts légales – aucun droit d'aînesse (rappel), sauf à se faire donation entre frères et sœurs. Donc Guillaume, Raimbaud et Pierre demeurent bien les co-barons de Lachau. Laissons les faux mémorialistes à leurs élucubrations.

## Le nouveau clergé

Avant le XIII<sup>e</sup> siècle, les ecclésiastiques s'introduisent peu à peu dans les structures sociales en se mettant au mieux avec les autorités locales qui leur confèrent des terrains et des privilèges pour exercer le catholicisme, naissance des églises et chapelles en dehors de l'enceinte seigneuriale, constructions de monastères, abbayes, maisons religieuses, bientôt les cathédrales... Les clergés régulier et séculier s'accommodent plus ou moins des structures mises en place. L'indépendance théologale naît peu à peu. Se confondant avec les civils, la haute prêtrise et les monastères acquièrent des terres avec des serfs qu'ils font travailler pour leur compte. Imitant les puissances, les évêques portent blason, s'initient à la politique, deviennent magistrats de haute et basse justice. Ils battent monnaie. Certains possèdent des soldats, d'autres exercent la puissance divine pour se faire obéir, oubliant même les principes fondamentaux des règles de la religion. Malgré les nombreux synodes tantôt les encourageant, tantôt les désapprouvant, les prélats se heurtent à leurs anciens donateurs. Ils se comportent en seigneurs féodaux. La réforme grégorienne et les principes clunisiens n'arrivent pas toujours jusqu'aux Baronnies.

Une troisième force va intervenir. Les seigneurs endettés vendent des chartes des libertés, ils octroient des pouvoirs aux villes et aux villages. Outre la naissance de la bourgeoisie qui accapare les postes de dignitaires, les consuls maintiennent une hégémonie contre les princes épiscopaux, grignotant sur les droits banaux. La lutte prend visage à Gap et à Embrun.

Alors interviennent les ordres mendiants qui vont révolutionner l'Église et la féodalité – une nouvelle conception. Franciscains et dominicains prêchent la pauvreté alors que les grands féodaux se goinfrent, se repaissent de richesses et de bien-vivre. Aider les pauvres, respecter ceux qui vous nourrissent, enfin faire du social, voilà des idées ! Dieu peut tout pardonner à condition du repentir – il fallait y penser ! Sinon la damnation éternelle. Surtout pas moi !

Les vieux féodaux ayant beaucoup à se faire pardonner, se montrent généreux avec les frères, en donations de tout ordre, terres, argents, constructions... Pour leur rédemption, ils finissent leur vie dans une cellule monastique après avoir passé la relève à leurs héritiers – presque une mode. La loi des grands seigneurs s'affaiblissant, le clergé se tourne vers une classe sociale montante, les comtes. Ce sont les suzerains des suzerains, plus ou moins de la famille du roi de France. Par conquêtes, rachats, ruses, ils agrandissent leurs comtés, au nom de Dieu et du roi. Les princes de l'Église suivent le mouvement afin de conserver leur monopole – bidirectionnel, le pape et le roi. Ce tandem fonctionne tant que l'un ne cherche pas à empiéter sur l'autre.

Les deux forces s'équilibrent, contrairement à l'Espagne. Les communautés libres, la bourgeoisie, les ordres mendiants, amènent lentement à un absolutisme aboutissant sur un droit royal, une affirmation d'un monarque.

Cependant, ce regain de spiritualité amène le mouvement béguinal, exclusivement féminin et laïque. Des femmes pieuses, veuves ou célibataires, se regroupent dans des maisons individuelles, autour d'une chapelle. Un règlement, différent selon les communautés, les régit, elles prononcent des vœux non perpétuels, elles portent l'habit religieux. Elles s'autogèrent autour une dame élue (la supérieure) pour deux ou trois ans, sans aucune contrainte. Tout doit être librement consenti. Elles peuvent vivre en famille. Elles se déclarent ordre mendiant comme leurs frères dominicains ou franciscains. C'est une nouvelle manière d'exprimer sa foi. Le mouvement s'étend dans le nord de l'Europe, Louis IX les installe à Paris, l'organisation descend lentement vers le Rhône jusqu'en Provence. Mais leur façon de vivre, surtout leur liberté et leur laïcité inquiètent le clergé séculier qui y voit de la concurrence ; en plus ce sont des femmes. Les corporations de tisserands leur confisquent leur métier à tisser pour cause de pertes économiques.

Au concile de Mayence en 1233, le grand inquisiteur Conrad de Marbourg les dénonce au nom de la morale chrétienne. Le pape ordonne immédiatement le cloîtrement des chartreuses et cisterciennes. Les frères mendiants-prêcheurs attirent la méfiance. Cependant elles s'activent dans des fermes, copient des manuscrits, enseignent, soignent et prient Dieu de les sauvegarder.

En 1311, elles seront accusées d'hérésie et fausses piétés. Certaines rejoindront les cisterciennes cloîtrées, d'autres périront dans les flammes du bûcher. Dans les Flandres, la population les protégera. Elles exerceront dans les maisons de retraite et disparaîtront en 2011.

La nouvelle dame de Lachau se remet de ses émotions tant qu'elle peut encore. Alors elle visite, d'abord le Buis où elle trouve Raymond V de Mévouillon en plein désarroi. Il n'arrive plus à joindre les « deux bouts ». Les dettes s'accumulent avec les testaments que lui a laissés son père, le religieux en pleine crise de conscience. Il voulait la réparation des torts faits aux vilains de sa baronnie. Le Viennois Jean devrait pouvoir l'aider, son suzerain, mais il est confronté lui-même à des problèmes de reconnaissances vassales et financières aussi. Aux Baux, le fils de Malbérione d'Aix (1220-1307) et de Raymond I$^{er}$, son neveu par la première alliance, la reçoit froidement. Il n'a que faire de cette tatie qui aurait pu prétendre à une part de la principauté par son époux. Son fils Bertrand IV, quatrième prince d'Orange, vient d'épouser Dragonette III, la fille d'Aleuse de Mirabel.

Partout c'est la consternation, la désolation, les grands deviennent encore plus grands, les petits disparaissent peu à peu. Et les moyens, comme le Viennois ? Ils vivotent… Les Baronnies restent sur leurs gardes, mais le nerf de la paix se maintient par l'argent. Le nerf de la guerre demeure l'argent, et d'argent il n'y en a plus.

Galburge doit faire face à un problème économique qu'elle ne pourra pas résoudre. Dans les campagnes, les paysans élèvent des moutons, solution de facilité. Il suffit d'un gardien, généralement un enfant, pour maintenir un troupeau qui n'émigre généralement pas, du moins pas encore. Les moines de Clairecombe s'y mettent aussi. La laine arrive sur les foires par milliers de boisseaux (mille boisseaux égalent trente-sept mètres cubes environ). Le coût du boisseau diminue, amenant les producteurs à la famine. Indépendamment, des marchands peu scrupuleux importent des draps des Flandres, plus fins, plus soyeux, fabriqués par de nouveaux appareils industriels, avec un coût bas. Les nobles aux goûts de luxe s'en font faire des vêtements. Les tisserands ferment leurs boutiques et les foulons cherchent un autre métier. Ces négociants en drap, par leur fortune, accèdent facilement à la magistrature des villes, à la bourgeoisie.

Le petit peuple se révolte, casse quelques échoppes, saccage les étalages. En vain, le guet communautaire embarque les mécontents.

Pauvre Galburge ! Elle ne sait où elle en est, entre ses terres vendues, celles vendues en viager et ses terres en alleu (en bien propre). Bertrand de Lachau-Mévouillon, son beau-frère, va l'assister dans ce brouillamini. La présence d'un mâle, parfois, calme les ardeurs expansionnistes de certains phallocrates.


*Bulletin d'information :*

*31 mai 1272 – Le comte de Provence, par lettre, ordonne à son sénéchal, Guillaume de Gonesse, de faire flotter son étendard sur ses nouvelles conquêtes provençales, il se réclame roi de Sicile et de Jérusalem, comte d'Anjou, de Provence et de Forcalquier, prince de Capri et duc des Pouilles. Ce petit roi méprise la Provence et le Dauphiné.*

*19 janvier 1274 – Le pape Grégoire X acquiert le comtat donné par Philippe III le Hardi, roi de France. État entre Rhône et Durance comprenant le mont Ventoux, les Dentelles de Montmirail, Carpentras, Vaison-la-Romaine, L'Isle-sur-la-Sorgue et Cavaillon.*

*29 juin 1274 – Les deux Églises, catholique et orthodoxe, se réconcilient, acte non compris par les Grecs pendant que le comte de Provence maîtrise la mer Égée avec ses corsaires.*

*21 août 1274 – Mariage de Philippe III le Hardi avec Marie de Brabant.*

*26 mars 1276 – Charles d'Anjou, comte de Provence, ordonne la libération des juifs convertis et relaps emprisonnés par l'Inquisition.*

*3 avril 1281 – Le comte de Provence est écrasé par les troupes byzantines devant Bérat en Albanie.*

Profitant d'une période de répit, Galburge et Raimbaud vadrouillent dans la famille, laissant les soucis de Lachau et de Mison au beau-frère Bertrand, dont la droiture attire le respect à des centaines de lieues à la ronde. Son âge lui amène l'austérité. Elle en fera son procurateur.

Leur arrivée à la nouvelle cour des Montauban, à Nyons, se fait dans la bonne humeur. Raimbaud, malgré ses trente et un ans, garde un cœur d'enfant. On vient d'inaugurer le nouveau château bâti sur l'ancien. Beaucoup de cousins, même éloignés, viennent pour l'événement, mais secrètement pour voir le nez du seigneur Raymond Gaucelin VI de Lunel, le gendre, car il a épousé Randonne de Montauban, fille de Dragonnet III et d'Aleuse de Mévouillon.

— Enfin du sang neuf ! s'exclament des commères. Cela va nous changer des Mévouillon, des Montauban, des Adhémar… Ce n'est pas étonnant qu'il y ait des simplets dans la famille…

Trois enfants courent dans les jupes de leur mère, Ronsoline (1262-1295), Raymonde Randonne et la douce Guise. De Lunel, seigneur de Nîmes, embrasse Galburge comme du bon pain. C'est un homme simple, sans apparat, qui semble gêné dans le monde. Entre deux âges, il paraît athlétique avec ses épaules de catcheur, mais avec un nez normal malgré les dires des mauvaises langues. Dragonette et Randonne entourent la nouvelle arrivée. Bien que plus jeunes, elles admirent Galburge pour ce qu'elle fait, pour ce qu'elle est. Résister à la fois au dauphin et au comte de Provence, c'est un exploit, surtout pour une femme. Veuve Dragonette vient de se marier avec Giraud IV d'Adhémar de Monteil. Encore un Adhémar ! Raimbaud de Lachau, au milieu de ses retrouvailles, se perd dans la foule des courtisans ? Ce n'est pas non plus un homme de cour. La dame de Mison-Lachau s'aperçoit qu'elle a oublié son mari. Elle le cherche et tombe sur le vieux Dragonet, le réel seigneur des lieux qui a quitté sa cour de Montauban pour se confondre avec un peu de jeunesse. Ému, il a une larme qui coule dès qu'il aperçoit la princesse. Cela fait bien une trentaine d'années qu'ils se sont vus. Malgré les différends familiaux, il garde un coin de tendresse pour elle. Elle a bien changé, lui aussi. Petit… Il n'a jamais été grand, mais avec l'âge il se tasse. Il se renferme sur lui-même, les épaules rabattues sur le plexus. Il a gardé ses yeux bleu délavé, mais les globes s'injectent de veinules. Où est passée sa tignasse de lion ? Les cheveux désertent son crâne, hormis quelques-uns qui s'agrippent en désordre. C'est à cause du casque de combat, déclare-t-il à sa cousine qui n'a pu cacher son étonnement.

Assise sur une chaise à l'écart son épouse, Aleuse de Mévouillon les contemple, le sourire aux lèvres. Elle a toujours aimé chez sa cousine son côté garçon manqué. Galburge aborde toujours une attitude franche presque brutale. On dirait même qu'elle cherche querelle. C'est la vie qui lui donne cette apparence, ce sont les épreuves qu'elle a traversées qui l'affirment – peut-être aussi les conseils de papa Bertrand, son père, au sortir de l'adolescence. Elle s'assoit sur une banquette entre les deux vieillards. Elle leur raconte ses dernières péripéties avec ce crétin prétentieux de Laveno.

— Mais qui récolte les taxes et impôts ? demande le seigneur de Mondragon.

— Qu'il s'arrange avec ses loufiats. Je ne vais pas encore faire la quête pour lui. C'est maintenant Bertrand de Lachau-Mévouillon, mon beauf, qui est mon procurateur en mon absence. Je lui interdis de l'aider dans sa tâche. Mes vassaux continuent à me rendre hommage, malgré tous ces chamboulements. Cela me réconforte. Qu'il se débrouille pour récupérer son argent ! J'ai fait mes calculs, je finirais de payer dans trois ans. Il n'aura pas un sou de plus.

— Je te reconnais bien là. Tu n'es pas comme ton père, un panier percé. C'est lui réellement le responsable.

*Pas un panier percé ? C'est vite dit !*

Tranquillement Raimbaud émerge de la cohue.

— Tiens, Raimbaud, viens ici, mon grand, j'ai appris les exploits de ton frère et sa mort en prison. Qu'est-ce qu'il lui a pris ?

— Rien de bien grave, il a abusé de plusieurs filles, tué leurs pères qui s'interposaient, pillé un monastère. Enfin un comportement normal pour un baron. C'est le sénéchal, cette ordure, qui s'est mêlé de nos affaires avec l'assentiment du frère du roi. Il a pris ces prétextes pour assujettir Bertrand-Reybaud et Galburge. Devant leur refus, il s'est vengé. Il disait que le dauphin étant vassal du comte de Provence, il est évident que les vassaux des vassaux lui rendent hommage. Mais nous ne sommes pas vassaux du dauphin pour certaines terres. Son juriste, Laveno, a prouvé que le père de Galburge a été seigneur de haute justice à Pomet pour réclamer des dettes contractées sur le domaine, terre qui a été donnée à Bertrand-Reybaud par Galburge. En plus, les lods — la taxe sur les donations — revenant au suzerain même s'il n'est pas concerné, doivent lui être payés, mais il n'est pas notre suzerain…

La sagesse l'emporte sur la fougue de jeunesse sortant de la bouche de l'anachrone :

— Cela ne sert à rien de se battre contre plus fort que soi. Je pense que l'on va tous se faire manger par le roi de France, sinon par l'empereur germain, l'un comme l'autre avec la bénédiction papale.

Ces paroles ressemblent à celles prononcées par Raymond de Mévouillon. Les anciens, au seuil de la mort, après une vie truculente, excessive, picaresque, licencieuse, se tournent vers l'altruisme, la mansuétude de soi-même avec une bonne dose de religiosité, comme s'ils avaient quelque chose à se reprocher. Ils apparaissent devant Dieu vêtus de lin blanc et de probité candide — la peur de l'au-delà, de l'inconnu, des enfers.

Les convives se rassemblent dans la grande salle du rez-de-chaussée pour écouter les troubadours qui se mettent en place.


## La chanson de geste


La chanson de geste est un long poème en décasyllabes retraçant les exploits légendaires de personnes ayant existé pour la plupart. Ces faits d'armes se retrouvent mélangés avec des récits imaginaires mettant en valeur un ancêtre, assurant ainsi le prestige de la lignée. Pour augmenter l'héroïsme des personnages, les troubadours y mêlent des dragons, démons, de l'extraordinaire.

Cette littérature médiévale du début du XI<sup>e</sup> siècle reprend la suite ou raconte les grandes épopées de l'Antiquité avec une vision de l'époque. Au XIII<sup>e</sup> siècle, ils ignorent le vécu des siècles précédents, leurs coutumes, leurs costumes. Ils ne pensent pas qu'il y ait eu une évolution dans l'habillement, les armes ou les outils. Ainsi, ils représentaient les soldats romains crucifiant le Christ habillés en chevalier ou Ulysse en bourgeois.

Écrites ou récitées par cœur en occitan, ces romances se chantent accompagnées de musique, peut-être avec des ménestrels mimant les scènes.

## La geste de Guillaume d'Orange

Aymeric de Narbonne emmène ses quatre fils à la cour de Charlemagne pour les faire chevaliers. Chemin faisant, ils rencontrent une troupe de Sarrazins venant d'Orange qui amènent un cheval nommé Baucent à leur roi musulman Thibaut, cadeau de noces de la princesse Orable à son futur. Aymeric et ses enfants battent les Sarrazins et s'emparent du cheval. Aux dires d'un prisonnier, Orable est d'une beauté exceptionnelle dont Guillaume tombe éperdument amoureux. Par l'intermédiaire du captif libéré, Guillaume lui envoie un épervier avec la promesse de l'épouser. Orable devient amoureuse à son tour. Il lui envoie un anneau d'or pour confirmer sa promesse.

Impressionné par la bravoure de la progéniture d'Aymeric, Charlemagne l'adoube chevalier immédiatement. Coup de tonnerre ! La mère appelle ses fils au secours, car Narbonne vient d'être assiégée par les mahométans. Guillaume repousse l'ennemi. Orable écrit à son royal soupirant qu'elle refuse de l'épouser. Abandonnant Narbonne, le roi met le siège devant Orange détenu par d'autres islamites. Le brillant chevalier et sa cavalerie délivrent la ville, les musulmans s'enfuient en abandonnant leurs richesses sur place. Guillaume, devenu Guillaume d'Orange, épouse Orable après qu'elle se soit convertie au christianisme. Vieilli, Charlemagne appelle Guillaume à Aix-la-Chapelle pour protéger son fils Louis contre les pairs de l'empire qui veulent l'exclure de sa succession.

Mais cela fera l'objet d'autres soirées concernant la geste de Guillaume d'Orange.

*Mort de Roland au col de Roncevaux. Enluminure de Jean Fouquet.*
*Bibliothèque nationale de France.*
*(À noter que l'armure date du XVᵉ siècle.)*

269

# CHAPITRE XVI

Le temps de réjouissance revient comme au temps des Baux d'Orange. Raimbaud et sa femme s'en donnent à cœur joie. Les joyeuses fêtes se perpétuent de jour en jour. Aleuse et Dragonnet se sont brutalement enfuis pour se réfugier dans leur château de Mirabel. La dame des Pilles et de Blacon se meurt, son mari s'alite et ne tardera pas à la suivre – une génération qui s'en va au pays des anges. Que la fête redouble, ils auraient tant aimé que leurs invités festoient sur leurs cercueils.

Une autre mort qui ne changera rien pour Galburge, Jean I$^{er}$, le dauphin de dix-huit ans, meurt d'une mauvaise chute de cheval. N'ayant pas d'héritier, et par testament, sa sœur Anne d'Albon de Bourgogne s'assoit sur le trône dauphinois, une transmission par les femmes. Son mari, Humbert de La Tour-du-Pin, se retrouve Humbert I$^{er}$, comte du Viennois, d'Albon, de Grenoble et bien d'autres choses, à sa grande surprise. Le couple règne maintenant. Les problèmes des nouveaux hommages se posent de nouveau.


### *Confusion :*

*Entre Anne d'Albon ou de Bourgogne (1192-1242), fille de la sœur de Guigues VI, dauphin, comte d'Albon et celle qui nous concerne, Anne d'Albon (1255-1298), sœur de Jean I$^{er}$ qui lui lègue le Dauphiné, fille de Guigues VII. Bien que cousines, une génération les sépare.*

Humbert I$^{er}$, nouveau dauphin, baron de La Tour-du-Pin, agrandit la terre de sa femme en y joignant sa propre baronnie. Ce qui sépare, sans voie d'accès, la Bresse et la Savoie. Le comte Philippe I$^{er}$ de Savoie entre en guerre contre Humbert I$^{er}$. Les guerres de l'époque consistent principalement à des chevauchées en territoire ennemi, pour tout ravager et terroriser les paysans. Cela va occuper les deux antagonistes un bon bout de temps, laissant de côté provisoirement les hommages des Mévouillon.

Des difficultés vont ramener les amoureux à Mison : l'abbaye de Clairecombe située à Ribiers. Le monastère Notre-Dame, en forme de croix latine, présente un transept de quatorze mètres, une nef de sept mètres de large, une aile des moines, au sud, de quarante mètres. Construit au XII$^e$ siècle, sur le modèle de l'ordre de Chalais, il devait abriter une importante communauté. En 1280, elle en est réduite à six moines y compris l'abbé. On connaît un certain nombre d'abbés que l'on retrouve dans différents actes, Guillaume, un certain D, Jacobo Sixtus, Richaud, Maisaccus, Olivier et Raymond Ruffi. Il y en a eu d'autres certainement. Un conflit éclate en 1278 entre les moines et leur abbé Olivier. Les religieux accusent leur supérieur de dilapider les biens de l'abbaye à son profit. Plusieurs plaintes se déposent dans deux évêchés, car Clairecombe dépend du prélat de Gap, mais la maison mère de Lure se rattache à Sisteron. Les moines ignorent leur abbé. Sentant le vent venir, Bertrand de Lachau-Mévouillon, au nom de Galburge et à celui des descendants de Bertrand-Reybaud, coseigneurs de Ribiers, occupe les monastères avec ses soldats.

Le père Olivier, par qui le désordre arrive, disparaît. Envoyé par l'abbaye de Lure, Raymond Ruffi, bénédictin, prend les rênes, cherchant à sauver ce qu'il peut l'être encore.

Soudain apparaissent, armés de pied en cap, les chevaliers de l'ordre de Saint-Jean de Jérusalem, prêts à affronter l'armée de Bertrand. Ces hospitaliers revendiquent Notre-Dame de Clairecombe comme leur appartenant. Ruffi, au nom de Dieu, s'interpose.

Que s'est-il passé ? Pierre de Mison, le grand-père de Galburge, avait-il donné en alleu le terrain de l'abbaye tout en en restant propriétaire, ou l'avait-il abandonné de plein droit aux Bénédictins ? Bertrand, le fils, avait confirmé l'acte en 1248. Quelle était la teneur des originaux ? Secrètement, l'abbé Olivier l'avait-il vendu aux Hospitaliers ? Les annales restent muettes. D'un côté les moines et le seigneur de Lachau restent sur leur position, de l'autre les Hospitaliers de la commanderie de Saint-Pierre-Avez se déconcertent de leur privation de jouissance. On négocie, on transige, on parlemente, on pactise.

Le 15 mai 1282, une transaction entre Bertrand de Lachau-Mévouillon, seigneur de Ribiers, et le représentant Guillaume de Villaret, prieur de Saint-Gilles, relativement au partage de la mense de l'abbaye de Clairefontaine (les revenus) intervient :

— Les copartageants se défendront mutuellement.

— Les chevaliers de Saint-Jean rendront hommage au seigneur de Ribiers avec les revenus afférents.

— Ils ne pourront pas construire de maisons fortes.

— Ils auront droit de pâturage.

— Le partage entre les moines et le seigneur de Ribiers reste acquis.

— Tous actes signés par Raymond Ruffi, se disant abbé de l'abbaye, seront nuls.

— Bertrand de Lachau-Mévouillon défendra l'ordre de Saint-Jean contre tous, sauf contre le comte de Provence et le dauphin.


*Bulletin d'information :*

*30 mars 1282 – Les Siciliens se révoltent contre les Français du comte de Provence (vêpres siciliennes), encouragés par Pierre III d'Aragon. Les massacres durent un mois et demi et obligent Charles d'Anjou à abandonner la Sicile.*

*24 septembre 1282 – Jean I$^{er}$, dauphin, meurt d'une mauvaise chute de cheval. Sa sœur Anne lui succède.*

*27 septembre 1282–Roger de Laura, amiral catalan, déroute la flotte du comte de Provence, Charles, en Méditerranée.*

*8 juillet 1283 – Défaite à Malte de la flotte de Charles II d'Anjou, le boiteux.*

*5 juin 1284 – Il est fait prisonnier et reste captif quatre ans. À la mort de son père, en 1288, il est toujours en prison.*

*7 juillet 1285 – Début du règne de Charles II d'Anjou, prisonnier.*

*3 septembre 1285 – Roger de Laura bat la flotte du roi de France à Fornigues.*

*5 octobre 1285 – Mort de Philippe III, début de règne de Philippe le Bel.*


Le pape Martin IV émet une bulle à l'archevêque d'Embrun, ordonnant à Raymond de Mévouillon, le 13 juin 1282, d'accepter l'évêché de Gap. Ce frère prêcheur, bien qu'élu par le chapitre de Gap et autorisé par ses supérieurs, avait refusé la fonction par ascétisme, pour être simplement plus près de Dieu. C'est le fils de Raymond IV de Mévouillon.

Jordan de Rosans rend hommage à Raymond V de Mévouillon pour sa cité et pour Sorbiers. Raimbaud et Galburge en témoignent.

La charte des libertés octroie certains droits aux habitants et dispense de certains impôts dus au seigneur qui reste propriétaire foncier des villages. Celle de 1209, la même pour huit ou neuf communautés, autorise les villageois à se comporter en hommes libres, disposant de leurs biens personnels transmissibles à leurs héritiers. Auparavant, leurs hardes, vêtements et défroques, même carcasses, relevaient de l'hobereau local (noble). Les règles leur permettent de s'administrer eux-mêmes par l'intermédiaire de consuls élus. Ces derniers prennent l'avis du seigneur ou de son bailli et les conseillent. C'est un avancement, mais pas la panacée. Ces libertés mal comprises engendrent des querelles entre villages, les uns se croyant supérieurs aux autres. La compétition et le mépris s'installent rapidement allant jusqu'à l'émeute. Chacun se cantonne dans son petit territoire très mal défini. Les consuls, ayant droit de basse justice pour leur communauté, se permettent de condamner un étranger voisin qui aurait fait paître ses moutons sur leur territoire. Un arbre abattu pour se chauffer déclenche des protestations parce que coupé sur la frontière villageoise. Ainsi le ton monte entre Ballons (Balaion) et Lachau. Une maison brûle, des inconnus rudoient un Ballonnais.

Bertrand de Lachau-Mévouillon et Galburge de Mison-Lachau s'interposent en tant que seigneurs des lieux. Et comme dans le Midi tout finit par des négociations, alors on négocie. La dame de Lachau, rusée comme un renard, fait admettre que certains champs et certains bois bordiers appartiennent aux deux communautés parce que, en droit, ils sont « mitoyens ». Maintenant que veut dire le mot *mitoyen* ? Ce n'est pas dans le vocabulaire de monsieur Tout-le-Monde.

Les deux parties se quittent satisfaites pensant chacune avoir gagné. Donc, les moutons pourront aller paître chez les voisins tandis que les bûcherons raseront les arbres limitrophes, à l'exception des végétaux des bois de Chabre. D'autres conflits éclateront par ailleurs, pour les fours banaux, pour la chasse…

La soixantaine arrive pour la baronne de Lachau-Mison, l'âge où on se pose des questions sur la vie éternelle. C'est le moment aussi où l'on doit se racheter pour mériter son paradis. Comme l'ont fait tous les grands féodaux, Raymond IV, Dragonet de Montauban, Bertrand de Mison et bien d'autres. Raymond V vient d'abdiquer vers l'abbaye Saint-André d'Avignon en laissant sa baronnie de Buis au laxisme de son fils Raymond VI.

Son mari, de nature doucereuse et bienveillante, l'accompagne partout. Le contraire d'une foudre de guerre, Raimbaud préfère les *credo in unum Deum* aux rudes tournois. Il se serait fait prêtre que cela n'aurait étonné personne. Resté damoiseau, il est parvenu dans son jeune temps, tout de même, à obtenir le grade de bachelier (apprenti chevalier). Puis le maniement des armes lui donnait des douleurs au poignet. Alors il a rengainé son épée, a mis son casque sous le bras, et il est rentré chez lui. Personne ne lui a rien demandé.

— Un peu calotin ! s'exclame son frère.

Il a été nommé chanoine du chapitre de Gap par son cousin

Raymond, l'évêque. Selon la grande mode, il demeure un homme pieux sans excès, stable… Il vit dans l'austérité contrairement à une épouse fluctuante tantôt mature, tantôt farfelue. À son troisième enfant, il ne s'attend pas à jouer un grand rôle. Si on ne l'avait pas forcé à épouser l'héritière de Mison, certainement qu'il aurait revêtu la robe de bure. Réellement, il se trouve étouffer par la personnalité de Bertrand Lachau-Mévouillon qui gouverne, régente, manage, administre, contrôle tout. Rien ne lui échappe, ses biens propres, ceux de la baronnie, ceux de Mison…

Veuf de Guillerma Augier, Bertrand de Lachau vient d'épouser Alasacie des Baux qui lui rapportera quelques fiels supplémentaires à la mort de son beau-père.

En 1282, Galburge accepte enfin de rendre hommage sur certaines de ses terres à la nouvelle dauphine Anne et à son mari, Humbert I$^{er}$ de La Tour-du-Pin.

Le 5 septembre 1283, Rostaing de Sault et Olivier de Montferrand, procureurs du baron de Mison, prêtent hommage aux dauphins pour Pomet, Châteauneuf-de-Chabre, Lagrand, Sainte-Colombe, Chanousse, Arzeliers, Sigottier, Orpierre et Étoile. Les Viennois respirent. La vieille baronne est domptée. Enfin le croient-ils !

# CHAPITRE XVII

Dès 1284, Galburge et Raimbaud acceptent de séjourner au Buis, dans le manoir de Raymond de Mévouillon qui doit partir en urgence à Embrun où il vient d'être élu archevêque. Il laisse derrière lui les problèmes de fours à pain, les démêlés dauphinois avec les consuls de Gap. Dieu l'appelle ailleurs. Raymond le dominicain pense que la vieille baronne peut réconcilier le père et le fils et régler ses problèmes de créances.

Six ans avant, Raymond V dit le Dom, émancipe son fils et lui fait don des Baronnies. Lui aussi répond à l'appel de Dieu et entre au couvent, laissant son fils se débrouiller avec les dettes qu'il lui laisse. Les Baronnies valent bien quelques remboursements. Est-ce un passif accumulé par le fils dont le père se serait porté garant ou est-ce un débet accumulé au fil du temps par le baron lui-même et ses prédécesseurs. Acculé au mur, Raymond VI, le nouveau seigneur, ne peut rembourser 200 livres empruntées à son cousin, Raymond de Montauban. Des hommes de loi chahutent le religieux au fin fond de son couvent. L'ex-Raymond V envoie à sa progéniture une lettre pleine de reproches en lui demandant de payer ses créanciers. Le fils prodigue lui renvoie la balle. Il réunit ses vassaux pour les instruire de son intention de vendre les Baronnies pour payer les dettes de son père – tiens, il avait des dettes !

Par esprit de famille, Bertrand des Baux (1235-1305), comte d'Avelino (Italie), lui attribue en fief le quart du château de Brantes et ses revenus, la part qu'il avait reçus à la mort de son épouse.

Toute la parentèle accourt à Vienne, l'archevêque, Raymond V, des religieux inconnus de Galburge, une débauche de soutanes et de robes de bure. Raimbaud de Lachau reconnaît les ordres :

— Tiens ! Un cistercien, une dominicaine, un chartreux, qu'il dit à sa femme qui s'en moque.

Ils vont tenter de réconcilier le père, le fils (et le Saint-Esprit). Les uns préconisent la tolérance pour la jeunesse, les autres proclament le respect de la paternité en payant les dettes. Raymond VI n'a-t-il pas ramassé la baronnie des mains de l'auteur de ses jours ? Il y en a d'autres encore qui ne savent pas qui soutenir. Les vieux croient encore être un poids dans la négociation familiale. Le jeune Raymond arrive, suivi d'une meute de jeunes loups à demi éméchés. Il balaie d'un coup les vieilles peaux défraîchies :

— De l'argent, je n'en ai pas. Les caisses ont été vidées par mon père. Je vais vendre la baronnie tout entière.

— Pas tant que je serai vivant ! s'exclame l'accusé, je te le défends.

Le flagrant bipède se retourne vers son procréateur, hausse les épaules et disparaît avec ses écornifleurs. Les devanciers n'ont pu intervenir comme frappés par un éclair. Ils n'en ont pas eu le temps. Ils se regardent tous mutuellement – pas d'appel à la raison des « grands papas ». Ah ! ces jeunes. Déjà Raymond IV, le grand-père, avait dû vendre des libertés aux gens de Mévouillon pour récupérer 1 000 livres. Galburge et Raymond comprennent que tout provient de ce besoin d'argent. Génération après génération, elles ont tout dépensé sans compter. Ces banqueroutes de seigneurs conduiront à l'extinction de la féodalité. Les finances Mison-Lachau ne valent guère mieux, heureusement que Bertrand prend tout en main. Les vieilles barbes regagnent leurs pénates, dépitées de n'avoir pas été consultées. Les Mison-Lachau réintègrent le manoir du Buis.

Raymond le Jeune tente une affaire financière avec les juifs de Carpentras. Ce qui lui vaudra d'augmenter son endettement.

Le 16 mars 1286, le pape Honorius IV enjoint à Raymond de rétablir le péage au village des Pilles, sur ses terres – pour quelle raison ? La grande histoire se tait. Peut-être à cause du Comtat de Venaissin tout proche, propriété du Vatican. Le jeune baron lui répond que, bien que pape, il n'a pas à faire d'exaction sur ses terres qu'il détient de ses ancêtres et de l'empereur du Saint-Empire romain de Germanie. Par contre, il se plaint des troubles occasionnés par les officiers du pontife à son administration de Visan, Mollans, Mérindol...

Le 15 novembre 1287, revenant à de meilleurs sentiments, le fils rebelle restitue à son père le fief de Séderon et autres possessions usufruitières pour payer ses propres dettes uniquement, aliénant que s'il en reste, l'argent retombera dans son escarcelle. Rien ne reste et cela ne suffit pas pour le solde débiteur.

Le 3 février 1288, ayant reçu en don les terres, Raymond le Jeune se doit de tout payer, mais il ne peut les vendre qu'à la mort de son père. Un accord intervient avec rétrocession paternelle des châteaux de Barret-de-Lioure, Aulan, Montbrun, Ferrassières, Château-Reybaud, Cotignac et Aiguillon pour solde de tout compte des dettes de Raymond V.

Accablé par une insuffisance de numéraire, et après avoir levé un impôt exceptionnel, le baron vend aux habitants du Buis des libertés et franchises. Il les exempte de tailles, de corvées et de service armé, mais il conserve la pleine propriété de son domaine ainsi que tous les pouvoirs, tout cela pour la somme rondelette de 10 000 livres. Nous sommes le 8 mai 1288.

Rien ne va plus à Die. Prenant les armes, les citadins choisissent Raymond V, l'endetté, pour seigneur – un manque d'information. Le prélat seigneur, fine mouche, connaît les problèmes du baron et lui promet aide.

Cherchant à conserver son patrimoine, du moins ce qu'il en reste, à l'insu de tous, le 16 août 1291, il signe une vassalité du haut domaine de la baronnie avec l'évêque de Valence et de Die. Le prélat devient son suzerain, il place ses possessions de franc-alleu en fiefs dépendant de son seigneur par le traité de Chamaloc.

Jean de Genève († 1297) s'assoit sur le siège épiscopal de Die en 1283 à la place de son frère, élu par le chapitre, mais évincé par le pape. Il descend de la maison de Genève. Outre Die, il accumulera jusqu'à son mort les fonctions de prieur de Nantua, d'abbé de Saint-Seine dans le diocèse de Langres où son oncle est évêque. Aux dires de Raymond VI, la population le déteste, peut-être à cause de l'éviction de son frère. Elle l'oblige à se réfugier chez le baron. Une seconde révolte éclate. L'évêque se rend à Murât auprès de l'empereur germanique. À son retour, il prétend faire payer les frais du voyage aux bourgeois de la ville. Il doit y renoncer et absout les rebelles.

Au fin fond de son couvent dominicain, Raymond V fulmine. D'après lui, son fils ne peut passer sous une suzeraineté quelconque à cause du testament de Raymond IV, son père, qui prohibe cette action. Les dispositions de 1263 précisent qu'aucun descendant ne peut faire acte d'allégeance pour la baronnie accordée en 1178 par l'empereur germanique. Rappelé à l'ordre par son supérieur, il donne procurations à Giraud de Montbrun et Guillaume de Rémuzat pour intenter un procès pour atteinte à la suzeraineté de sa baronnie.

Raymond VI fait allégeance lige à l'évêque de Die, jure fidélité contre une somme de 10 000 livres. L'acte stipule qu'il conserve son autorité, le droit de battre monnaie…

Six mois plus tard, Jean de Genève revient sur le contrat cherchant à récupérer les terres en pleine propriété. Son étendard flotte sur toute la baronnie. Apprenant les actions en justice de Raymond V, il s'en ouvre à l'archevêque de Vienne et au seigneur de Saint-Trivier-en-Dombes. Un procès donne raison au dominicain à charge pour son fils de restituer à l'évêque la somme de 6 000 livres. La suzeraineté est donc nulle.

Humbert I^er se saisit de l'opportunité qui se présente pour récupérer la baronnie des Mévouillon. Raymond le Jeune et le comte viennois se rencontrent plusieurs fois. Galburge de Mison intervient de son côté auprès du comte de Vienne pour sauver ce qu'il y a à sauver. Humbert et Raymond ne l'entendent plus de cette oreille. De quoi se mêle-t-elle ? Raymond de Mévouillon, l'archevêque, estime déjà que tout est perdu, mais Galburge, c'est une femme, alors elle revient à la charge. Ce qui va la discréditer aux yeux des deux compères.

Le 10 juillet 1293, le baron signe cette fois avec le dauphin, à Chabeuil dans les mêmes conditions qu'avec Jean de Genève, de nouveau 6 000 livres lui sont versées. C'est la fête à Buis. « On a gagné, on a gagné… » Comme d'habitude, on ripaille, on bouffe, le vin coule à flots. On pense que tout est fini et qu'on peut de nouveau s'endetter dans des fêtes à tout casser. Raymond s'est fourvoyé, il a simplement changé de maître.

— Crime de félonie, hurle le prélat de Die à qui veut bien l'entendre.

Il en appelle à l'archevêque de Vienne et au seigneur de Saint-Trivier pour une médiation, croyant à leur amitié. En fait, les deux complices copinent avec Humbert et profitent largement de ses largesses et de sa cour. Leur sentence tombe, seule la seconde vassalité sera légalisée, celle du dauphin. Une négociation s'ensuit. Humbert indemnise largement l'évêque en lui donnant trois châteaux et leur mouvance, ses droits sur Crest. Il lui promet de mettre au pas les habitants de Die en perpétuelle révolte. Le prélat renonce à ses droits sur Mévouillon. Raymond VI se venge sur l'évêque en soutenant la révolte dioise. Les Diois ne l'ont-ils pas réclamé ? Il accourt avec ses freluquets et quelques jeunes noblaillons à sa botte. Dans son dos, Humbert et Jean de Genève signent un accord à Romans.

Le dauphin surgit dans le Diois avec ses troupes, Raymond s'enfuit lâchement. La ville ne peut résister, les soudards massacrent, pêle-mêle, les bourgeois, les ouvriers, les prêtres joyeusement. Ils mettent à sac le bourg. Il ne reste plus aucun paroissien debout. Sans ouailles et sans curé, l'évêque de Die s'en retourne dans son autre évêché, à Valence, la tête haute. Promesse tenue ! s'esclaffe Humbert I<sup>er</sup>.

Le 3 décembre 1293, rend hommage au jeune Mévouillon pour le château de Barret qu'il lui a vendu.

En 1294, Raymond IV de Mévouillon, cherchant à s'approprier les faveurs du nouveau pape, saint Célestin V (1209-1296), adresse une demande de fondation d'un couvent aux Buis, aux franciscains de Montpellier. Immédiatement, le pontife ordonne à son oncle Raymond, l'archevêque d'Embrun, ainsi qu'à tous les seigneurs de protéger les biens du damoiseau de Mévouillon.

Trop tard !

Le vieux baron, Raymond V de Mévouillon, le Dom, s'éteint dans son couvent d'Avignon. Son fils peut maintenant vendre librement leurs terres.

Quelques mois après, le 28 juin 1294, Raymond de Mévouillon, l'archevêque d'Embrun, disparaît à son tour. Il ne verra pas l'inauguration du couvent du Buis. Que Dieu ait leurs âmes !

Le 3 novembre 1297, le dauphin Humbert paie le solde de la vente de la baronnie, soit 1 400 livres que les créanciers s'arrachent.

Le 15 février 1297, les dauphins, Anne et Humbert, donnent les comtés de Gap et d'Embrun à leur fils Jean qui, lui-même, se soumet au comte de Provence.


<u>*Bulletin d'information :*</u>

*6 janvier 1286 – Sacre de Philippe IV le Bel, roi de France, à Reims.*

*14 mai 1286 – Première assemblée des États de Provence à Sisteron.*

*29 mai 1286 – Hommage d'Édouard I<sup>er</sup> d'Angleterre au roi de France.*

*19 février 1291 – Signature du traité de paix, à Brignoles, entre Alphonse III d'Aragon et le comte de Provence, Charles II d'Anjou.*

*Février 1294 – Premier carnaval mentionné à Nice avec Charles II d'Anjou, comte de Provence.*

*24 octobre 1301 – Philippe IV le Bel proclame l'indépendance de la monarchie au temporel (laïcité), par rapport à l'Église de Rome.*

*8 décembre 1301 – Ordonnance de Philippe le Bel contre les excès de l'Inquisition.*

*5 juin 1305 – Bertrand de Got, évêque de Bordeaux, est élu pape sous la pression de Philippe le Bel. Il prend le nom de Clément V, premier pape d'une série en France.*

*24 janvier 1308 – Arrestation des templiers de Lachau sur ordre de Philippe le Bel.*

*Février 1308 – Le pape entend se réserver le procès des templiers.*

*5-15 mai 1308 – Philippe le Bel fait approuvé le procès des templiers en France, par les états généraux.*

*9 mars 1309 – La papauté s'installe en Avignon.*

*12 mai 1310 – Cinquante-quatre templiers sont condamnés et brûlés aux portes de Paris.*


En 1302, fin de la tranquillité, Galburge va se retrouver au milieu d'une véritable guerre locale. Des tensions existent entre Gaudissard, dont le seigneur Falques de Pontevès inféodé au comte de Provence, et les communautés environnantes, dont Lachau, ancien domaine des Mévouillon. La frontière entre les anciens ennemis passe à cet endroit. Les petits tendent à reproduire les querelles des grands. Bertrand et Galburge étaient déjà intervenus pour des droits de pâturage et bûcheronnage entre les gens de Lachau et ceux de Ballon.

Cette fois, les fours à chaux prétextent le désaccord. Les fours à chaux ou chaufour se construisent soit en pierre, soit plus petits, creusés dans des galeries. Une cheminée permet le dégagement des fumées. Ils appartiennent aux maîtres des lieux qui les louent aux paysans. La chaux s'obtient par calcination d'une pierre calcaire chauffée à huit cents degrés. Les ouvriers l'humectent d'eau, elle se disloque peu à peu pour devenir une pâte. Les maçons la mélangent à des agrégats pour l'utiliser en enduit ou mortier. Pour se faire, il faut énormément de carburant.

Il y a trop de fours à chaux, disent les uns, ils consomment énormément de bois, notre bois, prétendent les autres. Un accord entre les seigneuries fait que chaque communauté peut couper du bois ou se servir des fours situés à proximité de la frontière.

En 1302, une délégation de Lachau, consul en tête, vient protester contre les abus des gens de Gaudissart. Les habitants de ce village les enferment dans un four. En réaction, les habitants de Lachau, Barret, Salérans, Laborel, Villebois prennent les armes. Une marée humaine déferle sur les Gaudissartins. Les insurgés détruisent les fours et les moulins, pillent l'église, brûlent les habitations. Ils s'emparent de treize bœufs et d'un âne. Durant trois jours, ils assiègent le château situé sur une colline, le détruisent jusqu'à la dernière pierre.

Gaudissart se situe à cheval sur le Riançon, une rive en Dauphiné, l'autre en Provence. Ce qui expliquerait qu'aucun seigneur dauphinois ne soit intervenu. Sur dénonciation du bailli de Foulques III de Pontèves, dit le Grand, la justice provençale condamne Pierre Sicard à 100 sols, le meneur, Ponce Cordoneri, à 60 sols, Guillaume Najal et Jacques Tourneur à 40 sols d'amende. Le jugement se confirme en appel le 16 juin 1302. L'enquête menée par les juges de Sisteron révèle que la Provence est tranquille, alors qu'une troupe d'assaillants armés de diverses armes, tant à pied qu'à cheval, a ravagé les habitations. Le village de Gaudissart renaîtra de ses cendres, quelques années plus tard, sous la nomination d'Eygalayes et sera situé quelque cent mètres plus loin. Ils mentionnent aussi que Galburge n'est pas intervenue dans l'affaire.

*Je me pose la question : comment une bande de paysans, même bien armés, a pu détruire un château fort situé sur une colline. Y avait-il des soldats ? Qui y habitait ? Sûrement pas le bailli.*

Galburge restée au Buis assiste, impuissante, aux démantèlements de l'empire Mévouillon, une si belle terre donnée par l'empereur germain. Toutes ces ventes et tous ces rachats… Tous ces coups de poignard dans le dos, ces fourberies…

Dès 1305, Raymond VI de Mévouillon s'en prend à sa vieille cousine, il pinaille, il ergote, il engage procès sur procès. Par sentence arbitrale, certainement rendue en 1309 par l'influençable bailli de Gap, elle délègue un procurateur, son petit-neveu, Rambaud de Sault, pour rendre hommage, en son nom, au jeune baron concernant cinq de ses châteaux.

Ce document reste le dernier, à ce jour, relatant Galburge de Mison, princesse d'Orange, dame de Serres, Lachau, Étoile, Laborel et d'ailleurs. Elle disparaît à tout jamais de la petite histoire du Buëch pour entrer dans celle des grandes princesses qui ont marqué le XIIIe siècle.

# EPILOGUE

**Les Mison Lachau**

Galburge de Mison et Raimbaud de Lachau donnent naissance à plusieurs enfants :

Guillaume (1275- 1345), chevalier. Il aurait été bailli à Gap. On le retrouve dans un procès fait à ses hommes le 18 Juillet 1334. Il semble avoir conserver les terres de Mison-Lachau dans l'état où il les a trouvées en héritant de ses parents, sous les différentes suzerainetés.

Béatrix, peu d'information, elle aurait été mariée à Guillaume de Moustiers-Vantavon. D'après une sujétion d'Hélène et Thierry Bianco, le blason des Mévouillon figurent près de celui des seigneurs de Ventavon dans l'Armorial Haut-Alpin.

Pierre Raynier, chanoine de Riez, procureur de son frère. Son fils Bertrand se noie en allant en Italie, guerroyer. Au degré suivant, une alliance avec les Grimaldi.  Son petit-fils périt à Azincourt. À la troisième génération, sa descendance permet des mariages avec les Allemen et les Agoult, familles montantes dans le Buëch.

Raimbaud, sacristain d'Aix, procureur de son frère (peu d'information).

Certains généalogistes intercalent un Raimbaud V de Lachau (1270 – 1330), chanoine à Gap, fils unique de Galburge et Raimbaud entre les quatre héritiers précédents. Le couple ancestral devient les grands-parents au lieu des parents (?).

*Pour la suite de cette lignée, les différents érudits régionaux, modernes et anciens, émettent trop de suppositions, d'hypothèses, d'abstractions sans fondement, de controverses pour y porter une quelconque attention.*

La baronnie sera engloutie avec le Dauphiné lui-même par le royaume de France, en 1349.

A l'exemple de ses ancêtres, Raimbaud finit sa vie dans la cellule d'un monastère.

**Les Mévouillon.**

Après l'astreinte de suzeraineté imposée à Galburge pour cinq de ses fiefs, Raymond VI de Mévouillon, se trouve de nouveau dans un procès attenté par les franciscains d'Avignon et de Sisteron. Ils se prévalent d'un testament fait en leurs faveurs par son grand-père, le frère prêcheur. Ils prétendent à la moitié des terres de Mévouillon. Le jeune baron n'a-t-il pas déjà donné un domaine pour la construction d'une abbaye au Buis ? Ce ne sera pas la première fois qu'un monastère montre un document douteux reposant uniquement sur l'honnêteté moniale. Un arrangement financier solutionnera le problème.

Dans le désarroi, chacun revendique des droits sur le Buis, ainsi le sénéchal de Provence réclame aussi la part de son maître.

Un nouvel ennemi se profile au-delà des Alpes, les comtes de Savoie.

Le 2 septembre 1317, Raymond VI donne la baronnie de Mévouillon avec le restant des dettes à Jean II, dauphin du Viennois. Il garde l'usufruit jusqu'à sa mort.

En 1330 Bertrand des Baux tente de s'approprier le château de Mérindol au mépris des droits de Raymond VI. Le dauphin intervient pour sauvegarder sa donation.

Un certain cousin Mévouillon-Agout intrigue pour empoisonner Raymond. N'ayant pas d'héritier, ce parent aspirait à l'héritage. Il soumet à sa cause Jean de Verdun, son cuisinier qui est surpris dans sa tentative de crime. On le traine nu, accroché à un cheval, puis tenaillé, démembré et pendu aux fourches patibulaires. Apeuré et ayant perdu sa cour et ses gardes personnels, Raymond se réfugie dans sa maison de Carpentras, oublié de tous.

Le 2 Juin 1337, par lettres patentes, Humbert II de Viennois, dauphin rattache officiellement les baronnies de Mévouillon et de Montauban au Dauphiné.

Probablement Raymond VI meurt cette année-là, ou la suivante.

**Le dernier dauphin du Dauphinois**.

Humbert II de Viennois (1312 – 1355), fils du dauphin Jean II, accède à la souveraineté en 1333, rien ne le destine à cette fonction sinon la mort de son frère Guigues VIII. Contrairement à ce dernier, il est un piètre gouvernant, un mauvais soldat. Il s'adonne aux fêtes et aux plaisirs dans son gigantesque manoir de Beauvoir en Royans avec une cour fastueuse. Mais ses dépenses somptuaires cadrent mal avec la trésorerie du Dauphiné. Il crée l'Université de Grenoble en 1339. Pour remplir ses caisses vides, il maltraite les Juifs, les Lombards et les Toscans, ethnies reconnues pour avoir des richesses.

En 1338, il doit emprunter 30 000 florins au pape pour payer ses troupes. Il vient de maitriser une révolte à Vienne. Trois ans plus tard une nouvelle révolte gronde, nouvel emprunt au pape tout en continuant sa politique de bambocheur. À la mort de son unique enfant, il décide de vendre le Dauphiné au pape pour rembourser ses dettes, refus de ce dernier après enquête. Le pape l'excommunie pour non remboursement. Il propose alors de donner quelques fiefs en remise de la dette - Nouvelle abnégation papale - Nouvelle excommunication. Il propose la vente au Comte de Provence qui vient de mourir à Naples. Il aliène la liberté complète à une cinquantaine de paroisses – pas suffisant. Le nouveau pape d'Avignon, Clément VI le Magnifique, ancien chancelier de France, ami de Philippe VI de Valais œuvre dans une direction différente. Humbert propose que le fils ainé du roi de France devienne dauphin à sa mort, oui mais la sentence papale se maintient toujours. Humbert cède ses domaines contre 200 000 florins et une rente de 24 000 livres payable à Pâques, le 16 juillet 1347. Par convention, le fils ainé du roi de France, Jean le Bon, devint dauphin de Viennois et futur Charles V le sage.

Humbert II, entre alors chez les dominicains au couvent de Montaux. Le pape lui-même en fait un prêtre, puis deux ans plus tard le patriarche d'Alexandrie. Il est chargé de l'administration du diocèse de Reims avec des royalties à la clef. La gloire ecclésiastique le fait rêver, il entreprend le voyage jusqu'à Avignon pour demander à Innocent VI l'évêché de Paris. Il meurt en chemin à Clermont-Ferrand, le 22 mai 1355. Quelle promotion en moins de six ans !

**La région du Buëch.**

En général, la production agricole ne suffit plus pour alimenter une population de plus en plus nombreuse et de moins en moins agraire. La famine ravage les campagnes. La bourgeoisie croît rapidement grâce aux commerces et aux chartes des libertés qui leur octroient de l'autorité, elle domine les villes, les villages et les bourgs.
Ces actes vendus pour renflouer les caisses des féodaux, ne leur survivront pas, ils s'éteindront pour la plupart avec la nouvelle politique de souveraineté absolue. Les nobles ne pouvant plus tenir leur rang aux seuls revenus de leurs terres, se tournent vers la guerre et sa chevalerie qui devient leur panache exclusif. Perdant le monopôle de leur économie, la

classe dirigeante se soumet à une autorité plus puissante et rassembleuse, la monarchie sans restriction. Les batailles prennent une plus grande dimension. Les techniques évoluent, les armures se barrent de fer, au lieu des cottes de mailles. Bien que connus depuis les romains, les engins de siège se perfectionnent, ceux de la construction aussi. Ils permettront d'ériger les cathédrales.

En 1337 le début de la guerre de cent ans et la peste noire apparue à Marseille, dix ans plus tard, stagnent considérablement l'évolution.

Galburge, femme émérite, a su opérer une stratégie exceptionnelle dans une époque très rude pour ne pas dire mal dégrossie, dans un monde d'hommes qui détenaient leurs terres et leur autorité par les femmes. Elle retira son épingle du jeu des Baux-Orange sans encombre. Par la ruse et la détermination, elle a maintenu l'équilibre du Buëch entre les deux ennemis, le comte de Provence et le Dauphin. Sur le grand échiquier des baronnies, elle a joué tantôt l'un, tantôt l'autre afin de préserver son indépendance le plus longtemps possible. Elle vend Serres, point stratégique de la vallée au Dauphin, via Laveno et Mison au comte de Provence. En se mariant à Raimbaud de Lachau, elle grandit son domaine avec les fiefs de son époux.

Personnellement je ne suis pas sûr, qu'elle n'ait pas agi dans la guerre entre Lachau et Gaudissart, malgré sa neutralité. Sinon, comment une horde de paysans aurait pu détruire un château fort ? Elle resta longtemps à la tête et la baronne d'une petite principauté indépendante, l'une des dernières.

Galburge marque non seulement son époque et les Baronnies aux côtés des Mévouillon et des Montauban, mais encore elle dépasse tous les parcours des autres hautes descendances provençales.

Psautier de Saint Louis – 1270 -Maitre de Noah Enlumineur

294

# SOURCES - ICONOGRAPHIE

- **Provence historique (Sisteron**) - Editeur Ministère de la Culture de l'Université de Provence (2013)
    - Aspect du Moyen-Age provençal Tome XLVI (184)
    - Les livres de piété du Midi et leurs auteurs Tome LIX (238)

- **Manuel de Sigillographie française** par J. Romain - Librairie Alphonse Picard - 1912 - Paris.

- **Histoire généalogique et héraldique des Pairs de France**, des grands dignitaires de la couronne, des principales familles nobles du royaume et des maisons princières de l'Europe par J.B.P. Courcelles 1824.

- **Une exception en France », Orpierre et Trescléoux**, village germanique jusqu'en 1789 par Raymond Chauvet Editions du Buëch – Les écriculteurs - 2015.

- **Les Baronnies au Moyen-Âge** par Estienne, Bois, Barruol, Elliot Éditions Les Alpes de Lumière -1991.

- **Histoire, Topographie, Antiquité, Usages, Dialectes des Hautes Alpes** par JCF Ladoucette - Éditions Laffitte Reprints - Marseille 1848.

- **Monographies des villes et villages de France - Les hautes Alpes** T2 par l'Abbé M-E Gaillaud 1992.

- **Les Baronnies au Moyen-Age - Histoire de Serres et des Serrois** par Jean Imbert Éditions des Cahiers de l'Alpe - Éditeur La Tranche Montfleury 1966.

- **Bâtisseurs au Moyen-Age** - Une abbaye romane (Boscodon) Edition l'Instant Durable 1999.

- **Sur les traces des Templiers des Hautes-Alpes** par Bernard Falque de Bezaure - Éditions de Provence 1996.

- **Eglises Médiévales des Hautes-Alpes** par Guylaine Dartevelle Éditions Pleins Cintres 1990.

- **Tresclèoux à travers les âges** - 2016 - Edition les Amis de Trescléoux.

- **Les Hautes-Alpes hier, aujourd'hui, demain…** Par P. Chauvet et P. Pons Éditions Société d'études des Hautes-Alpes - Gap 1975.

- **Dictionnaire historique du Dauphiné.**

- **Description des sceaux des familles seigneuriales en Dauphiné.**

- **Inventaire chronologique et analytique des Chartes de la Maison de Baux** par Louis Barthélémy – Éditions TYP. Et LITH. Barlatier-Ferrat Père et fils-Marseille – 1882.

- **Deux chartes dauphinoises du XI°siècle** par J. Roman – Éditeur : Imprimerie F. Allier père et fils – Grenoble – 1886 ; Archives Bouches du Rhône.

- **La féodalité et le droit civil français** par G. d'Espinay – Éditeur Imprimerie de P. Godet – Saumur – 1862.

- **Héroïdes** par Ovide, traduction d'Octavien de Saint Gelais Paris – 1497 BNF.

- **Règlements sur les Arts et Métiers**, par Etienne Boileau, prévôt à Paris en 1268 – Écrit en 1260 - Edition 1301 – 1400 BNF.

- **Imagerie venant pour la plupart des Chroniques de Sire Jehan Froissart.** BNF.

 - **Annales du Midi** – Tome LXXI - éditions 1959 – Éditeur Privat Toulouse.

 - **Le Décaméon de Boccace**, Cardage, filage et tissage BNF Des clercs et nobles femmes.

 - **Abrégé de la Chronique d'Enguerrand de Monstrelet** – BNF Département des manuscrits.

 - **Dictionnaire raisonné de l'Architecture française du XI° au XVI° siècle** d'Eugène Viollet- le-Duc 1856 BNF.

 - **Dictionnaire illustré et Anthologie des métiers du Moyen-Âge** de Daniel Boucard – octobre 2008 – Éditeurs Godefroy Jean Cyrille Eds – Paris.

 - **Le Roman de la Rose** (manuscrit) de Guillaume de Lorris 1230 – 1235 et par Jean de Meany 1275 – 1280 – Edition de 1700 – 1800 – BNF.

 - **Histoire de la Principauté d'Orange** par le Comte de Pontbriand – Éditeur Seguin – 1891 BNF.

 - **Les œuvres de Rigord** (1145 – 1209), médecin, moine à St Denis, Prieur d'Argenteuil, témoin de la geste de Philippe Auguste par Henri-François Delaborde – tome 45 – Bibliothèque de l'École des Chartes – 1884.

 - **Le Corrector sive Médicus de Worms** (1000 – 1025) concernant Burchard Évêque de Worms par François Gagnon, Mémoire présenté à la Faculté des arts et des sciences de Montréal – 2010.

- **Histoire de Saint Louis par le Sire de Joinville** – Éditions Jean de Bonnot – 1947

- **Histoire des croisades et du royaume franc Jérusalem** par René Grousset-Éditions PUF- Paris mars 1994.

- **Bulletin d'histoire ecclésiastique et archéologie religieuse des diocèses de Valence, Grenoble, Gap et Viviers** – Notre Dame Clairecombe, abbaye chalaisienne au diocèse de Gap par Albanès 1880 – 1907.

- **Donjons romans, symboles de l'apogée des Baronnies** par Marie-Pierre Estienne – Chapitre 2 – Open Éditions Book – Alpara – 2008.

- **Annexion des Baronnies et nouvelles fortifications** par Marie-Pierre Estienne – Chapitre 3 – Open Éditions Book – Alpara – 2008.

- **Châteaux, villages terroirs en Baronnie X° - XV° siècle** par Marie-Pierre Estienne – Editions Presses Universitaires de Provence – 2004.

- **Histoire de Ribiers** par Joseph Roman – Editeurs Richaud – Gap – 1892

- **Histoire des Grands prieurs et du Prieuré de St Gilles** par Jean Raybaud – Imprimerie Clavel – Nîmes - 1904

- **Clergé Ancien et Moderne du Diocèse de Gap** par l'Abbé Paul Guillaume (Tome IV de l'inventaire de la Série G) – Imprimerie Louis Jean – Gap – 1909.

- **Saint Louis** par Jacques Le Goff – Editions Gallimard – Paris 1996.

- **Révoltes et tensions dans le Haut-Dauphiné au milieu du XIII° siècle** par Olivier Hanne – Hal – 2017.

- **Pouillé ou Etat général des Bénéfices séculiers et réguliers du Diocèse de Gap avant 1789** par Paul Guillaume – Jonglard imprimeur- 1891.

- **Histoire de la ville de Gap et du Gapençais** par Théodore Gautier – Editeur : Librairie alpine 13 rue Carnot- Gap 1910

- **Biblia, Vetus, testamentum**, excerpta – Fragment de la Bible de Bernhard Maciejowki – 1220 1270 - BNF

- **Les premiers temps médiévaux** : les Mévouillon-Lachau (1120–1337) http:/Histoiredelachaublog.wordpress.com.

- **Les Lachau, branche cadette des Mévouillon** http:/thierryhelene.bianco.free.frdrupal/?q=node/159.


## Gravures :

- Codex Manesse (1300 – 1340)

- Des cleres et nobles femmes par Jehan Boccace - 1313 BnF

- Li roumans du bou chevalier Tristan, filz au bou roy Méluodus de Loenis par Luce de Gast – 1400 – Bnf.

- C'est le livre de Messire Lancelot du Lac par Gautier Maop Edition de 1401 BnF. Bibliothèque de l'Arsenal

- La fleur des histoires BnF Département des manuscrits

- Lancelot-Graal « l'enserrement de Merlin » de Robert de Borron – Edition de 1300 – BnF.

- Fresque de Janvier au Castello del Buonconsiglio – 1405.

- Le livre des faitz de monseigneur saint Loys demandé par le cardinal de Bourbon – Date d'édition 1401 BnF.

- Decameron, aultrement surnommé le prince Galeot de Jehan Boccace – 1350.

- Dessins de Villard de Honnecourt – 1200 – 1300.

- Cambridge Romance of Alexander 1250.

- Catonis distichia – 1289.

- Gallican – Psalter Britisch – 1325

- Livre d'heures de la reine Yolande – Bibliothèque de Méjannes – 1400.

- Morgan bible – New-York – 1250.

- Morgan M638 Maciejowki Bible – 1244.

- Nuova Chronica de Giovanni Villanni – Vatican – Conrad IV.

- Psaudier de Fécamp – 1180

- Roman de la Rose de Guillaume de Lorris et Jean de Meung – 1230 1235.

- Manuscrit Valereius Maximus – Facta et dicta memorabilia Edité vers 1400.

## Recherches

- Bibliothèque National de France – Paris.

- Archives Départementale de l'Isère – Grenoble.

- Archives Départementales des Hautes Alpes – Gap.

- Archives Municipales des Gap.

- Archives Départementales des Bouches du Rhône-Marseille.

- Archives Municipales de Marseille.

- Archives Municipales d'Aix en Provence.

# TABLE DES MATIERES DES THEMES ABORDES

## La princesse d'Orange



## La veuve

## La dame de serres, d'Orpierre, de l'Etoile, d'Arzeliers et d'ailleurs

Chapitre XI



Chapitre XII



Chapitre XIII



## La dame de Lachau

Chapitre XIV


Chapitre XV

Chapitre XVI

Chapitre XVII

## Epilogue



## Sources – Iconographie

# NOTES

Imprimé en France
ISBN 979-10-95245-13-1
Dépôt légal : 1$^{er}$ trimestre 2018